本书属于教育部人文社科基金青年项目"日本白桦派文学的伦理书写研究"（项目批号：15YJC752028）的阶段性成果，并受到中央高校基本科研业务费专项资金资助（项目批号：2011WC024）、华中科技大学人文学院学术著作出版资助

弘明鉴
道德史
J·M·H

# 有岛武郎
小说中的亲子书写研究

A Study of Writings on Parent-child
Relationship in Arishima Takeo's Novels

谭杉杉◎著

人民出版社

**人文学术系列**

# 序

　　谭杉杉是华中科技大学人文学院中文系的一位年轻教师,也是我的学生。谭君是我博士培养的开门弟子,为人谦和,做事踏实,内外兼修。平时总是安安静静的,尽量做到了家庭与学业的兼顾、教学与科研的并立。且兼通英语和日语,专业方向上,本科英语、硕士中文、博士则是比较文学与世界文学,这样的学术结构堪称合理,研究功底扎实。

　　谭君尤其善于在比较视域中,发现多理论结合的复合型研究新视角,还长于在文本细读的基础上,深入浅出地将理论融于文本阐释。所以,她写出来的论著言之有物,逻辑清晰,有理论方法但更重文本细读。

　　有岛武郎是20世纪初日本文坛的一位重要作家,与中国现代文坛亦多有交集。尽管国内外对有岛武郎的研究成果也较为丰富,但谭杉杉撰写的这部《有岛武郎小说中的亲子书写研究》可谓是有岛整体研究中一部极有特色的专著。

　　第一,在批评方法上,因为从考察家庭中的亲子关系出发,所以以文学伦理学批评方法为主,同时考虑到有岛在柏格森影响下形成了其关于"爱"的美学思想,因此将文学伦理学与柏格森的心理学相结合。在此基础上该书所要探讨的不仅是社会学意义上的亲子关系,而且更是亲子关系如何透视了集体和个人欲望,对亲子关系的书写如何体现了不同社会关系、不同价值、不同声音的碰撞。

　　第二,该书在研究内容的取舍安排上也有创新之处。它首次将有岛不同时期的小说《一个女人》、《该隐的后裔》、《阿末的死》、《与生俱来的烦恼》、《亲子》作为一个动态的作品体系,将这些小说的亲子关系作为一个持续发生变化的研究对象,同时引入了对性别、阶层问题的关注。由此,有岛的作品在一个历时的框架体系内得以重构,清晰地呈现了亲子关系与小说主题、语言艺术、伦理取向以及美学价值间的内在关联,进而也向读者展现了亲子关系与日本近代社会的外在关联。

第四章"日本近代文学中的亲子书写"是本书的重要创新点。如果说此前三章是历时地比较了有岛整个创作生涯中对亲子关系的思考的话,第四章则是共时地比较了有岛武郎与同时代作家如志贺直哉、夏目漱石、芥川龙之介在亲子书写中凸显出的差异,探讨了亲子书写与伦理间的历史同构关系。作家笔下的和解与反抗、个人主义与自由意志、回心与转向等,正是他们对时代难题作出的回答。在近代日本文学的大框架之内用比较的方法考察有岛武郎的亲子书写,既能看到有岛武郎区别于其他作家的文学实质和特性,又能探讨亲子书写如何影响了其作品的构造与主题、人物形象与人物命运。

第三,该书还体现出了作者一以贯之的学术严谨。从著作的整体来看,不仅正文部分的论述严谨,其附录也内容丰富、翔实,同样具有很高的学术参考价值。附录一"有岛武郎童话中的恐惧与成长"系统探讨了有岛人生最后几年的童话创作,认为童话是对其创作生涯的隐喻式总结;附录二"有岛武郎年谱(以创作为中心)"中,作者梳理了有岛武郎的创作年谱,这给国内的有岛研究提供了更为规范化的资料和信息补充。

总之,谭君的专著《有岛武郎小说中的亲子书写研究》是一种内容重构、方法创新的融合体。无论是全书的架构模式、章节的内容安排、问题的提出与阐释,还是材料的选取与使用、观点的分析与综述等,都令人耳目一新。一句话,这部专著让我们完全有理由把它看成是我国有岛武郎研究方面能与同领域国际前沿对话的新成果。

李俄宪

2017 年 9 月于桂子山华中师范大学

# 目　　录

# 绪　　论

有岛武郎(1878—1923 年),日本近代大正时期(1912—1926 年)的文学流派白桦派的重要代表作家,虽然他的本格作家生活并不是很长,却创作出了大量小说、戏剧、诗歌以及童话等优秀文学作品,同时,他也撰写了很多富有思想创见的文学评论。他的文学作品和文学评论在发表之后都产生了很大的影响,不论是在普通的读者群中,还是在文学界,都得到了极高的评价,对当时的日本文坛产生了巨大的冲击。

有岛武郎的文学创作中最为重要的部分是小说,依据日本筑摩书房在昭和五十五年(1980)出版的《有岛武郎全集》,小说的数量占据了其文学创作的一大半。有岛小说内容非常丰富,不同的作者都能与之产生强烈的共鸣。究其原因有很多,其中重要的一点是有岛武郎在小说中对于日本近代社会存在的关键性问题进行了积极的探索和思考,而这种探索和思考是具有普适意义的。有岛武郎没有脱离现实生活,他从自己出发,从具体的个人出发,小说中描写了人自身内部的关系、人与社会的关系、人与自然的关系、两性之间的关系、父母与子女之间的关系、文学创作与社会现实之间的关系等,这些关系之间存在着冲突与和解的两面,而小说的旨趣也就在因冲突与和解而形成的矛盾中得到了体现。这些矛盾是所有的人与生俱来就不得不面对的烦恼,生命的意义就在冲突与和解的烦恼中得到了体现。正是这种真实、真诚地对人的描写,使有岛的小说具有了超越时空的感染力。

### 一、有岛武郎：日本近代文坛的觉醒者

鲁迅在《随感录·六十三》中称有岛武郎是一个觉醒者。① 鲁迅对有岛武郎作出如此评价与其作品中体现出的纯粹理想主义和人道主义精神是分不开的。

首先，从创作内容上而言，有岛武郎是一位视野开阔的作家。传统的武士训练，深厚的儒学熏陶，开化的西洋教育，使得有岛无论在艺术视野，还是对东西方文化的深层意识方面，都是出类拔萃的。有岛武郎作为家中长子，自小便担负起了立身处世的责任，接受的是严格的武家风教育，与此同时，他又接受了中国儒家思想和西式教育，在札幌就读大学期间，他受到内村鉴三的感化，加入了独立教会。在美国留学期间，他专攻历史和经济学，在学习的余暇，大量阅读惠特曼、柏格森、托尔斯泰、屠格涅夫、勃兰兑斯、易卜生等人的作品，日益倾心于文学创作，亦有了成为文学家的决心。与此同时，有岛接触到了克鲁泡特金的无政府主义思想，并且认识了社会主义者金子喜一。明治三十九年（1906），有岛武郎开始执笔处女作《除锈工》，同年，与弟弟有岛生马开始了长达半年的艺术欧洲之旅。明治四十年（1907）对有岛武郎而言是一个重要的年份，这一年的 2 月他拜访了流亡中的克鲁泡特金，4 月回国，认识了志贺直哉和武者小路实笃。明治四十三年（1910），《白桦》创刊，一年之内，有岛武郎在杂志上陆续发表了戏剧《老船长的幻觉》、小说《除锈工》以及评论《叛逆者——关于罗丹的考察》。其后，有岛武郎活跃在文学创作领域，发表了大量的小说、戏剧和评论，成为了白桦派的核心成员。从有岛武郎的创作来看，日本武士道精神、中国儒家思想、西方人道主义思想，这三者在有岛武郎的身上都留下了不可抹去的印记。这也使得有岛武郎对于自我有了更多层次的认识，一方面他肯定自我，对于自由、人的内部生命力充满了期待和向往；另一方面又怀疑自我，对自己的精神信仰和阶级身份充满了质疑，陷入了难以解脱的苦闷。这种肯定与期待、怀疑与

① 参见鲁迅：《热风·随感录六十三》，载《鲁迅全集》（第 1 卷），北京：人民文学出版社，1956 年，第 430 页。

苦闷也在很大程度上丰富了有岛武郎文学创作的内容。

其次，从创作动机上而言，有岛武郎创作的基本出发点，是"自己"，他清醒地认识到了文学创作与"自己"的关系，从自己的思想和感情出发从事文学创作，执着地追求自己的艺术理想和人生理想。有岛在大正六年（1917）12月发表于《新潮》的随笔《四件事》中明确说明了自己的创作动机："我因为寂寞，所以创作。……我因为爱，所以创作。……我因为想爱，所以创作。……我又因为想鞭策自己的生活，所以创作。"①由此可以看出，有岛武郎之所以进行文学创作，完全是因为自己有了一种不得不说的冲动，是为了表达自己内在的思想和情感。需要指出的是，有岛所关注的"自己"，不仅仅指向自身，他并没有局限在自己的小世界中不能自拔，而是从自身的经验出发，把视野投向了更为广泛意义上的作为个体的"人"。在人与他人、人与社会的关系中，有岛最为关注的是"人"本身，尊重"人"的个性和自由。他曾在随笔《为一个人》中说"不是为了社会，而是要为一个人。为一个人的本性、要求、幸福与自由"。② 他又在《自己与世界》中说："不可忘却：自己，就是世界。把自己践踏到自己以下，这正是使世界堕落。我们为什么不去救自己于如此堕落的境遇，从而拯救世界呢？"③对有岛而言，"自己"在他的文艺思想中占据了核心地位，具体体现在文学作品中，虽然评论界把有岛的作品划分为以自己为主题的主观性作品和以他人为主题的客观性作品，但有岛却说"但是我认为，我无论在写被划为两大类中的任何一类，都是在表现自己"。④ 事实上，无论是《一个女人》中的早月叶子，还是《与生俱来的烦恼》中的木本，无论是《该隐的后裔》中的广冈仁右卫门，还是《克拉拉的出家》中的克拉拉，我们都可以看到有岛生活经历的投射，他们就像有岛的影子，而他们苦恼的、寻找的、坚持的，始终是自己。有岛为

---

① 笔者自译。原文为「私は第一淋しいから創作をします。中略。私はまた、愛するが故に創作をします。中略。私は又愛したいが故に創作をします。中略。私はまた私自身の生活を鞭たんが為に創作をします。」有島武郎：『有島武郎全集』（第七卷），東京：築摩書房，昭和五十五年，第174页。

② 有岛武郎：《爱是恣意夺取》，刘立善译，沈阳：辽宁大学出版社，1998年，第154页。

③ 有岛武郎：《爱是恣意夺取》，刘立善译，沈阳：辽宁大学出版社，1998年，第14页。

④ 有岛武郎：《爱是恣意夺取》，刘立善译，沈阳：辽宁大学出版社，1998年，第28页。

自己的追求和发现而创作,把外界的一切内化为个人秉有的、有别于他人的个性,通过这种方式决定其艺术特色,由此使作品具有了一种永远不衰退的、鲜活的生命力。

再次,从创作理念上而言,有岛武郎形成了自己独特完整的文艺理论体系,并在文学创作中实现了自己的理论主张。在随笔《两条道路》的开篇,有岛写道:"世间的一切迷惑,都是两条道路产生的结果。人在自己的一生中,迟早必会察觉到这一点,惊骇地思索着如何在两条道路中择一而行。不单单是哲学家,人人都在思考着这件事。"①有岛一生都处于两条道路的矛盾中,身为家中长男,他自幼背负着家庭的重责,却向往自由、无拘束的生活;他曾在精神导师内村鉴三的引领下不顾家人反对信奉基督教,却又对此产生怀疑不顾亲人朋友的反对退教;他出生于富裕的资产阶级家庭,家境殷实,却又与社会主义活动家金子喜一、幸德秋水交好……在林林总总的纠葛中,有岛内心的迷惑、痛苦是可想而知的。他从柏格森在《时间与自由意志》中所论述的"理智"和"本能"观点中,获得启发,经过长时间的思考,进而在他的长篇思想随笔《爱是恣意夺取》中系统地提出了独特的"生活三段论",将生活分为"习性生活"、"理智生活"、"本能生活"三个阶段。"纯任自然地接受来自外界的刺激,这种生活我权且称之为'习性生活'(habitual life)。这是像顽石一般麻木不仁的生活。如果没有外界的刺激,顽石会永久固守一处,在恒常无尽的时光中渐次走向消亡。"②"理智生活实际上就是一种反射性生活。当外界影响作用于个性时,个性有意识地对其回示出反应,"③经验、反省、努力是理智生活的三要素,三要素的合力之下积累知识和道德,引领人们步入平安稳定的社会生活并对其内容进行反复润色。这是人们都向往的一个理想目标,但在有岛看来,只是平安稳定还远远不够,他还在渴盼继续的进步,在对社会内容润色的同时,他还企求创造,憧憬一种完全属于自己的一元生活,那就是"本能生活","即个性不依靠来自外界

---

① 有岛武郎:《爱是恣意夺取》,刘立善译,沈阳:辽宁大学出版社,1998年,第1页。
② 有岛武郎:《爱是恣意夺取》,刘立善译,沈阳:辽宁大学出版社,1998年,第78页。
③ 有岛武郎:《爱是恣意夺取》,刘立善译,沈阳:辽宁大学出版社,1998年,第80页。

的刺激,全然凭任自己必然的冲动,推进自己的生活。"①它超越了"理智生活",在这样的生活中,不存在道德,也不需付出努力,是一种必然到来的自由生活。当然,有岛所说的"本能",不是指性本能,而是不受一切外来力量压迫、束缚,以原始的生命力为最高价值标准。"生活三段论"的提出,使有岛的思想豁然开朗,使他的文学生涯走向另一个高峰,然而"生活三段论"并没有解决有岛痛苦的根源,他向往"本能生活",却又囿于"理智生活"甚至"习性生活",他仍然在两条道路之间徘徊。但也正由于这样的挣扎,使其作品具有了丰富的内涵,使人物具有了动人的魅力,更容易引起读者的共鸣。大正十二年(1923),有岛武郎最终用死亡的方式完成了对生命、对创作的最后致敬和救赎。

最后,从有岛武郎在文学史上的影响而言,他对于白桦派,大正文学,乃至整个日本近代文坛都是不可缺少的。有岛的父亲去世前,曾认真地问他认为重要的问题是什么? 有岛严肃地回答:"迫在眉睫的是劳动问题、女性问题和儿童问题。"②有岛所说的这三方面的问题,是大正时期形势最为严峻的三个问题。有岛就这三方面问题展开的一系列论述和创作,无疑紧扣时代的心声。在文学创作中,有岛将注意力投向弱小者。他的处女作《除锈工》,以及其后相继发表的《与生俱来的烦恼》、《阿末的死》、《该隐的后裔》,始终关注勤劳穷苦的小市民、农民、渔民等下层社会的人们,对他们苦难的命运表示了深深的同情,对他们旺盛的精力、绝不妥协的精神表现出了由衷的敬佩。在现实生活中,有岛更是解散了从父亲那里继承的农场,还佃户们自由,他在《狩太农场的解放》的题记中写道:"农场的解放,是我为了取得良心的满足,做出的迫不得已的行为。"③对于妇女,他鼓励她们要有独立心和奋斗心,依靠自己建构起稳固的生活。"天下风华正茂、前途远大的女性们,要鼓足勇气,去开辟自己的道路,去履行自己永远坚信不疑的信念!"④而他耗费九年时间创作的长篇小说《一个女人》更是以女性为中心,

---

①　有岛武郎:《爱是恣意夺取》,刘立善译,沈阳:辽宁大学出版社,1998 年,第 86 页。

②　有岛武郎:『有岛武郎全集』(第九卷),東京:築摩书房,昭和五十五年,第 225 页。

③　刘立善:《日本白桦派与中国作家》,沈阳:辽宁大学出版社,1995 年,第 611 页。

④　有岛武郎:《爱是恣意夺取》,刘立善译,沈阳:辽宁大学出版社,1998 年,第 284 页。

描写了身处社会变革时期的女性的迷茫和挣扎。作为三个孩子的父亲,有岛武郎对儿童怀有最深沉的爱,他也为孩子们专门创作童话并出版了童话集《一串葡萄》。有岛武郎的评论和创作,与大正这一时代息息相关,与白桦派其他作家的创作互为补充,并影响了后来的一批作家,因此,研究有岛武郎,对于研究者了解白桦派高擎的人道主义精神和大正文学的特色,全面认识日本近代文学是非常必要的。再则,在中国现代文坛上,周作人、鲁迅、朱自清、梁山丁等作家对有岛文学产生共鸣,从有岛文学汲取自己所需的营养,因此从理解中国现代文学的角度而言,研究有岛武郎的文学创作历程和艺术思想框架同样是非常必要的。

## 二、有岛武郎小说主题的多重性与西方文学接受

日俄战争(1904—1905 年)以后,日本许多作家面对残酷黑暗的社会现实时,感到失望,在自己的作品里无所适从,或者陷入私小说领域,一味地暴露自我、描写身边琐事之时,有岛武郎却举起人道主义、理想主义的旗帜,在小说中揭露社会黑暗,批判封建道德和旧习俗,主张个性自由,自我充实。他所塑造的主人公不仅具有绝不跟社会环境妥协的顽强性格,同时也具有炽烈的个性解放要求。有岛武郎小说的这种主题选择与他对西方文学的接受有着紧密联系。

首先是在对女性解放主题的关注上,有岛武郎主要受到托尔斯泰的影响。有岛武郎第一次阅读《安娜·卡列尼娜》是 1907 年 3 月,这时他刚刚结束留美学习,游历欧洲各国之后回国,在回国的船上阅读了《安娜·卡列尼娜》的英译本。他在 1907 年 3 月 9 日的日记上写道:"我正在阅读托尔斯泰的《安娜·卡列尼娜》,为他深厚的文学造诣感到惊讶。他才是真正了解人们心灵的作家。"①在 3 月 23 日的日记上他又写道:"我以无限喜悦的心情读完了《安娜·卡列尼娜》,这实在是一部了不起的作品,它以充分的创造力打动读者,以动人的美令人热泪盈眶。对我而言,它在高尚的情

---

① 笔者自译。原文为:"I am reading Tolstoy's 'Anna Kalenina,' and am simply surprised of his deep resources of literary insight.He is really a reader of human mind." 有岛武郎:『有岛武郎全集』(第十一卷),東京:築摩書房,昭和五十五年,第 136 页。

调、炼狱般的纯真、宽容一切的同情心等方面，足以与但丁的《神曲》相媲美。他那深邃的洞察力，能够洞察人类的本性。"①在有岛武郎回国后的第二年，即1908年5月，他再次读这部小说，同样禁不住极大的兴奋和由衷的赞叹。

近代日本，女性在与男性之间的关系中处于被奴役、集体失语的地位，被动而没有自主选择的权利和自由，这一点与托尔斯泰《安娜·卡列尼娜》中的女主人公是相似的。因此在对《安娜·卡列尼娜》的阅读中，有岛武郎看到的主要是安娜与卡列宁、渥伦斯基之间的角力，关心的是女性对于个性解放的强烈要求，以及托尔斯泰对于那些压制个性自由的社会陋习的揭露和谴责。有岛武郎的长篇小说《一个女人》与《安娜·卡列尼娜》之间，在作品的构思、情节结构、人物设置以及场景描写等各方面存在着大量类似的地方。当然，在如此多的类同点之中，最根本的还是女主人公强烈的性格以及她们的悲剧命运。在有岛武郎看来，男权统治在叶子的悲剧命运中负有不可推卸的责任。除了《一个女人》之外，有岛武郎其他的小说中同样存在着对女性解放主题的关注，如《被石头压碎的杂草》、《宣言》、《星座》等。

其次，追求理想、实现自我的主题则来自易卜生在《布朗德》中极力推崇的"全有或者全无"思想。据有岛武郎日记记录（《观想录》第八卷），他从明治三十九年（1906）1月2日开始读易卜生的《布朗德》，1月11日读完，深受触动。5月23日，有岛在报纸上读到易卜生去世的消息，在日记中他这样写道："Far in the northern corner of the old ontinent, to-day a man ceased to breathe, and what a loss to the world. He is dead, and with him he who never knows fear is dead!"在其之后的日记中，有岛武郎在评论"两条道路"时写道："倾向于哈姆雷特为好；成为海达·加布勒是令人厌嫌的。即便厌嫌也无可奈何。在一个尝过智慧之果的人看来，一个人最高的到达点，似乎

---

① 有岛武郎：『有岛武郎全集』（第十一卷），築摩书房，昭和五十五年，原文为："I have finished reading of 'Anna' with unbound satisfaction. This is really a wonderful production strong enough to give one a shock and beautiful enough to cause one tears. To my impression it is amply could be compared to the Dante's 'Divine Comedy' in its elevated tone, unflinching verdict, and all-embracing sympathy. His sight into the human nature is broad and more deep."

只能是海达·加布勒。"①有岛武郎的一番剖白表明了他对于海达·加布勒的肯定,两条道路的矛盾直接影响到了有岛武郎的文学创作,而海达·加布勒对于绝对自由的追求也直接影响到了有岛武郎对于亲子关系的认识。

《海达·加布勒》是易卜生后期的一部重要剧作,同时也极具争议,《海达·加布勒》中的女性主人公在易卜生的女性人物群像中占有突出的地位。海达从小就在枪炮和战马中受到熏陶,她本人也十分喜爱射击和骑马,在她身上有着一位青年女子难得的倔强和不妥协性格。当这样一个有着坚强性格和自由灵魂的女性陷入自己过去的情人和现在的丈夫之间的两难选择时,悲剧便发生了。她在令人窒息的社会现实与自己追求个性自由的精神之间被撕裂为两半:一方面她不满足于与自己的丈夫虚度那些烦闷的时光,另一方面也不愿意让自己整天笼罩在往日情人的阴影之下,因而最后她选择了与旧情人双双离开人世,以死亡永远逃离了令她不堪忍受的生活。

这一悲剧性的女性往往被人们当做一位女权主义者来探讨,她徘徊在使人压抑的 19 世纪的资产阶级环境和自身对自由的强烈渴望之间,生活在那个社会使她如同秋风中的落叶那样渐渐地枯萎,失去了生命力。终日沉溺于平庸琐事之中是她周围大环境的特征,无论是她的家庭,还是周围的社会关系、亲密的朋友,都在不断消解着她的独立意志和反叛精神。最后,当她追求自由和解放、憧憬充实生活的愿望被彻底毁掉的时候,生活对她而言就再也没有什么值得留恋的了。

有岛武郎从海达这个人物身上看到的是一种姿态:"一个陷入生活琐事的不幸福的女人,她有着一种追求不属于她自身的东西的坚强个性,一个藐视男性主宰和男性优越的不同凡响的女性,一个为甩掉枷锁和桎梏而斗争的勇敢的斗士。"②在她早年的生活中,她试图去看一看外面的世界,虽然那对她来说是不允许的,在她身上最引人注目的是她有着对理想生活的执着追求。在有岛武郎小说的主人公身上,同样可以发掘出海达所具有的这

---

① 有岛武郎:《两条道路》,载《爱是恣意夺取》,刘立善译,沈阳:辽宁大学出版社,1998年,第 6 页。

② 参照徐燕红:《海达·高布乐的女性视角透视》,《外国文学研究》2000 年第 1 期。

些特质。《一个女人》中的叶子,《与生俱来的烦恼》中的木本,《该隐的后裔》中的仁右卫门,按照既存的社会秩序和规则,他们的行为举止是反常的,虽然小说中的主人公们没有直接谈论反叛这类字眼,但自我已经在他们的心灵深处打上了深深的烙印。他们始终坚持自己的想法,试图去过上令自己充实的有意义的生活,他们希望拥有绝对自由的自己,然后实现理想,确立自我。小说中,他们从心底里发出的对理想的执着与渴望,对彻底独立的自我的向往也使他们或者主动或者被动地与传统亲子观发生了冲突。

最后是自由与爱的主题。明治维新以后,日本在各个方面都面临着西方文明的冲击,为了巩固并进一步提高国家的地位,以便与西方抗衡,日本尽可能地吸收着来自西方的先进思想、文化、科技,体现在文学上也是如此。在这个文学近代化的进程中,日本文坛邂逅了美国杰出的民主主义诗人惠特曼。《草叶集》是惠特曼的代表作,《草叶集》的创作经历了近半个世纪(1855—1892),其间先后刊行九版。《草叶集》以其勇敢反对奴役压迫,大胆歌颂个性扩张,崇尚自由民主,敬畏大自然等全新的思想特色、艺术形式、独特风格,一举震撼了日本近代文坛,而在这其中,受其影响最深者必须首推有岛武郎。

日本介绍《草叶集》的时间始于惠特曼去世的 1892 年,首先由夏目漱石略作引介。1919 年惠特曼诞生 100 周年之际,《白桦》、《早稻田文学》等文学杂志争相推出特辑,一时间使得明治、大正文坛上诸如高山樗牛、内村鉴三、高村光太郎、千家元麿,以及大正民主运动中涌现出的众多作家都大为倾倒。然而,事实上正如文学评论家龟井俊介所言:"最倾心于惠特曼,甚至连自身的存在价值全都赌上去的人,首先令人浮上脑际的便是有岛武郎。直至大正末年止,能像他那样透彻清晰地把握惠特曼文学生命之源泉者,我认为舍有岛别无他人。"①

有岛邂逅惠特曼早在 1900 年前后,但此时的有岛只是朦胧地知道惠特曼是一个民主主义诗人。有岛真正迷恋惠特曼是在他赴美留学后的 1904年,这一时期有岛阅读了英文版的《草叶集》,在精神上与惠特曼相遇,他似

--------

① 龟井俊介:《有岛武郎全集》第 6 卷第 8 号月报,東京:築摩書房,昭和五十五年,第3 页。

乎终于找到了艺术家的理想和自己的人生导师。而惠特曼在南北战争中显示出的豁达坦荡的人道主义式博爱举动与思想,尤其是惠特曼长达 1336 行的《自己之歌》深深地引发了有岛源自内心的共鸣。对有岛而言,从惠特曼的诗歌中,他汲取的不仅是文学技巧,更多的是民主主义思想和自由的个性追求。通览有岛的作品,跃动其中的人道主义思想形迹和自由精神随处可见。从作品内容上而言,作为一个出身富贵的作家,他从不因自己在物质生活方面的富裕而沾沾自喜,反而时刻为此感到惶恐和不安。有岛作品中主人公的形象大都是小人物,工人、农民、小市民、妇女、打鱼的青年等,无不被有岛涂上鲜明时代背景下浓厚的阶级色彩:《该隐的后裔》以荒凉的北海道大自然作为农民劳动的舞台和战斗的对象,以深省的笔法挖掘出佃农仁右卫门贫穷悲惨的命运;《阿末的死》描述北海道一个普通市民家庭在经济萧条中接连发生的惨剧;《与生俱来的烦恼》则旨在反映一个青年渔民为生活所困,虽然具有艺术天赋却无法施展,反映出理想与现实二律背反的苦恼。另外,从《该隐的后裔》、《与生俱来的烦恼》、《一个女人》中对大海、陆地、荒原等的描写,可以看出相似于惠特曼的粗犷豪放的笔法。

此外,惠特曼的"我是肉体的诗人,也是灵魂的诗人"这种灵肉一致的自我意识,给有岛以启示,也正是受此鼓励,有岛放弃了对基督教的信仰,转而执着于对本能生活的追求。惠特曼盛赞灵肉合一的纯洁的情爱,认为只有从这种纯洁的情爱中才能找到真正的"自己"。这也直接影响到了有岛武郎对于人物形象的塑造。《一个女人》中的叶子,漠视一切既存道德规范的束缚,一心通过灵肉合一的爱情实现理想中的绝对境界,虽然她四处碰壁,最后亦不免死亡的结局,但她到死也不后悔。这种强烈的爱己精神,与惠特曼所肯定的自我意识是一脉相承的。

### 三、有岛武郎对亲子关系的理解与看法

根据广辞苑的定义,亲子就是指父母与子女,可以分为有血缘的亲生父母子女与法律上的养父母子女两种。① 所以,亲子关系就是指父母与子女

---

① 参见『広辞苑』(第六版),新村出编,東京:岩波書店,2009 年。

之间的关系。但是本书中对于亲子关系的论述除了以上所定义的两种之外,还有两种特殊的情况:一种是在有岛武郎的小说中,由于父母过世,长兄或者长姐承担起了照顾弟弟、妹妹的责任,在物质上给他们提供生活上的保障,从精神上关心他们的成长,在这种情况下,长兄或者长姐与弟弟、妹妹之间的关系已经超越了兄弟姐妹之间的情谊,因此被视为一种父母与子女之间的关系。另一种是虽然不存在血缘或者法律上的父母与子女关系,但在情感和精神上,长辈对晚辈的关心、晚辈对长辈的依赖甚至超越了普通的父母与子女,所以这种长辈与晚辈之间的关系同样被视作父母与子女之间的关系来加以讨论。

如果说亲子关系是父母与子女之间关系的具体表现,那么亲子观则是对父母与子女之间关系的一种观念上的概括性规范和总结,亲子观直接影响到了家庭的结构方式,也决定了父母与子女之间的相处方式。本书中所说的亲子观是双向的,包括两方面的含义:一是父母对自己和子女关系的基本看法,并由此产生的教育子女的动机;二是子女对自己和父母关系的基本看法,并由此决定了对于父母的态度。

有岛武郎在小说中对亲子关系表现出如此大的兴趣,与当时日本的社会现状和其自身的生活经历有很大的关联。当时的日本以日清战争、日俄战争的胜利为契机,赢得了资本主义的迅速发展,一跃而成为近代东方的经济和军事强国。然而,与经济的发展相反,在意识形态领域,江户时代遗留下来的封建意识和传统道德观念几乎统治着整个社会生活,并且由于明治民法的制定而被进一步的强化。有岛武郎目睹了现行秩序下亲与子两代人之间不可回避的矛盾与冲突,这些矛盾冲突并未局限于家庭的范围,而是从家庭出发辐射至社会生活的方方面面,这也促使他试图通过创作来探讨解决问题的方法。

从他自身的成长经历来看,有岛武郎出生于富贵之家,家庭幸福,双亲和祖母对他虽然严厉,但并不严苛,和兄弟们的关系也非常融洽,成年之后,作为家中长子的有岛武郎对双亲和祖母也非常的孝顺,然而也正因为这种孝顺,有岛武郎感受到了无形的束缚。他从小就接受三种完全不同的教育:武士教育、儒家教育和西方近代思想教育。东方与西方、传统与现代的冲突为有岛武郎未来的文学创作埋下了矛盾的种子,这也导致了有岛武郎在学习院学习之时,已开始觉察到个性解放与道德规范、理智与情感之间的深刻矛盾。他为了摆脱重压,远离家庭,到富有自由精神的札幌去读书。在内村鉴三的影响下,有岛武郎一度归依基督教,希望借此摆脱内心的苦恼,求得精神上的安宁,但这一选择也无济于事,在当时的大时代背景之下,有岛武郎不可能得到真正的解脱。他对于自己的人生并没有太多的自主权,即便是个人婚姻问题,也不得不服从家庭的安排,放弃了自己喜欢的姑娘,转而与神尾安子成婚。所以一方面,有岛武郎在肉体上和精神上都非常的自律克己,另一方面,他也就格外地强烈地感受到作为一个独立的人对于自由的向往和渴望。

大正五年(1916)8 月 2 日,有岛武郎的妻子安子因肺结核去世;12 月 4日,有岛武郎的父亲有岛武因胃癌去世。半年之内接连遭遇了两个至亲之人的离开,内心的伤痛是难以言喻的。然而使有岛武郎最为痛心和震撼的不仅是死亡的到访,还有妻子在患病之后的决绝态度。肺结核是传染病,因此安子在得知自己的病情之后坚持不与自己三个年幼的儿子(长子 6 岁,次子 5 岁,幼子 4 岁)见面,一直到她去世,也没有见孩子们最后一面。母亲与孩子的别离是绝难忍受的,然而安子却因为对孩子的爱,而把自己的欲求降到了最低点,想必她时时刻刻都在忍受着内心的煎熬,却因为这份坚忍的爱而从未放弃过自己的坚持,这一点令有岛武郎尤为动容。因为妻子无私的爱,有岛武郎感到了难以言说的压力,他意识到妻子的离开意味着自己必须父代母职,必须承担比此前更多的责任和义务,正是以此为契机有岛开始认真、严肃地思考亲子关系的重要性。

1918 年有岛发表了《与幼小者》,旗帜鲜明地表明了他对于孩子,对于后来者的态度,明确说明了他的亲子观。他诚恳地说:"养育到你们成了一个成人的时候,我也许已经死亡;也许还在拼命地做事;也许衰老到全无用处了。然而无论在哪一种情形,你们所不可不助的,却并不是我。你们清新的力,万不可为垂暮的我辈之流所拖累,最好是像那吃尽了毙掉的亲,贮起力量来的狮儿一般刚强勇猛的舍了我,走向人生去吧!"①在这里,有岛表达

① 有岛武郎:《与幼小者》,鲁迅译,载止庵主编:《现代日本小说集》,北京:新星出版社,2006 年,第 108 页。

的是一种基于社会进化论的亲子观,弱肉强食、新旧交替、优胜劣汰是人生的必然,只有适应时代需要、代表了社会未来前进方向的后来者才能生存下来,那些落伍者,那些跟不上时代步伐的人就应该接受被淘汰的客观现实,心甘情愿地给后来者充当阶梯,这种愿意牺牲自己的态度诚然是源于义务和责任的要求,但更应该是出自本能的爱。

有岛武郎的亲子观对其小说创作产生了深刻的影响。首先,亲子关系是有岛武郎小说的核心主题,对亲子观的思考是贯穿有岛整个文学创作生涯的线索。有岛小说从来没有对时代背景进行全景全观式的描写,而是把关注的焦点集中在一个或者几个家庭之中,通过对亲子关系的描写辐射出他对妇女问题、儿童问题、农民问题、知识分子问题的思考,通过对社会最小单位家庭的描写反映出整个近代日本的全貌。所以,有岛的小说中,始终在讲述父母与子女之间的关系,亲子关系对于推动情节的发展、主人公的命运发展起到了不可忽视的作用。长篇小说《一个女人》中叶子在寻找自己的过程中产生的矛盾挣扎固然是全书的重点,但是这些矛盾挣扎却具体地表现为叶子与父母的关系,叶子与女儿、妹妹的关系,则是小说着力表现的另一个重心,在繁杂的关系中抓住这条线索,有助于理解叶子悲剧的一生。《阿末的死》中可怜的少女阿末因为得不到一点点来自家庭的关爱而吞剧毒自杀;《与生俱来的烦恼》中的年轻渔夫有着绘画的天赋,却不为家人理解,只能在寂寞与孤独中默默坚持着自己的理想。从他们的身上,都可以看到有岛对亲子观的重视,也可以读出他所期待的亲子观。此外,亲子观与儿童观是联系在一起的,关于有岛对于儿童问题的关注在前文中已有论述,他曾多次撰文发表了自己对于儿童问题的看法,这些看法也构成了有岛亲子观的核心内容。尤其引人注意的是,有岛在自杀的前两三年,把相当大的一部分精力放在了童话创作上,这无疑是他重视亲子观的又一佐证。

其次,对亲子关系的理解是解读有岛武郎艺术理论思想的钥匙。文学家的文学创作活动与文学评论活动是一致的。对亲子关系的重视,直接影响并促成了有岛文艺理论体系的形成和完善。从亲子关系出发,才能够理解有岛的二元苦恼,以及立足于进化论的"生活三段论"。《爱是恣意夺取》(1917)是有岛武郎最重要的文学评论,他从个性出发,论述自己关于"本能"与"爱"的美学。在这篇评论中,有岛详细论证了在他看来什么才是真正的个性,什么样的生活才是真正理想的生活,怎样才能达到理想的生活阶段。实现理想生活的出发点是爱己,实现个性,而要达到这一目的,必须要挣脱知识和道德的束缚,在挣脱这种束缚的过程中,最难以摆脱和逾越的便是亲子关系的束缚,因此怎样的亲子观才能有助于本能生活的实现,是有岛武郎一直在小说中思索和探讨的问题。本书中的本能是依照有岛武郎对本能的定义而使用的。有岛认为,只有在本能生活中才能实现本能,也只有顺从本能,才能实现本能生活。本能是大自然持有的意志,人的本能既非野兽的本能,也非天使的本能,而是整体功能起动后的作用,是实现人的真正的个性创造的原动力,是不受任何知识或者道德限制的原动力,无需目的,无需努力,无需义务,是生命的极度律动。

再次,研究有岛武郎的亲子书写对于研究中日近代文学的亲子母题具有基础性研究意义。日本近代文学的源头,是日本近代史上划时代的、自上而下的改革运动"明治维新"。在"明治维新"的推动下,日本放弃了曾经的闭关政策,转而打开国门,欣然接受来自西方文明的风潮。封闭的国门一旦打开,日本固有的传统价值体系受到西方文明的猛烈冲击,日本文学亦无法避免。明治维新之前的日本,处于封建制之下,推崇的是灭私,个人永远处于家族之下,层层束缚之中根本无从考虑个体、自我。明治维新之后,基于对个体的尊重,日本文学传统与西方的思想、创作技巧相结合,日本近代文学历经"明治"、"大正"、"昭和"三个阶段,在这个过程中,亲子关系可以说是作家们创作的共同主题,森鸥外、夏目漱石、芥川龙之介、志贺直哉纷纷在小说中对此一主题进行不同方式的表述,因此,在整个日本近代文学的大背景之下研究有岛小说的亲子观,具有以小见大的意义。此外,有岛武郎的亲子观对于中国文坛而言并不陌生。早在新文化运动之前,白桦派已经被介绍到中国,而以周氏兄弟为首的作家们也很快注意到了有岛武郎,在某种程度上而言,有岛武郎影响了一批中国作家。鲁迅在读过《与幼小者》之后,曾把其中大段的感人段落,引用在《随感录六十三"与幼者"》中。数年之后,他又翻译了《与幼小者》和《阿末的死》的全文并收入与周作人合译的《现代日本小说集》中,并称有岛是一个"觉醒的"。有岛自杀之后周作人大为震惊,在《自己的园地·有岛武郎》中写道:"既然以自己的生命酬了自己的感情或思想,一种严肃掩住了我们的口了。我们固然不应玩忽生,也正不应侮蔑死。"①而有岛武郎在《与幼小者》中流露出的"爱",也给其他许多中国作家留下了深刻印象。朱自清曾在散文《儿女》中写道:"有一回,读了有岛武郎《与幼小者》的译文,对于那种伟大的、沉挚的态度,我竟流下泪来了。"

---

① 　周作人:《有岛武郎》,载《自己的园地》,北京:人民文学出版社,1998 年,第 141 页。

# 第一章　有岛武郎小说中亲子关系的五种形态

　　有岛武郎小说中展示了不同生活背景、不同地域的人们所发生的不同故事,反映了当时人们的不同生活状态,但无论怎样,小说中人物活动的中心场所是家庭,小说中最重要的关系是父母与子女之间的关系,人与社会、人与自然、人与他人之间的关系都成为了影响亲子关系的要素。所以本章主要结合有岛武郎的五部小说,探讨其小说中所体现出来的亲子关系的五种形态,这五种形态分别是对立与冲突、冷漠与麻木、缺失与破灭、羁绊与舍弃以及宽容与理解。

　　有岛武郎的小说以亲子关系为中心,讲述了一个个家庭的悲欢离合,并以家庭为中心发散开去,折射出整个社会的全貌。《一个女人》中所叙述的,是以叶子为中心展开的故事,早月叶子作为一个渴望自由的女性,为了实现理想中的生活而不懈努力,最后她却既无法得到世人理解,又找不到心灵皈依,最终只能走向毁灭的结局。《阿末的死》中所叙述的,是北海道的一个贫困家庭中所发生的故事,阿末本是一个活泼开朗、富于生命力的女孩,却因为一时的疏忽导致弟弟和外甥患上痢疾去世,她无法向家人坦白自己的错误,背负着沉重的罪恶感,更无法忍受没有一丝温情的家庭氛围,最后决然自杀。《该隐的后裔》讲述了一个不知何处而来的家庭在北海道小松农场的悲惨遭遇,广冈仁右卫门作为一家之主,是一个依靠本能生活的人,他对小松农场所代表的人类社会充满了敌意,无视农场的一切规定和约束,最后在来自农场/社会、土地/自然的双重打击下,失去了孩子,然后被迫离开了农场。《与生俱来的烦恼》中颇具绘画天赋的木本因为家境贫困放

16

弃学业。坚持梦想成为一个画家？还是安于本分当一个渔夫？在理想与现实的矛盾中木本苦苦挣扎。《星座》则描绘出青春的群像，一群风华正茂的年轻人面对传统与近代的冲突茫然不知所措，他们的人生抉择决定了他们对待父母的态度，在这其中少女阿缝与父母的关系是令人羡慕的，他们互相之间的宽容、理解，代表了一种和谐、理想的亲子关系。

　　有岛小说中亲子关系所表现出的五种形态，反映了有岛武郎对于影响亲子关系的因素的思考，这些因素虽然存在一些共性，但也各有其侧重点，《一个女人》中突出的是女性解放的意识，《阿末的死》中突出的是农民的贫困，《该隐的后裔》中突出的是人与自然、人与社会的对抗，《与生俱来的烦恼》中突出的是理想与现实的矛盾，而《星座》中突出的则是知识分子与劳动人民之间的矛盾，由于其各自强调的重点的不同，亲子关系也就呈现出不同的特点，即亲子关系的极端，亲子关系的变异，亲子关系的断裂，亲子关系的两难，亲子关系的和谐，五种形态并存，代表了有岛武郎面对新旧时代的交替，对于不同背景之下的人们面对亲子关系时所表现出的不同状态，以及不同诱因的思考，这是有岛武郎对当时社会上所存在的亲子关系所作的一个全景式的扫描。

## 第一节　对立与冲突：以《一个女人》为中心

　　能够代表有岛小说最高成就的无疑是他于大正八年（1919）发表的长篇小说《一个女人》。《一个女人》由前后两篇组成，集中反映出了有岛一生的思想苦恼，他的二元分裂性格。小说塑造的女主人公早月叶子是一个复杂的矛盾体，她既不希望被他人束缚，又醉心于控制他人；既不屑于计较金钱，又钟爱奢侈生活；既善良地帮助弱小者，又诡诈地以欺骗为乐；既重视感情，又可以决绝地克制乃至牺牲自己的感情。如果说叶子先后与几名男子的感情纠葛是这些矛盾冲突的核心表现，那么她与家人的关系则更为微妙：面对父母、妹妹、女儿，她始终在爱与不爱、不舍与割舍之间徘徊。

　　日本学者对于叶子与家人关系的研究主要集中在以下两个方面：第一，

性别视角。江种满子从性别出发,分析了叶子作为女儿、母亲、妻子的表现,认为叶子始终在努力突破男女之间的性别差异,而歇斯底里正是这种突破的一种极端表现。① 第二,宗教视角。生井知子认为叶子对于女儿、妹妹的舍弃与作家本人的佛教思想有密切联系,而不是因为基督教思想的影响。②

中国学者对于叶子与家人关系的研究主要集中在以下两个方面:第一,性别视角。赵婉从异性爱和同性爱的矛盾出发,指出两种爱在既是女人又是女儿、母亲、姐姐多重身份的叶子身上没有得到和谐统一,理智与情感的纠葛导致了她的悲剧。③ 第二,心理视角。李先瑞指出由于嫉妒,叶子与母亲、妹妹爱子处于对立的立场,并认为这是导致叶子歇斯底里,并最终走向死亡的原因之一。④

综合以上分析,可以看出目前的研究对于以叶子为中心的家庭矛盾和冲突缺乏总体上的观照,尤其忽视了叶子与父亲的关系,因此对此问题有重新讨论的必要。

## 一、对父辈的反叛与依恋

小说中的父亲往往被读者忽视,这种忽视缘于父亲在小说中、在家庭中的缺席。第一,父亲从未正面出场,关于父亲小说中只有寥寥数语,直接与父亲相关的情节只有三处:在妻子的动员下干涉叶子与木部的交往,不忍看到妻子对定子(叶子之女)的虐待偷偷将之送到叶子乳母处抚养,被妻子撞破与女佣的苟且之事。而这三处作者都是一语带过,没有过多描述,读者只有依赖这些零散的片断,在想象中还原父亲的形象。第二,父亲没有话语权,通过阅读与他相关的情节,读者看到一个被动的男性形象:他在家庭中处处居于下风,凡事听从妻子的意见。当他与女佣通奸被发现,虽然"一反

① 参见江種満子:「愛/セクシュアリテイ——『或る女』の場合」,『有島武郎 愛』,有島武郎研究会編,東京:右文書院,1996 年,第 9—32 頁。
② 参见生井知子:「『或る女』論」,『有島武郎の作品』(中),有島武郎研究会編,東京:右文書院,1996 年,第 147—167 頁。
③ 参见赵婉:《迷途的天使——灵与肉的撕裂》,《四川外语学院学报》2004 年第 3 期。
④ 参见李先瑞:《叶子与母亲,叶子与爱子》,载《本能主义者的幻灭》,天津:南开大学出版社,2008 年,第 123—126 頁。

往日的温顺,像受伤的公牛一样拼命恢复原来的生活",①仍然无法取得妻子的谅解,之后妻子更是带着三个女儿离开了他,由此可以看出他对妻子和女儿没有什么影响力,这也象征了一种缺乏父亲影响的家庭格局。由此,"缺席的父亲"具有了更深的隐喻意义。"父亲"在日本文化中是秩序的建立者和维护者,小说中父亲的缺席,无疑象征着在当时的日本社会生活中"父权"、"男权"开始消解,社会原有的秩序和规范遭到了严重的破坏,于是由男性与女性所构成的两性社会关系陷入混沌状态。

理解了"缺席的父亲",才能理解叶子与父亲之间所产生的复杂心态。叶子自幼接受的教育全部是母亲单方面的言传身教,她总是活在母亲的关爱之中,以及母亲的阴影之下,就是在遭遇困难之时,父亲似乎也从来没有给予她直接的帮助。因此对她而言,父亲只是一个无能男性的形象,她厌恶这样的父亲。她的生活中严重地缺失父爱,并且正是因为这种缺失,所以叶子更加珍惜并渴望人间真正的父爱。毕竟父亲是全家的经济支柱,给家人提供了衣食无忧的生活。父亲虽然软弱,但并不是完全不顾惜女儿,至少在对待定子的问题上,他给了叶子些许安慰。在父亲过世之后,叶子时常回忆起从前所经历的生活,回忆起那没有特别的爱的表示,却始终守望着自己的女儿们的父亲。因此,她才总是始终守望着自己理想中的男性,不让他离开自己,想让他成为真正的父亲。

面对父亲时的复杂心态,在叶子身上体现为一种具有矛盾性的男性观:一方面,"对于经历了强烈的时代觉醒的叶子来说,最凶险的敌人乃是男性"(98),因此当父权、男权被消解这种巨大冲击到来之际,叶子隐约感受到了一种欣喜甚至是一种亢奋,强烈感觉到这一点的叶子,其心态与形象就如同一个谋反者。所以她对于男性具有强烈的征服欲,乐于把男性作为斗争的对手,并用尽方法努力在与男性的关系中居于主导地位,然而一旦她占据了主导地位,她马上就对这种软弱的男性不屑一顾,甚至充满种种仇恨的情绪。其实这种不屑和仇恨正说明了在那个社会里叶子所代表的女性力量

---

①　对该作品的引用全部出自有岛武郎:《一个女人》,商雨红等译,北京:北京燕山出版社,2003 年,第 14 页。以下只注明页码,不再一一说明。

对于男性力量的否定,自然也是对那个时代里女性能力的一种肯定。另一方面,由于叶子缺乏父爱,所以她试图从别的男性身上找寻父爱,而她所渴望的父爱是双重的。首先是精神上的关爱,她从内心深处向往强势的、充满生命力的男性。其次是物质上的支持,因此她由始至终也没有放弃对于物质利益的关注。父亲在世的时候,叶子从来没有为经济问题担忧过,父亲不在了,她不得不关注自我与家庭生存所需要的基本物质保障。由此可以看出,叶子对父亲的渴望,其实可以看做是一种对于男性力量的渴望。叶子虽然追求自由,却把希望寄托在男性身上,她从来没有考虑过完全依靠自己的力量生活下去,"叶子只稍一偏差,就陷入了不得不从侵蚀生命的男性身上寻找生命的喜悦之源的进退维谷的境地"(98)。在反抗男性与依赖男性的二律背反境地中,叶子迷失了自己。

由此可以看出,对于父亲的厌恶和渴望,恰恰反映出叶子内心的精神枷锁,她所面对的束缚不仅来自外界,更多地源自内心。这种情形,当然与她所处的时代环境有密切的关系:叶子强烈地反抗世俗,轻视男性的力量和权威,然而她又没有任何经济能力,只能依靠男性去谋夺生存的权力,这种两难的困境使她陷入绝望的深渊。从这个角度上而言,在对男性的关系中,叶子既是一个征服者,又是一个败北者,因此,叶子始终无法摆脱内在的束缚,追求本质上的自由,实现真正意义上的独立。这正是她与父亲发生的不可调解的矛盾之所在,也是影响她与其他男性关系结构的重要因素。

至于母亲,从小说中来看,对叶子伤害最大的是母亲,最理解叶子的也是母亲。"母亲可说是叶子身边最亲近的人。可叶子也对母亲怀着势不两立的敌意。母亲虽意识到应用新的模式塑造自己的孩子,却不知该如何对待孩子。当叶子的性格在母亲设置的模式中以惊人的速度飞快成长时,母亲却像是嫉恨比自己法力高明的魔女一般,又开腿拦住了叶子的去路,结果两人之间一直持续着第三者无法想象的斗争与冲突。"(99)

母亲早月亲佐才貌双全,信奉基督教(并且担任了基督教妇女同盟的副会长),这一职务虽然没有实际权力,亲佐却借此摆脱了家庭的小圈子,建立了完全属于自己的社交圈。这种强势作风也同样延续到了家庭生活中,传统意义上相夫教子的责任,不再是她生活的重心,丈夫对她而言只是经济上的来源,对于女儿,她也采取了一种宽松的教育方式,脱离了日本传统的女性教育和家庭熏陶。作为长女的叶子,在母亲的影响下生活与成长起来,在这个过程中,她亲身感受到母亲的强势作风,亲眼目睹了母亲为提高女性社会地位付出的努力。然而"可以看见的事实是,叶子的母亲所体现出的女性解放的感觉,无论如何没有成为那个时代全体易于接受的趋势。"①当外界的批评和责难不期而至时,母亲的选择不是独立面对,而是回到父亲这个避风港,由此可见,母亲为那个时代的女性命运之改变而作出的努力,并没有取得实质性的进展,对自身命运的改变也没有产生多大的影响。于是,在母亲身上也发生了激烈的情感波动和心灵震荡。叶子在成长过程中逐渐感受到的恶意,不仅来自外界,同样来自看似思想开放的母亲。当母亲心情不好的时候,她的不满最先发泄到自己的女儿身上;而叶子也是一个不守传统而成长起来的时代女性,也有着十分丰富与变动不居的情感,也是好胜心切而不让他人的,这样的情形,注定了母女之间的矛盾不可避免。

　　叶子年幼时,母亲对她负有养育庇护的责任,母女之间是守护与被守护的关系,也许并不存在什么严重的问题。然而当叶子长大成人并且越来越漂亮的时候,亲佐却日益感受到一种来自于亲生女儿的实实在在的威胁。在容貌上,随着岁月的流逝,叶子的魅力逐渐超过了母亲,女儿的青春反衬出母亲的衰老与失势。在思想境界与生存能力上,叶子也在诸多方面超越了自己的母亲,成为新生代女性的杰出代表。对此,亲佐在感觉上自然是无法接受的。从这个意义上来说,叶子已经不再是一个需要母亲来加以庇护的女儿,而是时时与母亲同在的伙伴与平等的对手了,竞争的领域主要集中在男女情感与关系问题上。叶子热衷于爱情游戏,并且有的时候太过分,比如她根本不管自己的母亲与木部存在的亲密关系,从来不顾及母亲的感受,不论母亲如何地加以阻拦,她都要与木部结婚成家。在她们移居仙台之后的一段时间里,母女二人甚至与同一男性恋爱,最后竟成为了报纸大肆渲染

---

① 江種満子:「愛/セクシュアリテイ——『或る女』の場合」,『有岛武郎 愛』,有岛武郎研究会編,東京:右文書院,1996 年,第 16 页。

的不伦丑闻。于是,母女之间的冲突与矛盾也日益激化。

小说着力描写的母女之间的明争暗斗,其实象征着当时日本社会里普遍存在的代际冲突,呈现了两代人身处社会变动时期的迷惘和矛盾心情。母亲亲佐和女儿叶子这两代人都在经历着新观念的冲击,面对新的生活她们无所适从,因此融洽的母女关系不复存在,取而代之的是充满着紧张与纠结的对峙。从小说中我们看到,母女两代人的无情冲突,终于导致了母性的流失与人情的消解:在叶子生下私生女之后,亲佐一反日本社会里母亲的常态,处处表现出本不该有的阴暗恶意,比如说,她一直把外孙女放在女佣人房里,她甚至一次都不曾抱过。同时,叶子在成为母亲的时候,对养育女儿这项母职,也时时流露出一种抵触心态。

自然,在同一个人身上恨与爱是无法分开的,在叶子那里,一方面存在"反母性"意识,另一方面又表现出了对传统母性的追寻。在以后的日子里,当真正地感觉到了失去母爱之后,叶子又在不断追忆母爱,那种少有的温情,也是令人感动的。所以,叶子与母亲在情感上的和解也就成为一种必然。母亲毕竟是母亲,亲佐看到女儿任性妄为的性格,始终不服输的精神,以及在处理与男性关系中表现出来的随意,她才真正地感受到了女性的力量与女性身上存在的种种可怕的可能性。她在本能地感受到了种种来自外界的压力的同时,也时时担心着女儿的前途。就是在自己即将离世之际,她也不忘以自己的努力来安排叶子的婚事。对于这种安排,叶子虽有不满,但也明白母亲的用心。正如小说所展示的那样,与木村的婚约是唯一一条将她维系在悬崖上的绳索,也体现了一个母亲对女儿最后的一点用心与爱心。只有当母亲离世之后,叶子才真正地理解了母亲的心事,也谅解了母亲亲佐在世时的所作所为。尤其是当她也不得不面对正当青春年华的妹妹的时候,她更懂得了母亲为什么会对自己怀有一种莫名的敌意。

"离年轻而去……叶子的嫉妒之心被这样的凄凉感取而代之,向她袭来。叶子猛地想起了妈妈亲佐,想起那叶子与木部深深坠入了爱河时,却冷眼以待的亲佐,想起她当时的心情。"(254)直至此时,叶子终于在情感上与母亲达成了真正的和解。因此,我们说小说中的"母亲"是竞争与理解的统一体:自小开始她与女儿之间的感情是融洽的、亲近的;在女儿长大的过程中以及在以后生活里,她与女儿之间产生了重重激烈的冲突与尖锐的对立;而当母亲离世之后,女儿在回忆里才与她发生了某种程度上的理解。不论是女儿还是母亲身上那样一种复杂的情感与心态,都是由于她们之间的关系所产生的。

## 二、对后辈的爱与恨

叶子有两个妹妹:爱子和贞世。小说中,姐妹三人第一次同时出现的场合是双亲去世之后,叶子无奈接受家族长辈的安排,准备离日赴美的时候,三人含泪惜别。这一场景传递出的信息是两方面的:其一,父母去世后,姐妹三人骤然失去了精神上、经济上的支柱,面对心怀叵测的长辈们,作为幼者、作为女性,她们成为一个内部共同体,相依为命共同对抗长辈代表的外部世界;其二,叶子作为长女已经长大成人,而两个妹妹尚未成年,姐姐的离开无疑会使这个共同体分崩离析,年幼的妹妹更加孤单无助,使她们未来的生活道路雪上加霜。

正是基于这样的生活状况,当叶子违背婚约回到日本时,两个妹妹真是喜出望外,因为她们的确是真心地盼望她的归来。"一想到妹妹竟是这样焦急地盼着自己的归来,并对自己的归来显得这样高兴,无论从骨肉深情,还是从至少妹妹还属于自己这种满足之情,都使叶子感到无比的喜悦"(168)。在这个时期,姐妹之间相亲相爱,妹妹敬爱叶子,而叶子也毫无保留地宠爱妹妹,这个内部共同体非常稳定,这时叶子的人生态度以及在此基础上产生的亲子之爱是发乎自然的。首先,她和妹妹是一母同胞,存在着天然的亲情关系,很容易产生情感上的共鸣;其次,双亲去世,姐妹三人失去了物质上、精神上的支柱,作为长女的叶子理所当然地充当了家长的角色,除了给妹妹提供物质上的支持,也按照自己的意愿给妹妹重新安排就读学校,从精神上守护妹妹;再次,由于与仓地的丑闻造成的负面影响,叶子承受着外界强大的压力,她需要一种情感上的支持,来自妹妹的爱恰好填补了这个空缺;最后,叶子有一个女儿,但是由于一种特殊的原因,她并没有把女儿带在身边抚养,无形中她把对女儿的爱移情到妹妹身上。

然而渐渐地,叶子对妹妹的感情也陷入了一种偏执的形态。她虽然真心疼爱贞世,但却出于一种迷信的心理,认为只有无情地抹杀了对她有所关心的人的爱,她与男友仓地之间的爱情才能继续维持下去,并最终开花结果。对另一个妹妹爱子,叶子则充满了种种猜疑,尤其在意识到仓地企图染指爱子之后,更是如此。因此,叶子把两个妹妹当作了情感发泄的对象,并且在精神上也不断地通过种种方式伤害她们。这种想法发展到极端便趋于歇斯底里的病态:当贞世高烧陷入昏迷之际,叶子心中所想是十分可怕的:"哎,索性死了吧。谁能够说用这种血祭仓地不会被自己牢牢地拴住呢。就用人作祭品吧"(306)。而爱子在叶子的臆想中,则完全变成一个居心叵测的恶魔,爱子不仅虐待病中的贞世,并且筹划着算计自己,于是她对爱子的憎恨与日俱增。但是即便是在这种极端想法的折磨之下,叶子仍然没有办法彻底放开与妹妹的亲情,当她看到被病痛折磨的贞世是那样的痛苦,她希望可以把全部的爱倾注到贞世一人身上,对于自己曾经的疯狂行径感到悔恨。对于爱子,她也曾希望放下成见,也会表达温柔的关爱,甚至把爱子与自己的对立归咎于自己对妹妹长期的迫害。同时,她也担心爱子的生存前景,在她的潜意识里,总觉着爱子会比自己还要走上危险歧途。由此看来,她对自己两个妹妹的态度及其内在的心理是相当复杂与十分矛盾的。

叶子对待妹妹的矛盾态度,体现了叶子身上存在的双重人格:妹妹贞世天真纯洁,象征了叶子纯真的一面,叶子从她身上看到了少女时代的自己,在她的内心深处,充满了对于曾经的童真时代的怀念和向往。而爱子的成熟世故,象征了叶子性格中倾向本能和欲望的另一面。因为与叶子相比,爱子妹妹更为年轻貌美。更重要的是,爱子在思想上、情感上、生活方式上都更为自由开放。在小说中我们看到,爱子喜爱阅读,对于日本当时最为先锋的文学作品几乎都有所涉猎,如倡导女性思想和官能解放的《乱发》。于是,叶子总是嫉妒着爱子可能拥有的光明未来。因此,不同长相、不同性格的两个妹妹就像一把利刃把叶子的灵魂分裂成了两半,使她看到了两个互相对立的自己。她对妹妹的折磨实际上是宣泄对自我的不满,她试图在此方面超脱起来,反复努力的结果却又说明绝无超脱的可能。"应当说,叶子是一个心向善、行趋恶,具有圣俗两面性的'堕落天使',而她的两个妹妹就像两面镜子,照出了她纯真与贪欲的双重本性,从中我们看到了作为'本能生活者'的真实的叶子。"①此外,在经济状况窘迫、爱情枯竭的情况下,妹妹无形中成为了她的精神负担和绊脚石,这无疑也是使她陷入歇斯底里的原因之一。

所以,叶子在自己的两个妹妹身上看到了两个不同的自己:一个是充满着"爱"的自己,另一个是充满了"恨"的自己。一方面她以母性亲情守护自己的妹妹,另一方面她又情不自禁地伤害自己的妹妹,叶子是一个"伤害"与"守护"的双面体。正是通过"爱"与"恨"的矛盾纠葛,体现出亲子关系的极端走向。

短暂的婚姻生活留给叶子一个女儿——定子。叶子与女儿之间的关系同样是矛盾的,既牵挂又排斥:为了达成自己的心愿,她可以牺牲定子,但她又不能决然地把定子抛诸脑后,定子在她的眼里,既是她身在凡俗所能感受到的最后一丝温暖,又是她在恣意追求自由生活的过程中面对的最后一道难关。

叶子得知怀孕之时,正决意逃离与木部之间的婚姻,因此她从来没有考虑过要亲自抚养孩子。"选择了离开木部的自由的时候,可以认为叶子已经选择了离开孩子的自由,选择了离开母亲这一身份的自由。"②叶子是彻底的爱情至上主义者,在对男性的异性爱和对女儿的母爱之间,她往往优先选择异性爱,借由爱情来肯定自己,因此,她已经没有余裕来思考和实现作为一个母亲的责任与义务。这固然是彻底的爱己思想,不过也可以看做是那个时代的女性为了反拨当时顽固的贤妻良母观念而有意为之的一种态度。

女儿毕竟与自己的母亲血脉相连,母女之间的联系不是简单的切割就可以完全忘却与分离的。在即将赴美的前夕,叶子始终放心不下的就是女儿定子,为了避免产生离别之苦,她决定不与女儿道别,然而,"叶子甚至感到比起心灵,她的肉体更被牵引到定子跟前"(37)。在看到同行的田川夫

①　赵婉:《镜中观三人,双影鉴一身:评有岛武郎笔下的叶子其人》,《解放军外国语学院学报》2004 年第 1 期。

②　江種満子:「愛/セクシュアリテイ——『或る女』の場合」,『有岛武郎 愛』,有岛武郎研究会编,東京:右文書院,1996 年,第 23 页。

人与子女告别的感人场面,心里出现了"成为母亲就是化蛟龙为母猪"这样的想法(50)。其实这恰好反映了作为母亲的叶子当时的焦虑情绪,不能亲自看见自己的女儿,没有与女儿告别的叶子,目睹别人的告别场面,内心觉得这对自己而言是一种莫大的讽刺,所以她通过一种否定的方式来劝慰自己。而她从美国回到日本之后,叶子按捺不住去探望女儿,这种牵挂是一种母性的本能,因此无论叶子怎样刻意回避,无意识的思维总会引领着她靠近女儿。叶子弥留之际,唯一牵挂的人是定子,这无疑最能说明叶子对女儿的爱。不过,定子对叶子来说又是一种束缚。一方面,定子是无爱的产物,于叶子而言与木部的婚姻实在是一段不堪的回忆,定子的存在却时刻提醒她与木部所曾经发生过的关系,这是叶子不愿意面对的;另一方面,与女儿在一起意味着叶子必须回归社会生活秩序,如众人所愿做一个慈爱的母亲,按照传统规范的要求过平凡的家庭生活。叶子不愿也不能忍受这样的生活,因此,叶子倾尽全力投入与仓地的爱情,渴望在虚妄之中抓住一点光亮,在这个过程中,对定子的眷恋只能分散她的心力。此种心态下,定子成为了一种负累,无论心里多么的难以割舍,叶子仍然要决绝地摆脱她的束缚,做一个彻底的自由的女人。正如小说中所写的那样:"最后的牺牲——把至今为止犹豫不决难以割舍的最爱作为最后牺牲的话,或许仓地的心能够再一次回到自己的身边。叶子此时拥有一种就像一个太古之人把自己最后的东西作为祭品乞求三宝荒神聆听自己心愿的不顾一切的心境。那是一种类似于撕裂心肺的牺牲"(273)。女儿定子是叶子与传统秩序的最后纽带,割断与女儿的联系,就意味着彻底的解脱,象征着叶子在追求自由的道路上所付出的最后努力。然而,母女之间的血缘关系是自然生成的,否定这种关系,便会陷入无序与混乱。叶子为了自由,牺牲的不仅是母女之情与母性,还有作为人的本分。从社会伦理学观念来说,本分与秩序是联系在一起的,告别本分象征着与秩序的彻底决裂。作为社会个体的叶子,没有能力建立起足以支撑其人生意志与决定的新生活,更何况她摆脱束缚的方法只是一味地依靠仓地,说明她仍然生活在既有的社会秩序之中,这也注定了她无法寻找到真正的自由。叶子深切地感受到母性的存在,却又想彻底地脱离母性的牵绊,这一矛盾注定了她的自我肯定和自我安定是不可能实现的。因此,叶子始终处于困惑之中,对女儿的割舍和不舍都是这种困惑的产物。

### 三、亲子关系的极端

综合以上分析,叶子与家人的关系始终是矛盾的,厌恶父亲的软弱又渴望父爱,与母亲既疏远又亲近,对妹妹怜爱而又残忍,对女儿既牵挂又排斥,这些矛盾针锋相对,恰是"理智生活"和"本能生活"冲突的结果。

"理智生活实际上就是一种反射性生活。当外界影响作用于个性时,个性有意识地对其回示出反应。"①"本能生活"则是指"个性不依靠来自外界的刺激,全然任凭自己必然的冲动,推进自己的生活。"②有岛认为"本能生活"高于"理智生活",是一种无需受到任何束缚的自由生活状态。如果说有岛在《爱是恣意夺取》中从理论上阐述了"理智生活"与"本能生活",那么《一个女人》则是他通过小说创作对这种理论进行了实践。"《一个女人》堪称由'理智生活'进化到'本能生活'(一元)的艺术象征。"③

"理智生活"的目的是建立和维护秩序和规则,"本能生活"的目的是超脱出秩序和规则的制约,因此,两种生活之间的冲突是不可避免的。主人公叶子在两种生活状态中挣扎,这种矛盾和冲突是叶子追求自我的原动力,也是她生命悲剧的根源,叶子最终以死亡的方式结束了矛盾的人生。

首先,"本能生活"与"理智生活"的冲突决定了叶子对于家人、家庭的矛盾态度。叶子离日赴美的时间是在 20 世纪初,这意味着她是新世纪的新女性,敏锐、进取,厌恶并且有意识地反抗既有的一切秩序,在她看来,这些秩序都是对她的束缚。叶子决意挣脱束缚,然而对于挣脱束缚之后的道路从未有过清晰明确的计划,她只是盲目地与规则搏斗,盲目地将仓地视为实现本能生活的载体。仓地具有野兽般的强盛生命力,这种生命力对于叶子来说正是她所向往的,她希望在与仓地的爱情中获得这种生命力,并借此摆脱一切束缚,从而最终实现"本能生活"。对她而言,与家人的关系、对家人

---

① 有岛武郎:《爱是恣意夺取》,刘立善译,沈阳:辽宁大学出版社,1998 年,第 80 页。

② 有岛武郎:《爱是恣意夺取》,刘立善译,沈阳:辽宁大学出版社,1998 年,第 86 页。

③ 刘立善:《译者序:有岛武郎的文艺思想轨迹》,载《爱是恣意夺取》,沈阳:辽宁大学出版社,1998 年,第 11—51 页。

的牵挂也是一种束缚,所以每当叶子对家人的爱与她所希望的绝对自由相冲突之时,她首先放弃的便是与家人的感情,极力争取仓地的爱。"必须供养的妹妹和定子算什么?不断袭扰着叶子的不安算什么?……这些东西此时都已化作尘土,倘若能得到仓地做什么都可以。"(100)实际上,叶子真正想得到的不是仓地的爱情,而是借由与仓地的结合实现理想中的"本能生活"。

身处世纪之交,叶子在接受新世纪的新鲜事物的同时,不可避免地沾染了世纪末的颓废气息,她留恋过去的生活,追求物质上的享受,喜欢奢侈的生活方式,却不具备基本的谋生技能,更没有明确的意识去实现经济上的独立。她虽然清楚认识到女性是男性的奴隶这一事实,试图从男性手中夺取生存的权力,但是她用以斗争的武器却是肉体的诱惑,而这恰恰使女性进一步沦为男性的附庸。一方面,叶子憧憬与男性之间的平等,将男性玩弄于掌心时,她的内心有一种类似复仇的快感;另一方面,她所期盼的无非是和心爱的男性组建一个家庭,过上安定的生活,从家庭中获得心灵上的安慰。所以叶子对于庸常的家人、家庭充满着厌憎,却又对家人、家庭充满依恋。

其次,"本能生活"与"理智生活"的矛盾导致了叶子对亲子关系的极端态度。叶子既向往"本能生活",又无法彻底放弃"理智生活"中的责任、义务以及与此相关的一切道德规范。这些道德规范包括她对父母的敬爱,对女儿和妹妹的疼爱,囿于此她一意追求的"本能生活"便化为了泡影,叶子势必陷入两难的境地。更何况,叶子理想中的"本能生活"实则没有脱离"理智生活"的框架,对此她虽然有所意识,但却刻意地予以忽视。"对于做个平凡的妻子,生儿育女,把叶子讥讽为怪物一流的叶子的旧友,叶子曾抱有火一样的愤怒,在心底里瞧不起她们,发誓就是烂掉、死掉也不学她们。叶子好像忘了去美国前的这样的自己,连想也不愿意想起,一味地走上了旧友们走过的路。"(194)

然而叶子没有认识到"理智生活"和"本能生活"都不是绝对的,这也是作家在认识上的误区。"有岛作为一个主观唯心主义者,他过分地强调生命的创造、进化的源泉是本能,导致了源泉与目的二者的混合,使得作为源泉的重要构成要素的'理智生活'所具有的积极机能,极大地遭到了忽视,造成了致命的内伤。"①其实,两种生活既不是恒定不变的,也不能被割裂看待,对理想生活而言,本能固然是源泉,理智同样也是源泉,当"理智生活"发展到一定程度,秩序和规则日益趋于保守,必然会被破坏和摧毁。辩证地来看,当"本能生活"冲破旧有束缚的同时也一定会形成新的秩序和规则,需要人们去遵守。因此不能把"理智生活"和"本能生活"决然分裂开来,认定"本能生活"便是社会的更高级阶段。

叶子只看到了"理智生活"和"本能生活"的对立,没有看到二者的融合,因此陷入困境。叶子为了追求自由进而反抗传统,超出既定的秩序之外,与此同时,她又渴望爱情和家庭,因此不得不与传统妥协,回到既定的秩序之中。这种"理智生活"与"本能生活"的冲突给她的人生带来了悲剧与动荡,也使叶子的生命得到了激扬。19 世纪末 20 世纪初的日本经过了明治维新,正处于转型时期,这种转型既是社会结构、社会制度的转型,也是因东西文化冲突而造成的思想上的转型,如果说叶子充分表现了人们处于社会转型时代的活力和矛盾,那么以叶子为中心的亲子关系也呈现出因社会转型而导致的非此即彼的极端趋势。

## 第二节　冷漠与麻木:以《阿末的死》为中心

《阿末的死》发表于大正三年(1914),小说从少女阿末的视角出发,集中描写了一个家庭中的亲子关系。小说中的亲子关系具体表现为以下三个方面的特点:首先,父母非但没有成为孩子的支柱,反而在物质和精神上给孩子套上了沉重的枷锁,迫使孩子不得不逃离父母;其次,不断发生的死亡事件愈发凸显出人与人之间的隔膜、人心的自私利己;再次,亲子关系的悲剧并没有因为阿末的死而终结,而是在继续延续。

---

① 刘立善:《译者序:有岛武郎的文艺思想轨迹》,《爱是恣意夺取》,沈阳:辽宁大学出版社,1998 年,第 27 页。

亲子关系的变异自有其深刻的社会和时代背景,亲子关系的变异只是诸多社会乱象中的一环,阿末的家只是若干家庭中的一个,阿末的悲剧是整个大时代的一个缩影。借由亲子关系的变异,我们看到的是失去基本生存权利的人们在困顿中苦苦挣扎。使亲子关系陷入绝境的诱因是贫困,无论社会的、精神的原因,都是同他们的贫困联系在一起的,无论父母还是子女,贫困使他们失去了爱的能力,一切内在的、外在的因素都在经济力量的制约下发挥作用。亲子关系在经济力量的制约下发挥作用,作为个体的人被压抑,个性被扼杀。接踵而至的死亡不仅指人们肉体上的消亡,更是正常的亲子关系的消亡和死灭。

## 一、经济危机下的亲子关系

《阿末的死》小说开篇便是"阿末在这一晌,也说不出从谁学得的,常常说起'萧条'这一句话来了:'总因为生意太萧条了,哥哥也为难呢。况且从四月到九月里,还接连下了四回葬'"(《阿末的死》,110)。① 故事就在这样一种凄凉的氛围中开始了,阿末以坦然的态度四处讲述萧条的家境,她并不懂得萧条的真正含义,也并不理解萧条对于自己的家庭究竟意味着什么。虽然有岛没有明确说明阿末从何处学得"萧条"这个词,但显然是成年人那里学来的。阿末只是一个天真的孩子,她成熟老练地有意识模仿成年人的口吻,讲述着她这个年龄的孩子本不应该接触到的惨淡人生。在读者看来,更平添几分心痛和同情。

事实上,阿末的讲述,正是对于当时日本农村社会的真实写照。大正二年(1913)日本东北·北海道遭遇了低温危害,6—8 月之间两度暴风雨侵袭,农村严重歉收,青森县减收七成,而北海道则更为严重,减收九成,需要救济的灾民人数达到了 973 万人,在灾情面前,政府下发的救济金无异于杯水车薪。在这种情况之下,别有用心之人利用饥荒涌入东北·北海道地区,他们巧舌如簧地欺骗无知的妇女,利用她们尽孝道解救亲人的心态,将她们

① 有岛武郎:《阿末的死》,鲁迅译,载止庵主编:《现代日本小说集》,北京:新星出版社,2006 年,第 110—134 页。以下只注明页码,不再一一说明。

诱拐到东京当女工或者卖淫,甚至是被卖到满洲、朝鲜、偏远的南洋的妇女的数量也成倍增加。而阿末一家正是处在这样的时代大背景之下。①

《阿末的死》从阿末的视角出发描写了亲子关系面临的双重困境:其一,家庭经济来源有限,基本的生活得不到保障,全家陷入了朝不保夕的境地;其二是死亡接踵而至,半年之内安葬了四个亲人。困境之中,阿末首先看到的是家人与父亲日益冷淡的关系。

"半身不遂有一年半,只躺在床上,在一个小小的理发店的家计上,却是担不起的重负。固然很愿意他长生,但年纪也是年纪了,那模样,也得不到安稳,说到照料,本来就不周到,给他这样的活下去,那倒是受罪了,这些话,大哥总对着每一个主顾说,几乎是一种说惯的应酬话了。"(111)疏远父亲,是因为父亲的病久治不愈。父亲本来应该是家人的支柱,却因病卧床一年半,并且没有任何好转的迹象。面对这样衰弱的父亲,身为子女本应加倍地关心和爱护,但是家人把父亲看做了家庭的负累。这种负累是两方面的,一方面是经济上的,子女无法负担他的医药费;另一方面,家人都忙于生计,没有精力照料父亲。在这样的状况下,身为长子的大哥盼望的不是父亲的长寿,而是父亲的早日离世。父亲的离世,对子女而言是一种解脱,对他自己而言也是一种解脱。

父亲身体的软弱与脾气的暴躁形成了鲜明对比,这也是子女们疏远父亲的另一原因。父亲将自己视为家长——绝对权威的代表,因此父亲固执、尊大,历来按照自己的意志行事,但他只是强调自己的权力,全然忽略了自己基本的责任——对子女的爱。久卧病榻,父亲一味苛责子女,长此以往,年长的子女固然不会再遵照他的意愿,年幼的子女也在无形中受到影响,无视父亲的权威。因此小说中父亲的脾气越来越暴躁,经常发怒。客观的软弱无力和主观的虚张声势形成鲜明对比,在子女眼中无疑是一个极大的讽刺。如此一来,父亲和子女之间既缺乏沟通,又无意了解对方,双方关系日趋恶化。

---

① 参照大田正纪:「『お末の死』考——『聖』なる豊平河畔物語——」,『有岛武郎の作品』(上),東京:右文書院,1996 年,第 73—93 页。

　　总之,久病的父亲的存在,给子女们造成了很大的困扰,究其根源是经济上的,因为物质的匮乏,导致了日益恶化的家庭境况,继而造成了感情上的伤害,所以尽管在父亲真的去世之后,阿末也觉得若有所失,但是很快也就释然了。

　　那么,与母亲的关系又如何呢? 父亲在世的时候,母亲没有发言的机会,只是绝对服从父亲的权威,整日忙碌着服侍病中的父亲,从来不会也不敢公开地抱怨父亲,只有偶尔在背地里对父亲有所怨言。这样压抑的母亲,内心想必是很痛苦的,因此她只是亲近怀着温情的天真的两个孩子:力三和阿末。然而父亲去世之后,母子之间的关系也发生了变化,随着时间的推移,母亲仅剩的那一点温暖也逐渐失去了。

　　"父亲一亡故,母亲的状态便很变化,连阿末也分明地觉察了。到现在为止,无论什么事,都不很将心事给人知道的坚定的人,忽然成了多事的唠叨者轻噪者,爱憎渐渐地剧烈起来了。那谯诃长子鹤吉的情形,连阿末也看不过去。"(113—114)母子关系的恶化,与母亲性格的变化有关,推究原因,主要有以下两点。

　　第一,父亲去世之后,家庭格局发生了变化,母亲的身份也发生了变化。母亲不再是一个唯唯诺诺的指令执行者,而是取代父亲成为家中的权威和支柱,成为了家中具有决策权的大家长。角色的转换,使母亲将以往压抑的感情全部发泄出来,从沉默到唠叨的大转变,使得子女不敢亲近她,母子关系的疏远也就成了情理之中的事情。

　　第二,作为家长,母亲必须关心与家庭有关的所有问题,在这所有的问题之中,最迫切最关键的自然是经济问题。对于家中的拮据现状,母亲是极为清楚的,身为女性,她并没有谋生能力,也没有更好的办法来解决家中的实际困难,她所能做的只有苛责自己的子女,希望子女们努力为家庭分忧。依照日本传统观念,长子是继承家业的人,也是应该承担家庭重责的人。也正因为这个原因,她对于长子苛刻得不近人情。实际上,母亲并非不疼爱子女,她对于年幼的三个孩子仍然充满了母爱。但是在严酷的现实面前,日益沉重的压力使她无法自持,转而将压力转嫁到了子女身上。在母亲的人生中,她从未用正确的态度去正视现实,从被丈夫压迫转为压迫子女,她似乎从未努力争取过,她的人生中只有失去,没有未来、没有希望,所以她只有在孤独、绝望中耗尽一生。

可以这样说,父子关系、母子关系的恶化,经济上的窘迫是主要的诱因,正是因为贫穷,怎样才能活下去成了人们首先考虑的问题,这势必影响到人们正常的亲子关系,甚至摧毁亲子之爱。也正是因为贫穷,阿末家庭中存在的问题越来越尖锐,最终导致了阿末的自杀。

## 二、死亡阴影中的亲子关系

4—9 月,不到半年的时间内阿末接连失去了四个亲人:父亲、哥哥、侄子、弟弟。

> 几个风筝在各处很像嵌着窗户一般的一天的午后,父亲的尸骸便抬出小小的店面外去了。(111)
> 那么瘦弱的哥哥,却这样胖大的死掉,在阿末颇觉得有些滑稽。(113)
> 但是到这傍晚,那可爱的孩子已不是世间的人了。(118)
> 但力三却骤然躺倒,被猛烈的下痢侵袭之后,只剩了骨和皮,到九月六日这一日,竟脱然的死去了。(119)

四个人都死于疾病:父亲死于半身不遂,二哥死于心脏病,姐姐的儿子和弟弟力三是因为吃了不卫生的黄瓜患痢疾而腹泻暴亡。对于一个贫穷的家庭而言,死亡带来的负面影响是难以言喻的:首先,从主观感情而言,失去至亲令人悲痛,年幼孩子的夭亡尤其让人心碎,对于活着的人而言生理、心理的打击是难以想象的;其次,从客观状况来看,每一个亲人的离去,都意味着支出一笔安葬费,对于一个本就在困顿中挣扎的家庭而言,无疑是雪上加霜。

"虽然医好了歇斯底里病,而左边的嘴角终于吊上,成了乖张的脸相的母亲,和单在两颊上显些好看的血色,很消瘦,蜡一般皮色的大哥,和拖着跛脚的,萎黄瘦小的阿哲,全不像会给家中温暖和繁盛的形象。"(120)四个葬礼结束以后阿末和家人心力交瘁,死亡的频繁到访使这个家庭雪上加霜,在死亡的阴影下,负面影响是持续的、多重的,对亲子关系的打击是致命的。对阿末一家而言,死亡夺走的不仅是亲人的生命,还有活着的人的精神。母亲和哥哥元气大伤,他们以或暴躁或沉默的方式发泄自己的痛苦,舔舐自己的伤口,没有余裕也没有余力顾及身边人的感受,而阿末以及更为年幼的阿哲在死亡面前茫然不知所措。当作为家长的母亲和作为家庭支柱的哥哥发生争执之时,阿末和阿哲除了逃避没有更好的选择,从实际境况看来,这个家庭已经分崩离析了。

家已不家的绝望与死亡如影随形,面对死亡,人类显得异常渺小,无法掌握自己的命运,无力反抗,无法改变自己和家人的命运。在死亡的暗影之下,人们彻底对生活失去了信心和希望。亲子之爱显得那么脆弱,逐渐地,亲子关系中只剩下了冷漠和麻木。阿末的家庭中始终笼罩着挥之不去的阴郁气氛,家人终于在互相伤害中一步步走向绝境。

与家人相比,在这种冷漠、麻木的亲子关系中,阿末受到的伤害是最大的。首先,加重了阿末的心理负担,可怜的女孩认为亲子关系的持续恶化是自己造成的。面对亲人的相继离开,阿末背上了一个不能说的秘密:侄子和弟弟是在和她一起游玩的过程中吃了黄瓜而染上痢疾的。潜意识中她认为自己应该为他们的死负上责任,她是有罪的,年仅十四岁的阿末从此背负了极其沉重的心理包袱。她想坦白求得原谅,然而面对暴戾的母亲、伤心的姐姐,她无法说出这个秘密,无法跟任何人诉说自己的痛苦,只能日日咀嚼自己的伤痛,沉浸在有罪、自责的情绪中,于无人处哭泣度日。

其次,扼杀了阿末的天性。因为家中弥漫的阴郁气氛,阿末早熟起来,她抱着赎罪的心情努力为家庭分忧,却没有换来任何关爱的一瞥。从早到晚,阿末勤劳地帮母亲料理家事,在理发店帮哥哥的忙,忙碌了一天之后还照料弟弟睡觉。肉体、精神都极度疲劳的阿末所希望的只是母亲能够和气地跟她说说话,心里当做父亲一样敬爱的大哥能够偶尔关心她,然而就是这么简单的一点愿望都无法实现。仅仅因为对于"无限轨道"的好奇,在力三忌日时阿末和朋友们出去玩耍了一阵,便遭到了母亲无休止的咒骂、哥哥无情的指责,想从姐姐那里得到一丝安慰也事与愿违,努力讨好家人的阿末终究只得到一个"任性"的评价。阿末终于彻底绝望了,如果说此前她还心怀希望,那么此时的她感到一切已无法挽回,从心底里伤心起来了。

再次,终于把阿末推上了死亡的道路。母亲的性格日益暴戾,动辄大发脾气,甚至恶语诅咒阿末;哥哥因为生意失败而情绪低沉,时常与母亲争吵不休,没有心力关爱妹妹;姐姐遭受丧子之痛,对阿末也失去了耐心。感受不到一点爱意的阿末对人生充满了绝望,精神上的压力越来越大,终于在内心的自责与极大的虚无中,走投无路,平静决然地选择了服毒自杀,结束了年仅 14 岁的生命。

"第二日的午后,鹤床举行第五人的葬仪。在才下的洁白的雪中,小小的一棺以及与这相称的一群相送的人们,印出了难看的污迹。鹤吉和姊姊都立在店门前,目送着这小行列。棺后面,捧着牌位的跛足的阿哲,穿了力三和阿末穿旧的高屐子,一颠一拐高高低低的走着,也看得很分明。"(134)冬天、雪地、棺材、送葬的一群人,叙事视角从远处拉近到鹤吉和姐姐身上,又逐渐推向远处,特写阿哲,最后定格为空中飘落的雪花。结尾的这段描写意味深长,送葬的日子是冬天的一个下雪天,对于北海道的居民而言,冬天是一年之中最为艰难的季节,无法耕种,自然也不会有任何收获,人们除了蛰伏没有任何别的选择,这无疑象征着阿末家庭的彻底衰败。在如何面对人生的苦难,如何面对人的家庭内部和外部的关系问题上,阿末一家一败涂地。在洁白的雪地中,阿末小小的棺材显得触目惊心,这次送葬并非一次救赎之旅,而是一场不知通向何处的盲目旅程。家中最为年幼的弟弟阿哲穿上了力三和阿末穿旧的木屐,这似乎意味着阿哲在得不到亲子之爱的家庭中,只能沿着可怜的哥哥姐姐曾经走过的老路走下去,在死亡的暗影之下,没有希望,没有未来。

### 三、亲子关系的变异

《一个女人》中的亲子关系围绕叶子展开,反映了以叶子为核心的三代人之间的关系,体现了时代变迁给人造成的观念上的冲击,以及作为个体的人在追求自我的过程中与传统秩序、规范之间的冲突。小说中的三代人之间虽然充满了矛盾和对立,但是彼此之间仍然互相关心,只是这种关心在代际观念的冲突之下被掩盖。在《阿末的死》中，由于经济上的贫困，死亡的接连发生，亲子关系已经发生了变异，这种变异主要体现在以下三个方面。

第一，父子关系的弱化。在《一个女人》中，父亲虽然处于失语的状态，但他仍然是家中的经济支柱，在事实上仍然充当着一家之主的角色。正是由于父亲的存在，三个女儿得以衣食无忧，父亲虽然软弱，但仍尽量在情感上给予女儿们慰藉。父亲的去世，对于女儿们的打击是非常大的：在物质上，她们失去了经济来源，被别有用心的亲朋好友瓜分了财产，被动地陷入了生活困境；在情感上，叶子经常会想起温柔的父爱。

而《阿末的死》中，父亲虽然固执坚持着一家之主的权威观念，但实际上却软弱不堪，不仅在经济上无法给予家人帮助，在物质上给家人增加了负担，而且由于暴躁的脾气，更是在精神上造成了家人的困扰。对于子女们来说，没有感受到丝毫父爱。反观之，子女们对父亲也失去了敬爱。他们觉得父亲的存在使得家人的生活更为艰难，对于久病的父亲仅剩一种应酬的心态。因此，父子之间，过着彼此疾视的日子。父亲在世，没有给子女们半点温暖，而父亲过世，对子女们而言反而是一种解脱，给家中减轻了负担。除了阿末偶尔觉得若有所失之外，小说中丝毫没有提及子女们对于父亲的怀念。这种父亲在家庭中的彻底弱化，无疑是小说中亲子关系最为明显的变异。

第二，母子关系的消解。《一个女人》中，叶子与母亲、叶子与女儿之间的关系是非常微妙的。叶子与母亲虽然存在着竞争关系，也产生过激烈的冲突，但是母女二人在精神上却存在着某种程度的契合，母亲始终关心着叶子的前途，而叶子也最终体谅和理解了母亲。而叶子虽然抵触并且一直试图割裂与女儿的联系，但是她在生命的最后时刻唯一牵挂的却是自己的女儿。母性是一种天然的存在，无法否认。

而《阿末的死》中，由于来自外部世界的重压，母亲的母性已经逐渐流失。小说开篇，对于羸弱的次子，母亲没有半点关心，次子对于她来说，是可有可无的存在，这种态度也影响到了其他的子女。次子默默地活着，动辄得咎，又默默地死去，对于母亲，对于家人都仿如一个不知名的匆匆过客，甚至连名字都没有留下。母爱的淡薄已经到了如此境地，无疑是令人失望和心痛的。如果说起初母亲对于幼子、幼女还存着一丝关怀的话,随着小说情节的展开,物质与精神上的双重压力,使母亲不堪重负,这种关怀也早已丧失殆尽。她不仅没能在子女们面临困境时给予他们一丝温情,反而把自己的压力也转嫁到子女身上。对长子严加苛责,对幼女全无耐心,恶语相向。可以这样认为,母子/女关系就在母亲这种无节制的行为中逐渐消解,母子之间只剩下了敷衍和逃避。

第三,亲子观念的变异。《一个女人》中,叶子的父亲是医生,母亲是妇女解放运动的代表,三个女儿也都接受了良好的教育,了解社会的最新动态,能够接触最新的思想,就整个家庭环境而言,属于中产阶层。没有经济条件的困扰,他们的亲子观念仍然是以关心女儿的前途和未来为前提的,叶子的父母如此,叶子同样是如此。

《阿末的死》与《一个女人》中的亲子观念有明显差异,这种差异是由家庭背景以及家庭在当时的日本社会中所处的地位决定的。阿末的家在北海道,北海道是日本最为偏僻的农村,阿末的父亲失去了劳动能力,母亲本就没有任何谋生能力,子女们也都没有接受过正规的学校教育;而叶子的家在东京,日本的政治经济文化中心,父母都有体面的身份,站在社会潮流的最前列,叶子姐妹三人在学校接受正规教育。如果说叶子一家至少属于中层的话,阿末的家则处于社会的最底层,他们在一定意义上,是当时困苦的普通人的象征,他们的弱点和缺点是普通人身上所存在的弱点和缺点,他们的状态也是所有底层人们的普遍状态。对于阿末的双亲来说,最担心的问题是生计,子女对他们来说,存在的价值便是为满足家庭需求而服务。因此,在他们的亲子观念中,子女的未来完全不在考虑的范围之内。"在世界性经济萧条的打击下,生活本来就很不宽裕的阿末一家,被推进了贫困的谷底,正当豆蔻年华的阿末,作为社会底层弱者的代表,幸福与她无缘。她忧伤地活着,默默地死去。"①父亲去世之后,阿末一家度过了短暂的幸福时光,哥哥鹤吉埋头苦干,阿末和力三快活地在家里帮忙,阿哲上学,母亲操持家务,姐姐姐夫帮衬家计,然而好景不长,在萧条的大氛围中,阿末一家恰如

---

① 刘立善:《日本白桦派与中国作家》,沈阳:辽宁大学出版社,1995年,第322页。

海啸中的一艘小船,很快便崩坏了。

阿末是有岛武郎以夜校女学生濑川末为原形,综合了夜校其他女学生群像的特征创造出的女性人物形象。这些女性,有着内在的热情,与众不同的生命力,也有反抗社会规范的决心和性格。① 在原型的基础上,阿末被赋予了充沛的生命力,她正值青春期,朦胧中女性意识已经觉醒,对于女性特有的魅力充满了憧憬。对此,小说中有以下描写:

> 他一面很怜爱似的看着阿末的脸。这在阿末,是说不出的喜欢。无论从哥哥,或是从谁,只要是从男性过来的力,便能够分辨清楚的机能渐渐成熟了,那虽是阿末自己也是无可奈何的事。不知是害怕,还是喜欢,总之一想到这是不能抗的强的力,意外的冲过来了,阿末便觉得心脏里的血液忽然沸涌似的升腾,绷破一般的勃然的脸热。这些时节的阿末的脸色,使鹤床连到角落里也都像是成为春天了。(117)

就是这样生机蓬勃的阿末,在弟弟的劝说下与弟弟、侄子一起吃了生黄瓜,弟弟和侄子因此患上痢疾夭亡了,唯独阿末活了下来。力三死之前因为惧怕母亲、兄长、姐姐的责骂和阿末约定不将吃生黄瓜这件事说出去,阿末在内心深处一直非常自责,因此她不仅帮母亲操持家务,并且承担了力三在世时的工作,到理发店帮哥哥招呼客人,照顾年幼的弟弟阿哲。对于贫困的家境,繁重的工作,阿末从来没有任何怨言,只是勤勤恳恳地劳动着,忍受着。然而母亲和兄长一再的怨怼,姐姐的说教和责问,终于使她不堪重负。阿末自杀的导火索是因为按捺不住好奇心和朋友们一起去观看了无限轨道(无限轨道就是我们现在所说的履带)。看到一直运动不停,并且不断循环的履带,阿末似乎看到了永无止境不断循环的人生,遮住眼睛的帘布被掀开

---

① 作者自译。原文为「しかし外形的なお末の形象には、瀬川末のそれよりも夜学校に集う生徒群像が背景として与えられているように思われる。内なる自然の熱情に誘われるように、社会の規範に抗って生きる女性の姿の造形は、少なくとも『お末の死』において捨象されている。」大田正紀:「『お末の死』考——「聖」なる豊平河畔物語」,『有島武郎の作品』(上),東京:右文書院,1996 年,第 84 頁。

了,在这一瞬阿末长大了。"阿末在见到无限轨道的真实面目后,认识了人生的本质,深陷一种空虚感无法自拔。"①她忘记了时间,回家晚了,进家门之后迎接她的是母亲的辱骂,她到姐姐家也没有得到任何安慰,终于她坚定自杀的念头。服药之后的阿末没有显出丝毫想活下去的念头,对哥哥的关心,也只是说:"死掉也不要紧的"。在残酷的艰难的现实面前,阿末曾经努力过,然而她终究从生命的春天直接步入冬天,被死亡吞没了。如果说对人生真相的了解使阿末从强烈求生转而强烈求死,那么变异的亲子关系则是在背后直接推动她走向死亡的那双大手。

最后,值得注意的是,在得知阿末服毒将死的信息之后,阿末的哥哥、母亲都发出了不自然的笑,小说对"笑"的描写有六处之多。

> 鹤吉听到这话,异样的要发出不自然的笑来。(128)
> 鹤吉终于真笑了,并且随意的敷衍,使那女孩子回家去。(128)
> 鹤吉笑着,用大声对着正在里间的母亲讲述着故事。(129)
> "什么,阿末死?……"母亲并且也发了极不自然的笑。(中略)一面说,却又不自然地笑了。(129)
> 鹤吉一听到这笑声,心中便不由得异样的震动。(129)

笑声的含义是复杂的:一是无助的笑,母亲与哥哥不愿相信阿末的死;二是不安的笑,不愿相信却不能不相信阿末的死,风雨飘摇的家庭面对新的死亡惶恐绝望;三也是最错综复杂的,荒诞的笑以及笑背后隐藏的泪和爱。读者在读到哥哥和母亲不自然的笑之后,就渐渐发现有岛武郎为阿末的死建立了一系列逐渐升高的悲剧场景的层次。第一层次是哥哥和母亲在听到阿末服毒的消息之后,不接受阿末将死这一事实的自然反应;第二层次是被迫接受事实后的绝望反应;第三层次是哥哥和母亲意识深处最为真实的反应——哭泣。在笑声中,有岛的亲子观,以一种荒诞的气氛全面地显示了出

---

① 参照大田正纪:「お末はこの「無限軌道」の正体を見たとき、「人生の本質」を知り、空無感にとらわれ　てしまったように思えてならない。」「『お末の死』考——「聖」なる豊平河畔物語——」,『有島武郎の作品』(上),東京:右文書院,1996 年,第 78 頁。

来。包含着整篇小说中最核心层次的恰恰是最后这段关于"笑"的描写,可以说前文全是铺垫,"笑"可以视为全书叙述的中心。从哥哥和母亲的不自然的笑声中,变异的亲子关系又从冷漠麻木的状态回归,接近了正常的温度和状态。于是有了哥哥求医时的无措,对阿末服错药抱持的侥幸心理,有了阿末离世时母亲带来她最喜欢的好衣裳,有了母亲一面和弥留之际的阿末不停说话,一面到处的抚摸。与前文相比,最后一节更具深思,也更生动。读者在和阿末一起经历了服毒后的痛苦折磨以后,对于分享哥哥和母亲的那种难抑的情绪也有了更多的准备。"笑"这一场景是令人难忘的,哥哥和母亲泪凝成笑,这不自然的笑是那个萧条时代所有的普通人对社会和对他们自己的无力回应。

如果没有这段对"笑"的描写,这篇小说必然会逊色不少。有岛武郎虽然书写了人性的弱点,但他毕竟还是看到了冷漠背后的温暖,但这点温暖在巨大的压力之下显得那么微弱,不堪一击。有岛写亲子关系固然带有写实目的,不过不是提供任何客观资料,他感兴趣的、关心的是表达他对近代日本和对他自己的视像,既勾勒出一副具有普泛意义的日本社会的图景,也记载下作者自我的情绪和精神,写出普通人在动荡的日本社会中的精神状态。基于此,《阿末的死》中令人最为心伤的不是家人的冷漠,也不是阿末的死,而是哥哥和母亲的笑。

## 第三节  缺失与破灭:以《该隐的后裔》为中心

《该隐的后裔》发表于大正六年(1917),主要描写了主人公广冈仁右卫门在松川农场的经历。小说的时间设定是从前一年的晚秋开始到翌年冬天截止,跨度正好是一年。在这一年之中,仁右卫门努力地在农场耕作、生活,却一无所获,反而失去了孩子、失去了马,最终只能和妻子一起孤独地走向不可知的未来。

这篇小说着力刻画的似乎只是仁右卫门这一男性形象,他的妻子已经简化为一个没有个人意见的女性符号,孩子则由于年幼与父母之间完全没有互动,因此对亲子关系的直接描写在小说中只有寥寥几笔。然而,仁右卫门并非孤立地生活在松川农场,他与简化的妻子、早夭的孩子始终是一体的,一起来然后又一起离开,所以小说以仁右卫门为中心,反映的是他如何处理家庭内部的、外部的关系,因此,对于亲子关系的关注就在这种对家庭的聚焦中得到了新的发展和阐释。

## 一、被放逐的父亲

小说的标题是"该隐的后裔",这一标题本身就具有了很深的隐喻意义。该隐是《圣经》中的人物。他是亚当的长子,与弟弟亚伯一起给耶和华献上供品,耶和华只看中了亚伯的供品,该隐不忿之下杀死了弟弟亚伯,从此受到了耶和华的诅咒:"地开了口,从你手里接受你兄弟的血。现在你必从这地受诅咒。你种地,地不再给你效力,你必流离飘荡在地上。"(创世纪:4)①而该隐的回答是:"我的刑罚太重,过于我所能当的。你如今赶逐我离开这地,以致不见你面。我必流离飘荡在地上,凡遇见我的必杀我。"(创世纪:4)

仁右卫门被赋予了"该隐的后裔"这一身份,这也预示他势必继承该隐的性格,最终被置于该隐一样的境地,走向流离失所的命运。他是农民,却被自然诅咒,不能从赖以生存的土地中有所获取;他是人类社会这个共同体的一员,却因为具有强烈的破坏欲,不遵循现存的社会秩序,被人类社会拒斥;他注定了是一个流浪者,一个被放逐者,盲目无知地寻找自己理想的归宿和家园。作为该隐的后裔,仁右卫门只能在夹缝中求生存,而他求得生存的唯一方法便是对一切人一切事的态度都依据自己的本能。所以,仁右卫门对待自己的孩子亦是从本能出发,这也使得他对孩子的态度显得似乎不可理喻。小说中对仁右卫门与孩子关系的直接描写集中于两处:一处是一家三口刚到农场之时,仁右卫门因为自己饿了而不顾饥饿中的孩子,和妻子争抢剩下的三个饼。

---

① 《圣经》,上海:中国基督教三自爱国运动委员会、中国基督教协会,2005 年。以下对《圣经》原文的引用皆出自此书,不再一一注明。

婴儿用那冻僵的牙床使劲地咬住奶头,越哭声音越大。

"坏孩子! 要把奶头咬掉了!"

妻子狠狠地这么说着,从怀里拿出三张咸煎饼,使劲地把它嚼碎,喂到婴儿的嘴里。

"也给我一点!"

冷不防,仁右卫门伸出他那长胳膊,想把剩下的夺走。两个人一声不响当真地抢夺起来。因为要说吃的东西也只有三张煎饼了。(《该隐的后裔》,82)①

另一处则是孩子因痢疾而早夭时对于仁右卫门的描写。

仁右卫门的妻子畏畏缩缩,如怨如诉地回头看了看丈夫,一句话没说便哭了起来。仁右卫门立即走到婴儿身边去看。只有章鱼一样的大脑袋似乎是他的婴儿的唯一特征。这个孩子瘦弱极了,以致使人怀疑,仅仅半天时间,怎么会变成这个样子。仁右卫门看到这种情况,感到没有希望了,愁闷得生起气来。从未经历过的慈爱心情火烧火燎似地逼上心头。他感到不知如何是好,仿佛是把他没有的东西强加在他身上一样。而这强加在他身上的东西,又非常沉重而阴冷。不管怎么说,他首先厌恶那种丧魂落魄的心情,但他又毫无办法。(100)

从这两段对于父子关系的描写来看,仁右卫门前后判若两人。第一段给读者展现了一个有悖伦常、自私自利的父亲:只顾自己的感受,丝毫不关心孩子,从饥饿的妻儿口中抢夺食物,重视自己的生命更甚于孩子,对孩子根本谈不上父爱。然而,第二段及其后的内容却让读者看到了一个流露真挚父爱的仁右卫门:孩子生病之后他丧魂落魄,埋葬了孩子之后像孩童一样不管不顾地大声哭泣,孩子夭折之后脾气较之以前更加暴躁。怎样理解仁

---

① 对该书的引用出自有岛武郎:《该隐的后裔》,陈应年译,北京:中国青年出版社,1983年,第71—114 页。以下不再一一说明。

右卫门这个矛盾的父亲？

综观小说中有岛武郎对于仁右卫门的描写，令人印象最深刻的便是他像动物一样的直觉和反应。为了凸显这种特征，有岛用了大量的比喻："像野兽般在田间徘徊""以野兽般的敏感嗅到了事情的苗头""就像凭借简单的啼叫声在动物之间互相理解一般""像扑向刀刃的野兽一般豁出去了"。基于此，仁右卫门这个父亲与其他父亲完全不同，他既没有叶子父亲般的温情，也没有阿末父亲般的色厉内荏，他与家庭、与自然、与社会格格不入，是一个困顿的、苦涩的、烦恼的人，完全无法和生活的复杂性相周旋，也不能和环境发生有意义的联系。他虽然有无尽的精力，却生活于偏执狂和与整个外部社会疏远的状态中。这样的状态体现在他的具体行为中，表现在以下三个方面。

首先，是为了生存不顾一切、无视一切。对于仁右卫门而言，活下去是第一要务，他做的所有事情都只是为了活下去，为了活得更好些。为了实现这一目标，他也确实努力奋斗过。在农场耕作，他有比一般人更加旺盛的精力，在地里劳动了一天，大家都筋疲力尽，只有他仍然浑身干劲，不干活就手痒痒。冬天来了，大家都在家休息，只有他还到林场和鱼塘打短工赚钱。他卖力地干活，夜晚还借着星光像机器一样在地里耕种。为了赚钱，他对农场的规定不管不顾，只种了一半庄稼而把另外一半地种了亚麻，当农场主加租时也只有他为了自己的利益独自到函馆向农场主请求减租。他只相信自己，有着一种质朴的勇气和顽强的求生意识。

其次，是与求生意识紧密联系的自我防卫意识。小说中，仁右卫门一家人不知来自何处，他凭空出现，人类社会对他而言充满了威胁，因此他对人类社会，对周围的人们怀有深切的敌意。刚到农场的时候，仁右卫门从远处看到灯火，便感到胆怯和不安，这种胆怯和不安正是体现了对人类社会本能的抵触和反感，每当感到威胁时他就立刻用简单粗暴的方式进行还击，也因此使他更加孤立。他无法融入人类社会，浮沉于一个他所不能理解也不愿理解的世界之中。对于这个世界，他感到了鄙视以及愤怒，一厢情愿地想象未来的美好生活，从中获得安慰、希望和平静，但事与愿违，与他接触、绕在他周围的，全部是令他恼怒的事物，然后不出意料地仁右卫门走向了令他悲痛伤心的难堪结局。

再次是不加抑制的性欲。仁右卫门定居农场不久之后，就与佐藤的妻子通奸。通奸触犯了固有的道德准则，对于家庭、社会，都是极大的破坏行为。然而仁右卫门从不考虑这些，他不在意妻子和佐藤的感受，也不在意农场传得沸沸扬扬的丑闻，他完全听从内心的欲望。在幽会被阻碍的时候，他不仅没有丝毫的心虚和理亏，反而愤怒不已，行为也变得暴躁起来。应该说，在仁右卫门身上，性欲被严肃地视为一种重要的精神苦闷的症状，这种对性的欲望的毫不掩饰，甚至不顾一切地与压抑欲望、妨害欲望实现的力量反抗的坦率暴露，绝不是为了赚取读者的眼球，而是用一种惊世骇俗的姿态来强调仁右卫门情感模式的真实，这一真实指向了基本的自我。

柏格森在《时间与自由意志》中指出有两种不同的自我：基本的自我、基本自我在空间和社会的表现。只有前者才是自由的，绝大部分人掌握自己的时候是非常稀少的，"大部分的时候，我们生活在我们之外，几乎看不到我们自己的任何东西，而只看到自己的鬼影，被纯绵延投入空间之无声无息的一种阴影。所以我们的生活不在时间内展开，而在空间展开；我们不是为了我们自己而生活，而是为了外界而生活；我们不在思想而在讲话；我们不在动作而在被外界'所动作'。"① 与绝大部分人不同，有岛笔下的仁右卫门却是一个保有基本自我的自然人，他生活在自我之内，几乎看不到除自己之外的任何东西，看不到自己的社会（即柏格森所谓空间）身份，所以他既无视自己是家庭中的父亲、丈夫，也不在乎自己是松川农场的租户，他只是坚持对于自己的掌握并回到有岛所推许的纯粹的、基本的自我。

综合以上分析，有岛武郎正是通过对"抢食物"这一极端旺盛的"食欲"的畸形描写，才真正显露出了仁右卫门赤裸裸的"基本自我"和"生命的冲动"。"食欲"是人的基本自我得以存在的首要基础，在饥饿的时候，自我最基本的要求就是满足自己对食物的欲望和冲动。表现在仁右卫门身上，当他的欲望和冲动达到最强烈时，他直接忽略了人类社会的伦理规范，随心所欲行事，这并不能说明他不爱孩子，只能说此时的仁右卫门并没有意识到对孩子的爱。而孩子早夭之后，他没有顾虑成年人的身份，没有控制自己的情

---

① 柏格森：《时间与自由意志》，吴士栋译，北京：商务印书馆，2007年，第173页。

绪,隐忍不发,而是像孩童一样大哭,应该说只是在此时,仁右卫门第一次意识到了对孩子的爱。前后的鲜明对比,恰恰更好地表现出仁右卫门的父爱:爱或者不爱,对他而言都是自然而然发生的,不是任何外在的规范强迫造成的,所以也不能用社会惯用的那一套规范去评判。

"仁右卫门被打得一败涂地。回到了自己的小窝棚。他感到地主的结实的大手甚至伸到了农场的上空,饱含着雪的云彩压住你的脑袋,使他感到透不过气来。'混账东西'的骂声不时地在他的耳边吼叫。这是多么悬殊的生活啊! 这是多么不同的人呀! 东家如果是人,俺就不是人。俺如果是人,东家就不是人。他这么想着。而且只是呆呆地默不作声地想着。"(112)必须看到,仁右卫门生活中的焦点往往集中于自我,但在这自我表现中却往往缺少内在的深度。不像有岛其后作品中的知识分子星野等人,他们能够从儒家或是西方思想的内部寻找自我的定义,仁右卫门只能是以单纯的对抗那在他看来是纷扰的、异己的环境来肯定个人的人格和生活方式。这种纯粹自由的基本自我是有着有岛浪漫主义的要求的,但是在表面激进的反抗行为之下,却有着精神的空虚,所以他的反抗只能成为一种无目的、无意义的行为。作为本能生活代言人的仁右卫门,在根底上终究没能彻底地无视世俗的束缚,在小说中有这样一处细节,为了要求自身的利益,仁右卫门单枪匹马地到函馆去找农场主要求减租,在看到农场主在函馆宽绰气派的房子的一刹那,仁右卫门就气短了,他完全无法表达自己的想法,只是感到笨拙和羞愧,在与农场主的交锋中他彻底地败下阵来。

## 二、沉默的母亲

《该隐的后裔》中父亲仁右卫门是绝对的主人公,因此母亲这一形象被忽略了,实际上,母亲这一形象同样重要,隐含了许多信息,而这些信息全部隐藏于她的沉默之中。母亲的沉默表现在三个方面:首先,母亲的名字、出身都不得而知,小说中对她的称呼是仁右卫门的妻子。"妻子"无疑是对她身份的一个最基本的定位,象征着她只是作为仁右卫门的附属而存在,她的地位可想而知。其次,母亲的活动范围仅限于家庭,她被限制于一定的框架之内,从不单独抛头露面与他人打交道,总是默默地和丈夫一起行动,默默地和丈夫一起来到这个农场,默默地在家照顾孩子,照管家事,连孩子夭折的时候也只是默默地哭泣。再次,无论家庭事务还是农场事务母亲都没有发言权。无论是到农场安家落户,还是离开农场,无论是丈夫与佐藤妻子的通奸,还是孩子的夭折,母亲对此都没有发言的机会,也没有发言的权利,她只能追随丈夫的脚步,听从丈夫的安排,而丈夫随时都可以责骂她。

潜藏于沉默这一问题背后的性质有助于我们解释母亲身上体现出来的对于生活的被动特征,它也有助于解释有岛笔下那些和这个母亲同样被动的女性在长时间里,同样保持沉默的原因所在。"中午过后不久,仁右卫门的田地里走进来两个男人,一个是昨晚办事处的账房,另外一个是仁右卫门的亲戚川森老大爷。三个人走进窝棚,这时妻子战战兢兢地走了进来,诚惶诚恐地低下头。看见妻子那个样子,仁右卫门鄙视地朝地上啐了口唾沫。"(84)仁右卫门是该隐的后裔,背叛了整个社会空间及其规则,对于被流放的生活心安理得,充满了旺盛的生命力,为了自己而不是为了外界生活,他的所有行为都是主动的;而沉默的母亲恰好和他形成了鲜明的对比,她习惯于业已形成的生活状态,麻木地接受生活所给予的一切,她的所有行为都是被动的。借由母亲这一形象,读者能够看到的是一个彻底失语的女性个体。作为女性,她生活在社会的最底层。由于经济上的贫困,她的家庭已经处于社会的最底层,而具体到家庭这个小环境,她由于缺乏经济能力,没有任何谋生能力,所以只能隶属于丈夫,一切的喜怒哀乐因丈夫而生,在家庭中她同样处于最底层。如此一来,毫无疑问,她的地位是最低的。

理解了母亲作为女性在小说中的地位,对于理解她与孩子的关系大有裨益。在分析母子感情时,笔者仍然引用以上分析仁右卫门与孩子关系的两段描写。仁右卫门要抢走仅剩的三个煎饼时,她毫不犹豫地与仁右卫门抢夺。当孩子得了痢疾,奄奄一息,丈夫却在外面喝醉了酒醉醺醺地回家时,她也毫不掩饰对丈夫的怨恨。与仁右卫门对孩子的自然态度相比较,身为母亲的她对孩子的爱是一以贯之的。她对孩子的关心胜过对自己的关心。在全篇小说中,身为妻子的她对于仁右卫门的责骂从来没有任何反抗,只有在为了孩子的时候,她才表现出了对于丈夫的一点反抗意识,这也就显得她的母爱尤其难能可贵。

"走上公路,那里已踏平了一条雪道。为了不致掉进没有踩实的洼坑,仁右卫门走在前面,一边探路一边走着。背着大行李的两个身影一蹓一滑地,慢吞吞地挪动着。通过公墓时,妻子合起掌一边朝墓地拜着一边走着。——仿佛做作似地又大声地哭着。两个人走进这个村庄时,有一匹马,还有一个孩子。现在,两人连这些东西也被大自然给夺取了。"(114)此外,小说的开头和结尾首尾呼应,女性陪伴着男性从未知的某处而来,伴随他们的是孩子和一匹瘦马,最终他们又去往未知的某处,孩子和马都已经死亡,只剩下他们自己相依为命。通过这一描写,可以看出,母亲这一形象,其实还隐喻了生活的另一种形态。仁右卫门身上体现出强烈的生命的冲动,那么母亲则体现了人生的另一面,那就是压抑自己作为人的本能的冲动,甚至于已经失去了源自本能的生命力,只是日复一日地安于生活现状,对于外界的刺激没有丝毫反应。母亲永远不可能确立"基本的自我",也永远不可能实现"绝对精神自由",只能忍受着没有自我的生活直到死去。这种生活状态其实一直伴随着人们,同样是小说力图表达的另一主题。要突破这一生活状态,需要一个极大的刺激,对于母亲而言,这一刺激就是对孩子的爱。孩子的死诚然带走了她对生活的希望,但是也给她古井无波般的生活带来了改变。在离开农场,通过公墓的时候,妻子合起掌一边朝墓地拜着一边走着。仿佛做作似的又大声地哭着。这是小说中她第一次无保留地宣泄自己的情感,所以,从某种程度上而言,对孩子的爱或者是改变她现有生活状态的一个契机。

### 三、亲子关系的断裂

《该隐的后裔》一经发表,在社会上引起了强烈的反响,赞誉、批评之声不绝于耳,针对这种情况,有岛武郎曾专门写作了《该隐的后裔旨在写出我自己》一文,借以阐明自己的创作初衷。"这里,有一个刚从自然中发掘出来的男子,既然被发掘出来,他就是一个人。他要背负着与作为母胎的自然相吻合的命运,同时,距人的生活尚远的他,还必须同人的生活相吻合。他拙于如何与人相融合,又不通晓征服自然的技巧。虽然如此,他在窘境中一直必须受到激烈的生存冲动之驱使。以此勾勒出一种苦涩的生活相,即他不但受人的歧视,还被自然视作继子。作为该隐的后裔的仁右卫门,就是这样的人。"①因此,贫穷并不是仁右卫门及其家庭陷于困境的根源所在,他的困境更多地体现在精神上,不见容于人类社会,又不能从自然中得到支持,而这种困境也必然地影响到了他对孩子的态度,使得亲子关系呈现出一种与之前的作品截然不同的表现形态。

"两个人就像商量好了似地相互靠在一起,一面把婴儿搂在中间睡下,一面在稻草里瑟瑟地颤抖着。"(82)这是小说中最令人感动的一幕,仁右卫门和他的妻子从外地来到农场的时间是晚秋,由于刚到农场,因此生活还没有着落,家徒四壁,任何的生活用品都没有,没有床可以睡,也没有取暖的工具。在这样的情况下,无论是按照本能意愿行事的父亲,还是一直沉默寡言的母亲,夫妻二人不约而同首先想到的是自己的孩子,他们把孩子搂在中间只有一个用意,就是用自己的身体挡住外面的寒风,用自己的体温给孩子取暖。通过这一细节,可以看出,在这个贫穷的家庭中,尽管什么都没有,纯粹的亲子之爱却是存在的。

"夏夜寂静得很。这时一种可怕的想法突然浮现在他的心头。对于这种想法,连他自己也吃惊似的茫然瞪大眼睛。随后他像孩童似的开始大声哭泣起来。他的声音粗犷得吓人。妻子大吃一惊,脸上挂着眼泪惊恐地看着丈夫。"(103)与上一段描写相反,这是小说中最令人心痛的一幕。孩子因为得了痢疾,突然暴亡,仁右卫门背着孩子的尸体,又亲自挖了一个坑,把孩子埋葬了。妻子始终在哭泣,而仁右卫门直到孩子安葬的一刻,似乎才真正意识到了孩子的死,意识到至爱之人的离开,所以他放任自己的情绪,放声大哭。小说中形容为"如孩童一般",孩童是人的一生中最为单纯、天真、最贴近自然的时候,仁右卫门像孩童一样哭,恰是说明了他对孩子的真诚的感情,没有一丝虚伪。安葬孩子这一细节,虽然令人心痛,却也证明了夫妻二人对孩子真挚的亲子之爱。

那么作为接受者一方的孩子呢,给人印象最深的是他"章鱼一样大的头",还有"仿佛要被扼死的哭声"。除此之外,孩子没有名字,性别不明,不

---

① 有岛武郎:《〈该隐的后裔〉旨在写出我自己》,载《爱是恣意夺取》,刘立善译,沈阳:辽宁大学出版社,1998年,第29页。

会说话,患上痢疾的原因也没有说明。与夫妻二人相比,孩子更像是世界的一个过客。孩子的死,也意味着亲子关系的彻底断裂,对于这种断裂的原因,有以下思考。

第一,人类社会的排斥是亲子关系断裂的诱因。对于这个外来的家庭,作为利益共同体的农场不仅不欢迎,而且怀有难言的拒斥之心。尤其是由于这个家庭的家长仁右卫门与整个农场格格不入,他表现出毫不掩饰的欲望,甚至不顾一切地与压抑欲望、妨害欲望实现的力量进行抗争。以仁右卫门为核心的家庭无视农场的一切秩序:不交房租、种植明令禁止的作物、通奸、抗租,在这种公开的对抗中,这个家庭陷入在人类社会中生存却要与人类社会敌对的不可解决的矛盾当中。

第二,来自自然的恶意。仁右卫门一家人在羊蹄山山脚下的松川农场只待了一年的时间,在这一年里自然灾害不断,他们熬过了北海道最为严酷的冬季,春天却不停下雨;好不容易进入六月,夏季却姗姗来迟,天气不但没有转暖,反而一直阴雨不断;之后天渐渐热起来了,却像和佃农们作对一样,一滴雨水都没有,炙热的大太阳烤得庄稼都快要枯死了。虽然秋天粮食多少也有些收获,可是仅有的一点庄稼果实也被这连绵的秋雨泡了水,腐烂发霉了。

第三,无法实现本能自我的无奈。只要有生命存在,这种本能就要起作用,只要这种本能起作用,为了满足自己的生存欲望和冲动就要冲破任何与自己不相容的东西和阻碍自己满足欲望的势力。作为仁右卫门实现本能自我的载体的家庭,既不见容于人类社会,又被自然所抛弃,所以必将走向失败的宿命。

综合以上原因,对本能生活的追求和来自习性生活的束缚之间存在着不可调和的矛盾,而亲子关系成为了两者角力的牺牲品,亲子关系的断裂也就成为了必然。


## 第四节　羁绊与舍弃:以《与生俱来的烦恼》为中心


《与生俱来的烦恼》发表于大正七年(1918),小说采用第一人称叙事,以作家"我"的视角追忆了我与朋友木本相知相识的过程。小说中"我"与木本只见了两面,第一次是木本送来画作希望得到我的批评意见,其时的木本还是一个青涩稚嫩的学生。其后木本辍学,十年后"我"再次收到了木本寄送的画作,他们在风雪交加的北海道第二次见面,此时的木本已经是一个壮实成熟的渔夫。十年间木本的样貌、气质发生了很大的变化,唯一不变的是他对绘画一如既往的热情。经由"我"的转述和想象,读者得以了解木本十年间的艰辛,"我"既同情木本在大风大浪里讨生活的不幸处境,又为他旺盛的生命力所感动。木本的烦恼主要源自现实生活和艺术理想之间的冲突,在这一冲突之中,起关键作用的是亲子关系。因为木本与家人之间难以割舍的亲子之爱,使他无法将自我的实现置于家人、家庭之上,无法摆脱生活的束缚全身心投入艺术的怀抱;再则因为家人对于木本理想的不理解,使他在精神上与家人、家庭日益疏离,在追求艺术的道路上日益孤独。

## 一、真挚的亲子之爱

木本的家庭遭遇了接二连三的打击:母亲去世,哥哥的幼子早夭,银行存款因银行倒闭而化为乌有,仅有的渔场也因为防波堤的错误设计而完全没有了用处。然而木本一家人并没有意志消沉,而是迎难而上,在这个过程中,父亲的作用是决定性的。小说中对于亲子关系的描写主要集中在父子关系上。

"遇到这样的不幸,如果是一群没有耐力的人,身体一定会很容易就像枯木般顿时折断倒下。只是在你的家里,因为不管是父亲或是哥哥,都是天生硬骨的正直人,正面接受所有激烈的命运,不惜粉身碎骨地努力工作,所以即使命运坎坷,也毫不休憩地过着每一个今天。"(《与生俱来的烦恼》,64)①小说中对于父亲的直接描写虽然不多,但是父亲总是扮演着关键的角色。父亲的存在有以下两个方面的意义:首先,作为一家之主,父亲是家庭的核心,父亲地位的稳固也意味着以父亲为中心的亲子关系的稳固,父亲对

---

①　对该书的引用出自有岛武郎:《与生俱来的烦恼》,叶婉奇译,台北:新雨出版社,2002年。以下只标注页码,不再一一说明。

于子女们具有绝对的权威和影响力。其次,在困境之中,父亲始终表现的勇敢、不退却,这种正面的积极的力量给子女们以精神上的支持。

确定了父亲在家庭中的中心地位,父子之间的关系也就比较明晰了。对于父亲而言,他是家人的守护者,这种守护既是物质上的,也是精神上的。所以尽管他已经年迈,身体状况也不是很好,他仍然坚持与两个儿子一起出海捕鱼。出海之时,父亲总是坐在船舵的位置指挥航向;遭遇海难时,由父亲发号施令;归航之时,也是由父亲竖起告知渔获的旗帜。遭遇海难之际,正是在父亲的带领和鼓励下,父子之间互相扶持,在危急关头不离不弃,才终于死里逃生。在这个过程中,父亲始终引导儿子、牵挂儿子,在脱难之后,第一时间关注的也是自己的儿子。

"你开始注意到年老的父亲,回头看着他。你的父亲膝盖以下泡在水里坐在船舵上,一直看着你。从刚才就一直凝视你以及你的哥哥。一想到这里,你就被言语难以形容的骨肉之爱紧紧包围。你的眼眶不由得涌出热泪,你父亲看到了这一切。"(54)对于木本而言,他敬爱父亲,为了父亲,为了家人,他愿意付出一切。这种付出同样是物质和精神两方面的。一方面,木本为了替父亲分忧,放弃了东京的学业,回到岩内当一个普通的渔夫,跟随父亲努力工作,希望通过自己的努力为家庭减轻经济上的负担,使一家人能摆脱贫穷的困扰;另一方面,木本放弃了心爱的绘画。由于捕鱼工作的繁忙,他压抑了心中对于绘画的渴望,九年没有画画。放弃绘画,意味着他放弃了成为一个艺术家的理想。这种牺牲较之物质上的付出无疑更大。

从以上的分析可以看出,父亲和木本之间的亲子之爱是真挚的,这种亲子之爱具有积极的一面:首先,亲子之爱对于父亲、木本都是一种动力。处于物质极度贫乏的经济状况之下,正因为彼此之间的互相关心,才有了生活下去的勇气和动力。其次,亲子之爱对这个家庭而言,也是仅剩的安慰。面对残酷的命运,不可知的未来,只有亲子之爱是他们唯一能把握的精神上的一丝温暖。

## 二、沉重的亲子之爱

亲子之爱在给予木本精神上的动力和安慰的同时,也给他带来了极大的压力和困扰,使他陷入了难以言说、难以排解的寂寞和痛苦之中。而究其根源,主要是因为木本对于绘画的热爱,对于艺术的追求。

木本因家境中落而被迫中断了东京的学业,回到位于北海道的岩内。回家的当天,"你的艺术性需求在某处悔恨着。你告诉我说:回家的那天晚上,在空气充满鱼腥味的房间里,躺在枕头上的同时,因为觉得自己就像落入陷阱的野兽而感到烦躁,整个晚上都无法阖眼睡觉。"(32)木本的烦恼是双重的:首先,亲子之爱成为了沉重的负担,阻碍理想的实现、自我的实现。家庭的贫穷是无法逃避的,木本必须面对这个现实,而且身为家庭的一分子,他必须为改变这种状况付出自己的努力,这是身为人子应尽的义务和责任。木本了解这个现实,对于自己也有非常明确的定位,那就是接受现实,和父亲一样做一个渔夫。但是,从心灵深处而言,他真正想做的事情却是绘画,成为一个画家。渔夫的工作无疑只会磨损他的意志,消耗他的精力和时间,是他实现理想的障碍。因此,要成为艺术家,必须远离现在的生活状态,然而这也意味着他必须放弃作为儿子的义务和责任。在这种情况之下,木本固然愿意做一个孝顺的儿子,为了父亲、家庭付出一切,另外,木本又希望做一个纯粹的艺术家,为了绘画放弃家庭的一切。来自现实家庭的爱和责任与对理想艺术的追求之间产生了激烈冲突,使木本陷入二元对立的痛苦之中。

于是,我们看到木本与家庭、与整个外部世界的疏离与冲突。在这种状况下所固有的一个悲剧意义是似是而非的:一个孤独的天才,被无知的群众误解、疏离,却无法为他的自我存在定义;尽管他为理想、为拯救嘲笑他的人努力,尽管他尽力融入群众,但是群众依然无法了解他的意图。

"你不认为自己喜欢绘画是件不务正业的事。不但不是,反而对你来说它是比生活还要严肃的工作。但是与自然互相拥抱、将大自然活现于画上的喜悦与感伤,在你的家里只有你一个人知道。其他的人——包括你的父亲、兄妹、附近的邻居——都觉得这只不过是仿佛小孩游戏般的东西。在他们的脑中,你的想法是很难被接受得了的。"(79)这段揭露性的文字提醒我们看到木本的另一重烦恼在于:生活与理想的根本分歧使木本具有了两个互相抵触的人格。一个是他愿意让他人理解的公开的自我形象:孝顺努力的儿子、拼命工作的渔夫;另一个是隐秘的,可以称之为个人主义的自我:孤独的绘画者、不合群的离群索居者。他这公开的与隐秘的两个分歧的自我,毫无疑问,必然会强化亲子关系的紧张状态。对于木本来说,做渔夫只是为生活所迫的无奈选择。在他眼里,小镇上的其他人安于现状,麻木地接受现有的生活现状,从不怀疑,从无反抗。与其他人相比,木本是不幸的,因为他不认可、不接受现有的生活方式,他认为这样庸庸碌碌地活着并不是真正的存在,他始终在思考关于自我的问题,始终在努力去实现作为一个人的真正价值,这种努力的具体表现就是绘画。对于木本而言,绘画是自我呈现的方式,是一项隐秘而孤独的行为,通过绘画,他表现出的是对于生命的热爱,对人生的感动,以及像一个人那样生活下去的力量。同时,绘画也能够将自然与自我结合,帮助木本将自我从传统的羁绊中解放出来。为了吃饭而工作,这种他人眼里的生活在木本眼中不是真正的生活,也不严肃,因为这不是人们经过自由选择的结果,绘画是高于这种生活的,通过与自然对话、将自然活现于画上,木本获得了人的本质,在他看来这才是真正的活着。

　　然而这样的木本却无法得到理解,周围的邻居误解、嘲笑他。即使是敬爱的父亲,也不能理解木本的想法,非但不支持他,而且和其他人一样,把绘画看做消遣,认为绘画是无用的游戏。在这样的状况之下,家庭不能给木本精神上的安慰,反而变成了一个爱的牢笼,无形中逐渐消磨着他对于绘画的热爱,扼杀着他艺术家的天性。更可悲的是,木本虽然不认同其他人的生活方式,但当他看到他们为了生活不顾一切地努力,哪怕需要放弃生命也绝不退缩时,即便他认为这种努力是盲目的,他仍然为之感动并给予肯定。如此,木本一直被两个相反的冲击力撕扯着,一方面,木本通过他对绘画的坚持,视他自己为唯一的清醒者,吹着响亮的人生号角尝试唤醒其他人;另一方面,他却承认绘画在生活面前是无力的,不过是他私人的一点私心罢了。在整个小说当中,木本不断重复着他的沮丧、寂寞、孤独。

　　悲剧的孤独感经常出现在他对亲子关系的思考中,亲子之爱变得越来越沉重,这种沉重体现在两个方面:首先,父亲对木本越是关心,木本也就越无法随心所欲地去追求自己的理想,追求自我人格的实现;其次,父子现实生活的和谐与精神观念上的差异形成剧烈的反差,这种反差只能使木本日益走向寂寞、痛苦的深渊而无法自救。这种沉重如果不曾削弱,也至少抵触他对家人有关这种生活状态需要激烈的解救之道的提醒。事实上,类似的抵触性冲突,一直渗透在木本十年的北海道岁月中。

### 三、亲子关系的两难

在木本成为渔夫的第十年,他再也无法忍受平淡庸碌的渔夫生活,于是遵从内心强烈的渴望,重拾画笔,利用一切可能的空闲时间作画。内部强盛的生命力与外在的束缚激烈冲突,真挚的亲子之爱日益变得沉重,亲子关系于是陷入了困境。是继续当孝顺的儿子,平庸的渔夫,还是忠实于自己,毅然舍弃这一切,去实现艺术家的理想,对于木本而言,这是两难的选择,这也是亲子关系的困境。

"K好像也是在他那难以沟通的父亲之下,含悲决定以药剂师终其一生的样子。就我看来,K才是有希望成为伟大文学家的男人;但K却毫不夸张地放弃了自己的命运,虽然悲伤,但放弃了。"(60)考察这一困境,文中另一人物K是不容忽视的存在,事实上,正是因为K的出现,才加速了这种困境的到来。K是木本回到岩内之后唯一的朋友,K能够理解他的心情,支持他的理想,并且将自己实现理想的热情亦倾注于木本身上,热切希望他成为一名艺术家。然而K的存在给木本带来的思考是两方面的:首先,K的过去就是木本的现在,K之所以能够理解他的原因在于K有着与他类似的经历。因为家庭的不理解,K无奈放弃了成为文学家的理想,按照父亲的意愿当了一名药剂师。K曾经有过的苦恼、挣扎,现在正在木本的身上重演,通过K,木本更清楚地看到了自己的处境,而K的痛苦木本更是感同身受,这也加重了他自身的苦恼程度。其次,K的现在或许就是木本的将来。在木本看来,K的身上有比他自己更为出色的天赋,具有成为一个文学家的一切条件。然而K却最终选择了放弃,无论有什么样的理由,这都是木本无法接受的。这也加深了木本对自己的怀疑,一方面,他觉得即使放弃一切,能力不如K的自己也无法实现自己的理想;另一方面,他更忧虑的是自己也如同K一样,最终选择了父亲、家庭,甘于平淡的渔夫生活。

K如同一面镜子,折射出木本的人生,在这个意义上而言,K就像木本的分身,与 K 的相识相交恰如一个窥镜的过程,透过这面镜子,木本对自己有了更深刻的认识。与 K 一样,木本看重艺术的超越性,认为借由艺术,个人能将他的精神提升到与大自然相结合,而不受任何俗世的羁绊,在 K 身上,木本看到了自己内心深处始终未曾泯灭的对于艺术的追求。与之相对,K 的放弃,使木本在 K 身上似乎看到了自己内心的懦弱,以及对于自己的沮丧和失望。尤其是 K 在父亲的威压下开始疏远木本,这使得木本更加的寂寞和孤独。

当这种困境发展到极端时便表现为死亡的到来。小说中木本曾两次面对死亡,第一次是和父亲、哥哥出海打鱼时遭遇了海难,当死亡逼近的时候木本被迫正视死亡并最终战胜死亡。第一次与死亡相遇是被动的,死亡的阴影笼罩之下,木本充满了强烈的求生意识,文中"不可以死"的内心独白先后出现了 5 次。在与死神搏斗的过程中,木本始终是清醒的,而支撑他的动力来自两方面:一是对于人本身的肯定。在暴怒的大自然面前,人不过是微尘一样的存在,但是即使如此,在面对死亡的时候,本能的对生的向往反而更加确定了作为人的存在感。二是对于自我的肯定。木本被定义为大自然的儿子,健康、坚强,相信自己的力量,因此虽然生活艰辛,但是他仍然对于未来充满希望。

> 但是看到家人为现实生活努力的样子,我就变得无法轻易相信自己的天才。我不但害怕自己一边绘画一边对他们摆出一张艺术家的脸,更觉得那是一种冒昧放肆。我怨恨这样的自己、害怕这样的自己。大家都心满意足地过着每一个今天,但只有我好像有所阴谋般,总是心情忧郁阴暗。要怎么做才能从这个痛苦、这个寂寞中得救呢。(79)

这是木本自杀之前对好友 K 的表白,在这之后,木本来到了海产制造公司后面的悬崖顶上,萌生了自杀的念头并且几乎付诸实施。与第一次相比,木本第二次与死亡相遇是主动的选择,他充满了强烈的求死意识。在这个过程中,木本一直是麻痹的,他思考的是"只是往下一跳而已。所有的烦闷、疑惑都会一笔勾销"(84)。这些烦闷、疑惑同样是两方面的:一是对于人的价值产生了怀疑。木本坚持自己的追求,却被周围的人所排斥,即使是最好的朋友 K,也因为父母的干涉而不得不疏远自己,这加重了他的孤独感。二是对于自己的怀疑。木本沉迷于绘画,为了绘画花费了太多时间,也就必然地减少了作为渔夫的工作,这无形中增加了家人的负担,他厌恶这样的自己,对于父亲、家人充满了愧疚。

由此看来,导致他从求生到求死的转变的根源正在于理想与现实的冲突,简单地说,就是为了艺术放弃一切,包括家人? 还是为了家人,放弃艺术? 这也正是木本面对的亲子关系的困境,面对这个两难的境地,他堕入了痛苦的深渊,而死亡似乎成为了唯一的解决方法。当木本的自我选择/成为画家在不具备生存自由的条件下占据主体心灵时,服从现有条件的被动选择/成为渔夫和体现自由精神的自我选择构成一种张力关系。在这种矛盾对立中,最终占据优势的是现有的生存条件,也就是怎样帮助父亲维持这个家庭的生活,而主体的自我选择则变得无足轻重。使二者得以统一的方式只有一个,那就是死亡。死亡的突然出现使生存的前进方向轰然断裂,而主体内在的焦虑得以彻底释放,生存内在的"有"以"无"的方式获得最大化。死亡取消了生存条件/被动选择与生存自由/自我选择的对立,单个的人从整体生存链条中脱离出来,置身于永不和解的张力之外,其死亡的价值便成为审美的追问对象。木本试图自杀的行为正是这种张力作用之下的必然结果,也是亲子困境导致的必然结果。

归根结底,木本追求的是自由的本能生活,而他借以实现的方式是艺术。但是他与叶子一样,无法彻底挣脱外部世界对他的束缚,这包括他对父亲的敬爱、遵从,以及对家庭的责任和义务,在这样的矛盾状况之下,他根本无法实现理想中的本能生活。值得注意的是,最后唤醒木本的是海产制造公司的汽笛声,这无疑是耐人寻味的。海产制造公司本来就是与渔夫这一职业有着千丝万缕的联系,来自海产公司的汽笛似乎正好象征了现实的呼唤,提醒着木本难以逃避的现实。

"地球真的是活着的。活着不断呼吸着。这个地球诞生的烦恼、被隐藏在这个地球胸中,想要出生的万物的烦恼——这个我可以藉由你深深地感觉到。这种涌出弹起的强烈感觉,让我不禁热泪盈眶。"(87)这是文中叙事者"我"在了解了木本的烦恼之后所生出的感叹。"我"可以视为有岛武郎的化身,在小说中给予木本最后的精神上的支持与安慰,同时也从木本身上获得了支撑自己的信念和力量。"我"所认识到的"想要出生的万物的烦恼",正是木本的烦恼,是他竭尽全力成为一个艺术家,实现自我,实现作为一个人的价值与家庭的束缚发生矛盾时所产生的烦恼,而这也正是有岛武郎的烦恼。

## 第五节　自省与对话:以《星座》为中心

《星座》被称为"明治青春群像之魂的形成史"(红叶敏郎语)①,小说中描写了形形色色的青年男女的个性的消长。小说的时间设定为明治三十二年,即处于世纪之交的 1899 年,空间焦点集中于札幌的北海道大学。由于有岛武郎自杀时没有完成整部小说的创作,因此《星座》是未完的作品。《星座》的宣传文案为:"这是长编创作序曲的第一卷。作者探索了年轻的生命力如何生长,如何枯萎,如何孕育,又如何结出果实。这明显是作者不遗余力的冒险。但是既已乘船出航,不到倾覆便绝不回头。"②虽然小说终究没有完成,但是已经出版的这一部分,拉开了主人公们变化、成长的序幕,暗示了他们的未来,而这种未完成也使小说具有了一种言而未尽的魅力。

### 一、知识分子与普罗大众的隔膜

白官舍居住着一群年轻大学生,他们代表了激进的知识分子,在他们身上表现出与传统社会束缚决绝的一种普遍的精神状态。就此而言,我们可

① 转引自山田俊治:「『星座』の孤独/書くことの孤独——有岛武郎<晚年>への一视角」,『有岛武郎の作品　下』,有岛武郎研究会编,東京:右文书院,1995 年,第87—110 页。

② 作者自译。原文为:「これは一つの長篇創作の序曲たるべき第一卷である。若い生命が如何に生まれるか、如何に萎むか、如何に育つか、如何に実るかを作者は探らうとする。それは明らかに作者の力には余るらしい冒険である。けれども船は既に乗り出された。覆る所まで進む外はない。」有岛武郎:「『星座』第一卷広告文」,『有岛武郎全集』(第九卷),東京:筑摩书房,昭和五十六年。

以将白官舍视为一个自我与他者、个体与群体的对立场域，而其中所产生的抗争，便完完全全由学生的生活表现出来。在白官舍的学生之中，星野具有比较特殊的地位，他看问题往往能一针见血，抓住核心。阿园把星野引为唯一的知己，西山更是把星野作为崇拜模仿的对象，星野则认为自己生来是天资非凡的人，他渴望成为一个伟大的人，得到别人的称赞，实现自己的抱负。然而与他的天赋和远大抱负形成反差的是他的身体状况，星野患有肺结核，体质虚弱，经常咯血。再则，他对大学的学习环境感到失望和不满，因此他决意转换自己的环境，到思想更为开化的城市中心东京继续求学，然而本就艰难维生的家庭根本无法为星野提供求学所需的开销。星野在面对以上两个难题的同时，与家人的关系日趋紧张，这种紧张主要表现为双方的互相不理解。

星野渴望实现心中的抱负，这一抱负包括了提高个人素质的要求，也包括了改善社会整体状况的要求。就个人素质而言，星野希望进入国家的中心，去东京求学，使自己的眼界更为开阔，进而成为知识方面的精英。通过个人的努力，让别人认可自己的价值，而不是通过求助他人使自己的能力为人接受。此外，星野的家乡千岁位于北海道，贫穷落后，远离日本文化、政治、经济的中心东京，这是一个被忽略、被歧视的地域，居住于此处的人们同样被忽略、被歧视，表面上星野清高，对家乡并无眷恋，然则内心深处对家乡充满了感情，他试图通过自己的努力改变家乡的现状。

对于星野的抱负，父母并不理解，这种不理解是两个方面的。首先，星野的家境并不宽裕，不能给他经济上的支持，但星野却一意孤行，坚持自己的选择，父母并不认同他的选择。在父母眼中，星野为了自己的私欲，不顾家庭贫困的境况，使得一家人都被迫为他牺牲：父亲为了他的学费低声下气四处借钱，弱智的弟弟在渔场辛勤工作，妹妹也在小樽的有钱人家里做工。对父亲来说，潜意识里认为星野的想法是自私的，但父亲又无法完全对星野置之不理。其次，在父母眼中，星野与家人格格不入，双方在心理上存在着巨大的隔阂。星野的家人都是靠双手吃饭的劳动阶层，对于知识的了解程度几近于无，而星野是接受过高等教育的知识分子，在星野求学的过程中双方的差距一步一步增大，而星野也一步步地远离父母而去。因为星野的知识分子身份,父母面对星野时只觉得嘴短气促,父亲感到无形的压力,母亲也无法与星野亲近。缺乏交流的结果是父母既不理解星野焦灼的求知欲,也无法谅解星野骨子里的清高,他的存在使家里的气氛变得焦虑不安,他的回家疗养不仅没有使家人感到安慰,反而使家庭失去了往日的宁静。

从星野的角度来看,在他回到家乡暂居的时间里,时时处处流露出对家乡某种程度的疏远感。因为,在离去多年以后,故乡已是异乡,他似乎变成了一个彻底的外人,他在感情上和行动上都只能止于接受,却不能对这个环境施加自己的影响。即便是在他看来最为无知无能的智障弟弟,也可以对他指手画脚,有时他也想介入家人的生活,却总不能实现。尽管心中对家乡仍怀有热爱,他本质上已经是一个旁观者了。他幻想着告诉家乡的人们应该怎么做,却又总是缄口不言,似乎只是坐实了自己旁观者的身份。结果是,对于这个极其敏感又极其孤独的旁观者来说,家乡实际上只是一个可以从中吸取什么的环境,这次短暂的回乡之旅也就变成了旁观者的一次自我再发现,或许同时也是减少他自己造成的人际隔阂的企图,但事与愿违,在与家人、家乡疏远的道路上星野越走越远。孤独的星野对这种情况非常了解,对此他不无内疚,但是为了自己的求学道路,他不容许自己心软后悔,而且也绝无放弃之心。星野始终为了达成他的愿望而不遗余力,即使得知父亲逼迫妹妹嫁给高利贷者为妾为他筹措去东京继续学业的费用,星野虽然不无心痛,但也从来没有想过放弃。

"清逸一直认为,从自己的为人来讲,完全可以忍耐得住,可以把唯一的妹妹,把自己特别喜欢的唯一的妹妹长期置于不自在的境地。然而,清逸却时常为此事辗转反侧,夜不能眠。不过,无论在何种情况下,清逸求学所造成的近亲不孝(父母确实都因此失去了相当多的晚年欢乐)都不曾使清逸踌躇过一次,而是更加驱使他去追求学问。"[1]星野对父母、弟妹的不满心知肚明,在父母心中,他是自视甚高却一无是处的知识分子,一个坐享其成的懒汉,也是身患恶疾会传染给家人的高危人物,所以星野的心中交织着自

---

① 对该书的引用均出自有岛武郎:《星座》,载《一个女人的面影》,张云多译,福州:海峡文艺出版社,1991年,第294页。以下只标注页码,不再一一说明。

傲与自卑两种情绪。自傲是他的知识分子身份带来的,星野看不起家人,他对父母、弟弟都抱着一种轻视、批判的态度。在星野看来,父亲无能懒散,并且经常做一些力不能及的事情;母亲没有接受过任何教育,盲目地服从父亲,宠爱弟弟,对星野也没有关爱之心;弟弟智力低下,近乎白痴,星野与他没有任何共同语言;至于唯一疼爱的妹妹,因为女性的身份也不会是星野的同行者,而只能成为他求学路上的牺牲品。另外,由于身体的羸弱,星野其实又很自卑。他对自己充满了自嘲的心态,内心也不无悲凉,所以努力求学实则是他弥补自卑心理的一种方式,也是他弥补家人的一种方式。

综上,由于知识分子与普通劳动者的冲突,星野与家人的亲子关系呈现出紧张的状态,但这并不妨碍星野对亲子关系仍然抱有某种期待,这种期待从星野学术研究的对象可以窥豹一斑。星野一直在写一篇学术论文,论文内容是关于新井白石的著作《折柴记》。《折柴记》是一本带有自传性质的书,新井从祖父母、父母的生平事迹以及自己的幼年生活谈起,继而回顾了自己从逆境中安身立命的经历。作为一位集武士、知识分子、行政官和学者于一身的新井白石是日本江户时代的杰出人物,他深谙朱子礼仪,曾任职于德川幕府,其不仅在政治、儒学等方面成果卓著,而且还在历史学、语言学、人文地理等诸多学术领域都颇有建树。从新井的生平经历和著作来看,他并非一个对自己所属社会价值体系的批判者,而是信奉者,他生活的时代正是依靠家父长的儒教建立秩序的世界,毫无疑问,新井与其祖先、父母,尤其是父亲是一体的。而星野内心暗暗渴望的正是新井和父亲的那种亲密无间的父子关系:"清逸心中浮现出白石的父亲的开明形象,尽管他知道这是无济于事的。他心中浮现出了这样一种父子关系:父子亲密交谈,蚊子叮在自己脸上都不打,以至于蚊子吸饱血掉在了膝盖上。这段话刚才一直强烈地牵动着清逸的心。"(292)

星野生活在明治三十二年,明治民法已经全面施行,近代的家庭制度在第二年也得以推行。明治民法仍然依照武士阶层中以父子直系关系为中心的家父长制,经过二十年的推行终于公布,明治政府所采用的"家"是经过考察多样的文化母体,与时代相契合的选择,明治二十年代到明治三十年代恰好处于这一过渡期。星野一方面对武士阶层出身的新井的父子关系感到羡慕,对家父长的秩序感到亲近,但是另一方面,他又对以自我成长为目的的个人主义的实现充满野心,因此矛盾也就产生了。

与此相对应的,星野一方面敏锐地嗅到了新时代到来的气息,有意识地在信中使用西历,另一方面,他又无法摆脱旧的东洋式思维方式和行为方式,在同一封信中,从语言的选择和遣词造句上可以看出他仍然遵循了东洋式的风格,甚至古板的近乎枯燥。这也是他内心的矛盾在形式上的反映。

## 二、感性自然与理性科学的冲突

因为《星座》力求塑造人物群像,所以从结构安排上来看,每一章都以不同的人物为中心展开情节,其中第四章和最后一章以阿园为中心。在白官舍的学生之中,星野是思想上的领袖,阿园则是道德自律的独行者。他稳重、上进,猿濑认为他和圣人一样自律,西山也觉得他很有资产阶级的味道。如果说经由星野我们看到了知识分子和普通劳动者的冲突,那么通过阿园我们更多地看到了自然和科学的冲突。

阿园出生于东京一个笃信佛教净土宗的家庭,父亲是寺院的负责人,阿园与父亲的关系很微妙,他们从未发生任何正面冲突,但是阿园却惧怕父亲,来自父亲的注视使他感受到无形的威严和压力,他尊重父亲的同时也逃避父亲。父亲对他的关注、来自父亲的任何物件都足以使他心烦意乱,所以当其他同学希望前往东京求学时,阿园却选择了和同学们不一样的道路,远离东京来到札幌求学。怎么理解阿园与父亲的这种微妙关系呢?

在《星座》的最后一章,阿园从门房老太太的手中接到了父亲病逝的电报,他在阅读电文时并不接受父亲去世的事实,"当时阿园也并不是没有产生过某种不安,但他怎么也没有想到那么健壮的父亲会死。就是在阅读电文时,他也没有认为父亲已经去世,只是眼前清晰地浮现出了自家那一如往常的样子"(388—389)。回到自己的房间之后阿园看到了父亲和星野的来信,"其中有一封显然是父亲来的。阿园还没来得及坐好便伸手拿起了那封信"(389),当他看到这封信写于父亲去世的前两天,阿园"久久没有拆开信来,只是轻轻按着桌边用食指连续不断地敲着,眼睛则一直盯着面前的墙壁。就连他自己也不十分清楚这是在干什么"(389)。接下来阿园选择放下父亲的信,拆开了星野的信,但显然阿园的注意力并未放在星野的来信上,读信的过程中他的全部精力全部集中于对父亲的回忆,尤其是最后一次与父亲见面的情形,然后阿园还是没有拆开父亲的信,但是决定当晚便回东京吊唁父亲之死。

父亲在去世的前两天还记挂着给儿子写信,儿子在得知父亲去世消息之后即刻决定返乡,有岛没有直接告诉读者父子之间深沉的爱,而是通过这些细节让读者看到了。然而这对彼此牵挂的父子却表现出彼此仇视的态度,父亲在给儿子生活费时像施舍乞丐一样,表情极为不快,儿子觉得自己受到了父亲的监视,神经质地忧虑脸上长出和父亲一样的皱纹。将这种前后矛盾、难以理解的复杂父子关系置于彼时的时代背景之中,我们会发现阿园与父亲的关系更多地是象征意义上的,隐喻了日本在急速转型过程中面临的传统与现代、感性与理性、文学与科学的冲突。

阿园就读于札幌农业大学,它的创始人克拉克博士的名言是"Boys be ambitious!"小说中没有明确说明阿园的专业,但从文中提到的"科学工作者"、"显微镜"、"实验"等词推测,阿园学习的必然是科学,他将文学与科学置于天平的两端,而且认为只有科学能够改变社会的现状。推崇理性、推崇科学是日本近代化过程中的必然选择,阿园的矛盾在于他最爱读的是诗,他真正憧憬向往的是文学,是代表文学的感性的自然。因此阿园的选择本身就具有了矛盾之处,一方面他在试图远离核心的价值标准,另一方面他又在努力接近。日本在近代转型中师法西方,尤其是西方的近代科学,希腊时代的科学是一种理解性的科学,推崇通过理解达到一种最高的目标;近代科学则不一样,它由一种理解型的科学变成了一种力量性的科学,即强调科学的功利性,培根强调科学一定要为人类造福,一定要为人类的利益服务。所以阿园相信科学才能研究一切问题,一切问题只有通过科学、理性才能得到解决,而文学、感性在近代日本的一切问题面前是无力的。基于这样的认识,代表了现在、近代、理性的阿园/新生代对代表了过去、传统、感性的父亲/父辈充满了抵触,尽管他们在寺院的钟声中长大,却最终被机械的钟声唤醒。

当阿园在黑暗的机械室中读书之时,光从狭小的窗户中透射进来,这光是象征着近代的理性之光,使阿园看清了眼前的路。然而,阿园虽然已经对于未来的科学之路有所抉择,但他内心潜在的对于传统、感性、文学的向往,却使他陷入了科学与文学的矛盾对立中,因此在研究室的研究工作使阿园感到难言的压抑,在看到潜心工作的教授时他总会感到暧昧不清的羞愧。远离研究室之后,为了寻求心理上的安慰,他总是无所顾忌地观察周边的人和事物。每当这种时候,他都会将眼光投射于那耸立在北二条和中央大道交叉点处的唯一一棵大榆树。"榆树依然耸立着。孤独地、安静地、高大地、寂寞地……树上满是黄叶,显得异常繁茂,仿佛正向人诉说曾为原始森林的札幌荒原的过去……阿园每次望见这棵树,都会联想起它所经历的漫长岁月,都会联想起那漫长岁月必然赋予给它的威严。它给阿园一种难以从人类历史上获得的高深莫测的悲壮之感。"(271)

　　从地理位置上看,北海道与本州隔海相望,札幌远离日本的中心——东京,经济上以农业为主,因此日本近代化的大潮对札幌的影响相对较小,它仍然在一定程度上维持了旧有的面貌。札幌正中央这棵大榆树经历了漫长的岁月,它不仅仅是代表了自然风景的一棵树,而且象征了生生不息的自然生命,或者说它就是自然在俗世的代言人,它说明了自然中那令人敬畏的力量,标志着人们的思想难以摆脱我们想要遗忘的东西,而且一次比一次更难以摆脱。当我们更进一步将目光专注于这棵大榆树时,我们会发现它让阿园忘不了的是同过去、凋落和消逝遥相呼应的、与它们有关的形象,这些形象恰如落叶,繁茂而寂寞。每一次对大榆树的凝视都把阿园的注意力引向了消逝的时间,阿园追忆的是札幌的过去,过去中容纳了传统与往事、感性与神性,对这些内容的记取与近代的科学实验是完全不同的。科学实验是通过总结事物的行为从而预测事物的行为进而控制事物,其方式是固定的、稳妥的,科学使得人与自然之间建立了新型的关系;而追忆过去首先产生的是往事给人带来的心旌摇摇的向往之情,随后人与自然产生了难以言喻的关系,他们相逢了。在阿园对大榆树的注视中,我们看到的是他内心纠葛的外化,他对大榆树特殊的感情无疑也暗示了他对自己所选择的近代科学道路的犹疑。

　　小说终章,阿园收到了父亲病逝的电报,准备回东京为父亲奔丧,出发之前他向阿缝提出结婚的请求,遭到了拒绝,在理性的科学、感性的爱情之间来来回回,阿园感受到沉重的痛苦和疑惑,而当他承受着自我撕裂的痛苦,踏上从札幌向近代日本的中心——东京而去的列车时,时间设定为夜晚,随着列车的摇晃而明灭的油灯恰是阿园内心的隐喻。综合以上分析,阿园与父亲、家庭的矛盾,更多地指向了一种象征性的意义,其体现的是感性自然与理性科学的矛盾,日本近代化与旧有传统之间的矛盾。

### 三、亲子关系的和谐

阿缝是《星座》中的中心人物,虽然她不是白官舍的学生,但是星野、冈布、阿园先后担任她的英语家教,并且都对她存有爱慕之心。在大家的心目中,阿缝是童真的处女,纯真而又具有莫大的吸引力,腼腆而又坦荡大方,最为难能可贵的是阿缝具有清醒的自立意识,并且始终朝着自立这个方向努力。与《一个女人》中的叶子相似的是,阿缝在"圣"的内部,也有潜在的"俗"的一面,当叶子自觉地打开心中之眼时,便对"俗"的一面善加利用,将此作为追求自我的一种手段;而阿缝却与叶子走上了截然相反的道路,她对此并没有明确认识,只是自发地模糊感觉到这一点,并对此感到羞愧,对于阿缝而言,更重要的是摸索寻找女性自立的方法,所以她认真学习英语,期望对自身有益。因此与叶子相比,阿缝虽然也期望爱情,对星野情有独钟,但她并未把自己的未来寄托于男性的身上,也没有把自己的魅力作为武器,她完全把自己置于和男性平等的地位上,对于自我有清醒的认知,并愿意为之付诸努力。因此,可以认为阿缝既是叶子的继承者,又是已经进化的新一代女性,而她的进化在很大程度上与她的家庭有关,阿缝与父母的关系,也是一种比较理想的亲子关系。

阿缝与母亲相依为命,然而父亲的影响从未离开这个家庭,可以说正是源自父亲的精神一直支撑着这个家庭。

> 每当心感不安之时,阿缝总会想起她 14 岁时去世的父亲。她那长脸枯瘦的父亲,苍白的脸上总是留着浓重的长长的胡须,而且总是目不旁视地用温情和蔼的眼光看东西——阿缝所能回忆出来的总是这个样子。父亲是一家小银行的常务董事,但每周最多去银行上一次班,成天

在家阅读中国古典和圣经之类的书籍。既不吸烟也不喝酒,如果说癖好的话,除了读书以外,就是为学生提供学费。(307)

　　阿缝与父亲之间的融洽关系主要体现在三个方面:一是自然而然的认同彼此的责任和义务,而非出于强制强迫,同时尊重彼此的自主性;二是在思想和价值判断上达成共识;三是尊重、敬畏人自身的价值。父亲在世的时候从未让阿缝和母亲因为任何事情而苦恼,经济上,父亲负责一家的开销;女儿生病的时候,父亲精心照料,从不假手他人;女儿遇到难题的时候,父亲耐心开导,从未疾言厉色。无论物质还是精神,阿缝得到的都是毫无保留的父爱,对阿缝来说,父亲是尽职尽责的慈父,父亲在她的心中一直占据了一个神圣的位置。作为父亲的女儿,阿缝知礼孝顺,她从未任性行事。父亲身患重病,阿缝尽心照顾他的衣食住行,在父亲去世前一周,也是在阿缝的帮助下,父亲完成了最后一个愿望。正是因为父亲和阿缝心甘情愿地为彼此付出,而不是因为任何规范或者律例的束缚,父女二人自然而然地就尽到了应尽的责任和义务,所以为彼此之间的互相理解形成了良好的基础。

　　在思想观念上,父亲喜欢阅读的书籍是中国的古典文学和《圣经》之类的书籍。中国的古典文学在日本的影响力是毋庸置疑的,从近古一直到近代,但凡接受教育的人一定会阅读中国的古典,这些书所代表的正是源自中国的文化传统和思想体系。《圣经》则是自西方传入的原典,在近代之前的幕府时期,《圣经》在日本是被禁的书籍,与之相关的基督教思想被严厉地禁止,宗教信徒也被残酷地迫害。明治维新之后,日本打开国门,西方的思想和技术大量涌入,基督教的传播才具有了一个相对宽松的环境。因此,与中国古典相反,《圣经》象征了对于日本而言全新的来自西洋的文化传统和思想体系。父亲对这两类书籍无偏好的喜爱,说明他在坚守固有的东洋传统的同时,也自觉接受了新的西洋思想,进而形成了自己独特的思维方式。父亲在思想上的开化和兼容并蓄,无形中给阿缝带来的也是一种正面的积极的影响。阿缝认同父亲的价值观点,乐意结交思想上最为进步的大学生,并且积极学习英语,阅读英文原版书籍。

　　对于人的价值,父女二人也有相同的认知。父亲生病之后,腰以下的神经全部坏死,医生判定父亲已经绝无可能直立行走了。事实上,就身体条件而言,父亲的确已经无法直立行走,但是他在去世前一周,却坚持要求阿缝搀扶自己在房间里走一圈,最终父亲凭借自己的意志,完成了这个心愿,创造了奇迹,父女二人拉着手,哭了。父亲这样做的目的是很明确的:首先,他想显示给女儿看的是人的力量,尤其是人在面临绝境时所拥有的难以想象的力量,这是对人、对生命的肯定和信心;其次,借助女儿的搀扶,与女儿一起完成不可能完成的愿望,父亲也同样相信并且肯定了女儿身为女性的力量。正如他对女儿所说的:"如果嫁了人,你不要忘记今天的心境,要和丈夫一起往前走。千万不要忘啦。"(308)父亲完全没有以家长/男性的心态居高临下地俯视女儿/女性,而是以一种完全平等的视角,将女儿视为自己生命的延续,把她看做一个值得信赖和托付的朋友,这一点尤其难能可贵。因为父亲的爱和信赖,阿缝确定了自己的价值并愿意为此付诸努力,在父亲去世之后,她仍然具有坚强生活下去的勇气。相应地,父亲的去世使阿缝的生活出现了一大块空白,父爱的缺失也使阿缝渴望再次得到父爱,并因为无法得偿所愿而感到寂寞和孤独。

如果说父亲从精神上给予了阿缝支持,那么母亲则是以实际行动支持和鼓励着阿缝。"得知丈夫患的是不治之症以后,刚强的母亲每天晚上搞完家务便请农校的学生到家里来,学起作文、习字、生理和英语来。而且,三个月以后,考进了区立医院的助产士培训班。阿缝觉得事情就像发生在昨天一样,记得录取名单在报上公布的时候,为了不让父亲发现,母亲曾经费过很大一番周折。"(307)父亲生病之前,母亲和绝大部分日本旧式妇女一样,只是一个简单的家庭主妇,过着相夫教子的生活,然而在得知父亲身患绝症之后,母亲没有绝望无助,而是很自然地、没有任何犹疑地找到一份适合自己的工作,承担起照顾整个家庭的责任。父亲去世之后,阿缝与母亲相依为命,母亲既是母亲,又是良师、益友,对于阿缝来说母亲的意义在于:一是女性的自主意识以及与此相应的实际行动;二是女性的自律意识以及对女儿的警醒。

对女性来说,社会规定的角色基本就是女儿性、妻性、母性,这三性之间女性的自性空间非常狭窄。有岛武郎其他小说中的女性要么完全不具有自性空间,要么缺乏谋得自性空间的能力,她们最终还是把希望寄托在男性/他者身上。阿缝的母亲在实际活动中努力扭转了弱势女性的形象,从丈夫病重的那一刻起,她便开始目的明确地积极学习,并在短时间之内获得了成效。获得助产士这一工作,益处至少是三方面的,助产士有薪水,对家庭而言减轻了经济上的负担;可以在医院学到专业的护理知识,对于照顾病重的丈夫也非常有帮助;另外,通过自身的经验传递给女儿正面的信息,即便是家庭妇女,只要愿意付出努力,也可以在社会中谋得一席之地,女性完全可以依靠自己获得经济上的独立,进而获得人格上的独立。事实上,阿缝也确实从母亲身上学到了这一点,她在日后坚持学习英语可以认为是受到了母亲的影响。

小说第十五章、第十六章集中描写了阿缝和英语家教冈山猿濑之间的暗涌,因为母亲不在家,猿濑以为有机可乘,屡屡用言语挑逗阿缝,而阿缝也因为意识到自己内心潜在的对性的萌动而不安,她懵懂意识到自己的女性力量,无意间诱惑了猿濑,她虽然为此感到羞愧,但同时又有一丝兴奋。就在阿缝陷于两难境地时,她想起了母亲的话“只要自己心底纯正,其他的事完全可以拜托给上帝”(359),然后便平静了下来,她的端庄坦荡最终令猿濑知难而退,并且对自己的行为感到忏悔,把家教的工作托付给了阿园。阿缝和叶子一样,曾经站在命运的十字路口,却没有走向歧路,在此过程中起到关键作用的正是母亲。母亲在临出门之前的一番嘱咐迫使阿缝开始正视自己,审视自己待人接物的态度,尤其是对男性的态度,有意识地关注潜藏在内心深处的另一个自己,正视觉醒的俗/性意识,并对此有所反省。在此基础上,阿缝才能克制了自己萌动的性意识,以端庄坦荡的态度对待与猿濑的独处,克服了自己的心魔,也战胜了猿濑。再则,来自母亲无保留的信任也在无形中赋予阿缝勇气。母亲看到了阿缝“圣”与“俗”的两面性,但她在警醒阿缝的时候,并没有站在女儿的对立面,以一种批评的口吻质疑阿缝,而是站在女儿的立场,完全信任阿缝的判断,给女儿提出客观的建议。这样的态度一方面使阿缝容易接受母亲的建议,另一方面,也会使阿缝意识到无形的责任,不愿辜负母亲的信任和支持。

父亲的宽容与坚强,母亲的独立与自律,都是阿缝努力走向未来的动力和源泉,同时也是阿缝努力的方向,而阿缝对父母的尊重与敬爱,也给了父母生活的勇气。互相理解、互相支持、互相信任,这样的亲子关系正是理想中的亲子关系,无论表面还是内里都是和谐的。阿缝一家人的生活大概正如有岛所愿,是理智生活向本能生活的成功过渡。阿缝是圣与俗的结合体,从父亲、母亲的身上汲取力量,又将自己的力量给予父母,她将父母对自己的爱、自己对父母的爱全部内化为自己的个性,使自己的内心更加的完善和强大。父亲、母亲、阿缝三者的付出都不是毫无目的,而是从彼此的身上不断获取,这种获取并非功利性的,这种相处的方式和彼此之间的关系不是因为责任和义务的硬性要求,而是自然而然发生的,所以,这才是真正和谐的亲子关系。他们的行为固然符合了理智生活中的规范的要求,但按照此种规范处事并不是他们的终极目标。父亲、母亲、女儿三个人都是按照自己的意愿生活,父母尊重女儿的意见,家庭虽然并不富裕,但母亲没有强迫女儿为家庭牺牲学业去工作,而是支持她的学习。阿缝一方面把父亲作为精神上的支柱,另一方面把母亲作为实际生活的榜样,可以这样认为,他们迎接了一元的本能生活的到来。三个人互相紧密地团结在一起,没有任何的说教,也没有以爱的名义而行束缚之实,他们只是自然地生活着,互相宽容、互相理解,却又互相提醒,这正是有岛所向往的自然到来的本能生活状态的先声。

# 第二章　亲子观的类型与两性书写、
　　　　　知识分子书写

在第一章对小说中具体的亲子关系进行分析的基础上,本章拟提出以下问题进行探讨:亲子关系的五种形态反映出怎样的亲子观,不同的亲子观之间存在怎样的关系,两性书写和知识分子书写又怎样具体地影响亲子观的形成。

在有岛武郎的小说中亲子关系虽然存在不同的表现形态,但不同的形态之间却也存在着某些共性,而这些共性正是由于相似的亲子观造成的,综合这些共性,可以归纳出三种亲子观类型:家父长制的亲子观、民主的亲子观以及本能的亲子观。引入两性书写和知识分子书写的纬度,则会发现当两性之间的地位产生差异,子女所属的社会阶层产生差异,家庭会有不同的结构模式,父母与子女如何相处有特定的原则,由此就会产生不同的亲子观。家父长制的亲子观要求以男性家长为中心来结构家庭,在亲与子之间服从是最高的原则,这种亲子观造成对人的束缚;民主的亲子观之下,服从的原则不复存在,家长本位的家庭结构被动摇,母权复兴,这种亲子观是理智的亲子观;本能的亲子观在民主的亲子观的基础上更进一步,接受过教育的子女们以自己为中心、以个性发展为根本原则。亲子观产生差异是生活环境的差异、人生理想的差异和性别差异造成的。

三种亲子观与有岛武郎所提出的"生活三段论"呈现出一种对应的关系,家父长制的亲子观与习性生活相对应,是一种死板麻木的亲子观;民主的亲子观与理智生活相对应,是一种在知识与道德的范畴之内形成的亲子观;本能的亲子观则与本能生活相对应,是一种在本能支配下自然到来的绝对境界之中的亲子观。需要指出的是,三种亲子观在有岛武郎的小说中是既共存又对立的关系。这里所说的共存与对立的载体不仅指一部小说、一个家庭,也指同一个人。正是因为这种既冲突又共存,才使得亲子观指引之下的亲子关系显出了不确定、变化、多样态的趋势。

## 第一节　男权中心的家父长制

　　家父长制的亲子观是日本传统的亲子观。"家父长制"这一概念在广辞苑中定义为"家父、家长具有绝对支配权的家族形态"。① 在家父长制的家庭中,一般而言长子对家产和家族成员具有统率权,代表着绝对的权威,家族成员对长子恭顺服从。家父长制由日本中世的总领家(长子家)对庶子家的统制开始,近世之后由于幕府的集权统治和儒教思想的影响向武士阶层彻底渗透,由此在近世武士阶层固定形成。

　　家父长的家从中世开始,近世之后在武士阶层稳定成型,而家父长制、家父长的家的制度化则始于近代明治时期。明治政府以户籍制度为中心推行诸种新制度,对家父长制有明确的规定。主要内容如下:一是按照居住地编成户籍,家庭成员的地位顺序是尊亲、直系、男性为上,卑属、旁系、女性为下,依此排列亲族集团,由此确立户主/男性的优势地位,为他对家族成员的统制提供了可能性,同时,明确家庭成员的地位,维持家庭的秩序;二是确立对家族成员具有统制权,具有优势地位的户主,也就是家长;三是为了防止兄弟分割家产,保持家庭的延续性,确立了长子继承制。②

　　明治政府推行一系列相关制度,确立家长在家庭中的统制权,推而广之,从日本整个国家的体制看来,明治政府实行的同样是家长制,形成了天皇—政府—府县—区长—户长—户主的统制构造,而天皇则是日本这个大家庭的大家长。

---

　　① 　『広辞苑』(第六版),新村出编,東京:岩波書店,2009 年。
　　② 　参照申蓮花:「日本の家父長的家制度について——農村における「家」の諸関係を中心に」,『地域政策研究』,2006 年第 8 卷第 3 号,第 100 页。

按照家父长制传统观念，家是家长的家，家长无论有无能力，子女都必须服从家长的要求，妻子和子女都只是家长即父亲的附属品，强调伦理义务。明治民法之下的亲子法既是为家的亲子法，又是为亲的亲子法。同时，根据亲的权力，子女被强制实行绝对的孝行，因为长子具有特权，兄弟姐妹之间也产生了非常明显的不平等。在这一时代背景之下，有岛武郎的小说中不可避免地反映了家父长制的亲子观，这一亲子观主要表现为以父亲/长子为中心的家庭结构和亲子的服从关系。

## 一、男性家长权威的家庭结构

家父长制亲子观的重心是以父亲/长子为中心的亲权归属，父亲/长子必须守住家业并将之传承下去，虽然因士农工商阶层的不同，家业的内涵不同，但对一个家庭的家长而言，要维护自己的权威，维持家业的首要任务是解决家庭的经济问题。因此，《该隐的后裔》中作为家长的仁右卫门虽然听从自己的本能决定着家庭的走向，但他始终盘算着如何改善家庭的经济状况，如何使家庭脱离当下穷困的苦境，使妻儿的生活更好一点。《与生俱来的烦恼》中木本的父亲同样扮演着家庭经济支柱的角色，不顾年迈体弱的身体，带着儿子们出海打鱼，他掌握着船的航向，决定着打鱼的时机，点算打鱼的成果。《星座》中，无论星野的父亲多么无能，西山的父亲多么无知，无一例外地，他们也都同样担负着家庭经济的重担，为孩子解决经济上的难题。

作为一家之主，父亲给家庭提供经济来源，掌握着家庭的经济命脉，对子女而言，失去父亲，也就意味着失去了经济支柱。在这种情况之下，根据家庭的具体情况，亲权归属的对象是家庭中的长子。《阿末的死》中父亲因病去世，担负家庭重责的则是长子鹤吉。

"从父亲故去以来，大哥是尽了大哥的张罗，来改换店面的模样。而阿末以为最得意的是店门改涂了蓝色，玻璃罩上通红地写着'鹤床'的门灯，也挂在招牌前面了。……在阿末的眼睛里，自从父亲一去世，骤然间见得那哥哥能干了。一想到油漆店面的，装上电灯的都是哥哥，阿末便总觉很可靠。"（《阿末的死》，113）

《阿末的死》开篇父亲便已经因病卧床不起,实际上代行父责的是哥哥鹤吉。从妹妹阿末的视角观察哥哥鹤吉/长子,哥哥打理着一个小小的理发店,全家人的开销全部由哥哥承担。承担经济重担,照顾父母、弟弟妹妹们,意味着鹤吉对父亲地位的继承,代表着他已经取代父亲成为了家长。事实上,大家对父亲说的话都不以为然,他们认同的只是哥哥。父亲去世之后,弟弟妹妹们虽然惧怕母亲,但从内心而言他们更加认同鹤吉的家长地位,阿末觉得哥哥是可靠的,弟弟力三也开始在理发店帮助哥哥打理生意。

基于以父亲/长子为中心的亲权归属,父亲去世之后,对于女儿来说,父亲的离开就有了不同的意义。

> 父亲的书房用具和古董、藏书一起被拍卖掉,而叶子却最终没有拿到拍卖款。房产也保不住,亲族会议已决定在叶子出国后,将其廉价转让给一个双亲过世后曾尽过力的亲戚。为数不多的股票和地产以充当爱子和贞世教育费的名义由某亲戚保管。对这种肆意妄为,叶子根本不予理睬,她一直保持沉默。……但叶子可不是这种人:本该是自己的财产,却只分得其中一部分就默认了。虽说她也明白:尽管自己是长女,可以自己的女儿身对全部财产提出要求是无济于事的。(《一个女人》,26—27)

《一个女人》中父亲同样是家庭的经济支柱,但是父亲去世之后,叶子三姐妹完全失去了经济来源,在经济上陷入困顿。造成这种困顿的原因并不是因为父亲没有留下遗产,而是由于以父亲/长子为中心的家庭结构造成的。从这一事件所反映出来的事实是两方面的:首先,叶子虽然是长女,但因为是女儿,理所当然不具有对家业的继承权,由此可以看出同为子女,长子和长女在身份上的差异,以及社会认同上的差异。其次,在没有长子的情况之下,亲权的归属取决于家族会议。按照家族会议的决议,叶子父亲的财产全部被不合理地分割,实际用于叶子三姐妹的教育费和赡养费所剩无几。从亲权的归属可以看出,以父亲/长子为中心的亲子观并不仅仅局限于一个家庭之内,而是在整个家族、整个社会的背景之下予以考量,在家庭—家族—国家的重层结构下,每一层中居于最高位的都是家长。在家庭这样的领域关系内,所有的家族成员心照不宣地分享利益、分担任务,而无须特别强调均等、平分等。在这里被强调的是同质性、排他性的亲和性,脱离了这种密切的共同关系的成员将被全体成员所排斥,处于孤立无援的状态。叶子的被排斥、叶子三姐妹的被无视,恰恰证明了当时的家父长制亲子观适用的理念和规范。

家父长制的亲子观以父亲/长子为中心决定亲权归属,这也就决定了作为子女,只能被动地按照出生的顺序和性别被赋予不同的地位,作为必定出嫁的女儿,没有继承权,也谈不上有地位。即使是作为儿子,只要不是长子,那么在分家之后,次男也会因为分家而比本家低了一个位次。相对于家长而言,女儿、次男只能是处于家族之中的底层而被差别对待。原始的朴素的亲子之爱于是陷入了二元考量的境地。

## 二、服从的亲子原则

日本人的意识深处潜藏着对家族共同体的渴望,共同体的场域之中,成员之间的关系主要是上下序列,依照个人的角色分配,以共同体的整体利益为目标,保证利益的获得。不同于共同体的外部,共同体的内部是一个封闭的、自我满足的生活空间,内部结构比较没有分化,与个人的独立性相比,共同体内的连带感更为重要。为了强调亲子之间的这种连带感,亲子观与孝、恩紧密联系在一起,在日本封建武家社会传统的道德律、儒教、宗教的影响之下,家长的权威因法律而到达了一个高度。尤其是"恩"的观念在很大程度上影响了亲子关系,"恩"是"规范日本亲子关系最重要的概念,父母对子女的施恩行为建立在自我牺牲的基础上,不求子女回报。但恩是非偿还不可的,报恩完全依子女的自发性而定,亲恩是永远回报不完的"。① "恩"取代了"爱",亲子关系的纽带由"爱"转变为"恩",于是,亲子之恩取代了亲子之爱,"恩"与"报恩"成为亲子关系的核心。家长代表整个家庭,处于整个家庭的最顶端,在家长制之下长子继承的不仅是物质上的家产,更为重要

---

① 南博:《日本人论》,邱琡雯译,桂林:广西师范大学出版社,2007年,第262页。

的是精神上的家产,即家风。每个家庭的家风或许都有其独有的特征,然而从孝、恩出发,具有普遍性意义的家风的特征便是服从。作为子女,必须无条件地服从家长,子女无法获得完全人格上的独立,即使成年也不能离开家庭,也没有自己私人的财产,劳动所得也必须作为共同财产交由父亲掌管。

"但是天性孝顺、纯真诚实的你,当时并没有逃离回避即将要迎接你的生活。脱下没有扣上领扣,穿惯了的学校制服,你换上了厚重的棉袄。从明鲷到鳕鱼、从鳕鱼到青鱼、从青鱼到乌贼,努力于一年四季无休止之忙碌渔捞工作的你,不得不全心全意投入一整年都要与北海的波涛、恶劣的气候战斗的寂寞渔夫生活。"(《与生俱来的烦恼》,32)

主人公木本具有超越常人的绘画天赋,本来很有希望成为一名成功的画家,但却因为渔夫的工作,而一度放弃了成为画家的理想,整整九年没有作画,直到第十年才重拾画笔。分析他成为渔夫的理由,恰恰是出于尽孝、报恩的思想,这种思想导致了木本对家长的服从。木本原本在东京求学,过着安逸舒适的学生生活,因为一系列的不幸,木本的家庭陷入了经济上的困境,仅仅依靠父亲/家长和哥哥/长子的努力不可能摆脱这一困境,在他们为生活奔波之时,依照上下序列,作为家中次子的木本不能置身事外,安心求学,更不能够有闲暇在自己的兴趣上花费时间。哥哥和父亲一样也是渔夫,那么按照服从的原则,在家庭有所需要的情况下,木本也应该选择渔夫的职业,而不应该有任何别的想法。在木本生活的岩内,人们主要以渔捞为业,祖祖辈辈都是如此。人人都按照前辈的道路自然地走下去,从来没有考虑过别的生活方式,其实这正是基于一种盲目服从先辈,也就是家长的想法所导致的。木本并不愿意接受这种生活,他的热情更多地倾注于绘画上,然而他的这种热情不仅遭到外人的讥讽和嘲笑,也得不到父亲和哥哥的理解。他只能跟随父亲和哥哥的脚步,去做一个普通的渔夫。木本考虑过反抗,但是一看到辛苦工作的父亲、哥哥,不孝、负恩的想法便萦绕心头,挥之不去,在他看来,此前在东京求学的舒适生活是父亲、哥哥给予的,这是恩,必须报答,而报答的唯一方式便是服从家庭的需要,别让他们烦恼、别让他们劳累,服从父亲、哥哥的需要。在恶劣的客观环境和主观的内心纠葛之下,木本被动接受父亲的安排,继续作为渔夫的生涯。这种恩与报恩、孝与尽孝的观念与行为固然令人感动,但是在此过程中我们目睹了个体性的消失、自性空间的消失,也就是木本作为独立的人的消失,这是木本的悲剧,也是所有遵循这一原则的子女的悲剧。

如果说木本的服从导致的结果是为了现实放弃了理想,泯灭了个体,那么《一个女人》中的叶子则深刻感受到因为不服从而招致的恶意,这种恶意来自于所谓的上流人士、曾经的朋友,还有长期依赖的亲人,其中对叶子伤害最大的是内田对她前热后冷的反差态度。内田是一位热情的基督教传教士,与叶子的母亲亲佐是好友,因为亲佐参加了基督教妇女同盟事业,为扩张妇女同盟事业而奔走,内田与亲佐意见相左,两家日渐疏远。然而,内田对叶子的喜爱却一如既往。

"无论在哪儿,每逢遇见与女儿有相似之处的少女,内田仿佛忘了素日里的自己,表情立刻和悦起来。别人都惧怕内田,而对于叶子来说,内田不但不可怕,如果触及到他那封闭于严厉性格的深层,少量沉淀着的爱情,就能感觉到从寻常人那里无法得到的眷恋。"(《一个女人》,31)内田于叶子而言不仅是一个慈爱的长者,更是她精神上的父亲,是心灵的皈依。内田对叶子也的确是青睐有加,他甚至称叶子为"除神以外我唯一的旅伴"(《一个女人》,31)。对一个传教士而言,这无疑是他所能给的对人的最高评价。由此看来,毫无疑问,叶子与内田父女般的感情是毋庸置疑的。然而,就是这个慈父般的内田,在叶子三次陷入孤立无援的境地,急需帮助和安慰的时候,无情地拒绝了她。内田前后态度的急剧转变,原因只有一个,就是叶子对他的意志的违背和不服从,对他的家长地位的反叛。

叶子固然存在着不可否认的问题,任性放纵,然则内田从未设身处地真心替叶子考虑,他既没有询问叶子这样做的理由,也没有关心叶子的将来。在内田身上,叶子非但没有得到神性的关爱,反而尝到了比世间常人更甚的冷酷。内田身为虔诚的基督教徒,却对叶子没有一丝一毫的宽恕之心,这并不是他对教义的违背,而是因为内田已经把基督教义和家父长制结合在一起,这种结合使他将神性和家长身份合二为一,因而加强了不可违背的权威性。在内田看来,叶子需要负责的只是微笑,安安静静,哪儿也不去,然而叶子并不满足于安静的、被安排的、被拘禁的人生状态,她选择了逃逸,无论她在逃逸的道路上走了多少弯路甚至是误入歧途,逃逸本身就是反抗。叶子对内田的反抗体现出了对家长在社会和政治方面的权力的不服从,同时也是对孝/尽孝、恩/报恩模式的摒弃,这种不服从和摒弃使她遭到了内田在精神上的遗弃。于是,叶子在俗世中看不到希望,当她回转之后希望从宗教中找寻希望时再次失望,双重的打击加速了叶子的毁灭。

当过分强调亲子之间的连带感,当孝与尽孝、恩与报恩被无限夸大,当爱完全被尽孝、报恩取代,甚至用强制力去予以保障时,无论孝、恩都只会被扭曲,变得畸形,而这只会伤害真正的亲子之爱。当我们想象木本站在悬崖上向深渊投以绝望的凝视时,当我们想象叶子最后躺在病床上绝望地发出"痛啊,痛啊"的呼号时,家父长制的冰冷恶意扑面而来,足以使人万劫不复。

### 三、习性的亲子观

以男性/父亲/长子为权威的家庭结构和以服从为中心的亲子原则为基础,构成了家父长制的亲子观。这一亲子观强调父亲与母亲、子女之间的差别,也强调子女之间的差别,在保证了家庭的稳定之余,这种人为的差别所产生的负面作用是显而易见的,即在客观上使亲子之爱与权力之间的联系变得紧密,也导致了纯粹的亲子之爱的流失。

《星座》中,星野一方面为了自己的成长,为了实现个人的理想而不惜脱离家庭的约束;另一方面,又对家父长制的亲子观以及与此相联系的家庭等级秩序怀有隐晦的好感,二者之间必然产生矛盾。星野的这一矛盾的内面,在因添加灯油与弟弟纯次的争执中得到了集中表现。

"已经不行了。星野干脆按下灯芯对着灯罩扣吹了一口气。灯灭了,只剩下红亮的灯芯冒着缕缕发着带有怪味的青烟,陷入绝望的星野满腔懊恼,望着灯呆呆地坐在那里。"(《星座》,351)星野在写论文的过程之中,油灯灭了,需要到正房去取灯油,星野自己不愿意去取,他的理由有三:一是自觉身体虚弱,禁不住寒风侵袭;二是不愿意因为取灯油而打断自己写作的思路;三是行使自己作为兄长的权利。于是星野毫不犹豫地叫醒了弟弟纯次,既没有考虑弟弟经过一天的辛苦劳动之后疲惫不堪刚刚入睡,也没有顾惜弟弟是个低能儿,他没有任何解释地命令弟弟去取灯油。纯次对哥哥也充满了反感,在他看来,星野只顾自己的学问研究,丝毫不顾及贫困的家庭,学无所成抱病而归,拖累家庭却仍然保有长子的权威。兄弟之间的矛盾终于爆发。添加灯油这一事件,反映出的其实就是星野作为长子的优越心态,这是家父长制的亲子观所造成的。

星野作为长子的优越心态具体表现在两个方面:一是在与弟弟纯次、妹妹阿靖的关系中,星野对自己的定位是高他们一等的。所以,对于弟弟,星野始终认为他是"低能"、"白痴",对于妹妹,星野也是以居高临下的态度对她的前途予以指导,没有真心地考虑她的痛苦,也没有任何实际的行动予以帮助,只是在最后给阿园的信中顺便求助阿园而已。二是为了自己的学业,牺牲了弟弟和妹妹,弟弟妹妹的辛勤工作都只是给他提供学费的途径,星野虽然在口头上表示歉意,但从内心而言,他并没有太多的歉意。在某种程度上,他认为弟弟、妹妹的牺牲是理所当然的。

家父长制的亲子观在客观上造成差别,导致亲子关系的疏离的同时,在主观上限制了人的自由发展,这种限制在无形中扼杀生命力,造成人的自我迷失。

"家里亲戚说什么也让我进入实业界,继承父业。说来这应该是一件好事,可我对这行当一窍不通啊。懂那么一点点,我这病歪歪的,也干不了什么。我倒想成全妈妈,还有大家。……有时我想干脆去要饭算了,可大家众目睽睽地看着我的时候,又顿时觉得愧对于他们。"(《一个女人》,225)这是富贵子弟冈对叶子的一番自我剖白。冈出身豪门,父亲是日本首屈一指的富翁,母亲是继室,冈是独子,也就是长子,因此,他必须子承父业,继承父亲的事业。冈对自己的长子身份以及与此相关的权力、义务充满了困惑。继承家业,在表面上看来是亲子之爱的一种表现,但实际上,子承父业背后隐藏的权力话语却是对亲子之爱的一种扼杀,对人的生命力的扼杀。因为是长子,"长子"便成了冈唯一的身份和标签,他失去了进行选择的可能性。由于"长子"身份带来的附加值,冈不再是冈,而是家庭最重要的财产,处处受到监管和限制,他没有可能去思考如何实现自我的问题,而只是作为家庭的一个附属品存在。冈从骨子里具有坚忍的意志,喜爱文学,但却缺乏根本的独立性,不能按照自己的意愿去作出选择。

长子身份与权力意识、经济利益紧密相关,在家族之内,冈是唯一继承人,也就是未来的家长,所以他没有朋友,即便是与母亲的关系,也因为过高的期待和金钱的纠葛而变得淡漠。冈与家人的交往只是虚与委蛇,无法得到真诚的关心,更无法付出真心。在这样的状况之下,冈过早地对人生失去了兴趣,没有理想,没有向往,只是机械地活着,按照家族的意愿履行自己的责任。

家父长制的亲子观,因为法律的规定而增加了强制性,强化了集团主义与上下、等级的序列关系。家父长制的亲子观,固然对于稳定家庭结构,明确责任与义务大有裨益,但也使得家庭在某种程度上失去了源自本能的温情,而成为制度化的产物。在明治时期,正是在家父长制的亲子观的影响下,"家族的国家观"这一概念得以发展,而"家族的国家"也最终得以形成。在被法律化的亲子观的指引下所建立的家庭其束缚性是显而易见的,正如有岛在《爱是恣意夺取》中所指出的那样:"国家为了陈陈相因地管理民众的生活,家庭有若小国家的状态那样维系于强国之手下,在实施统治上最为简便易行。又,为了维护财产的私有制度,家庭制度的存在和财产继承的习惯,是万万不可缺少的要素。由表及里,可以看出,家庭是国家的柱石,是资本主义的根据地。于是,在爱已失去的男女之间,仍必须固守家庭这一徒具空壳的形体。因为社会忌厌的,是家庭的分崩离析。"①

## 第二节　女性中心的家庭变革

自明治维新开始,日本开启了极速近代化的进程,资本主义的发展,以及产业化、都市化的推进使得传统的家父长制受到冲击,传统的家族观也开始动摇,多样的家族观开始出现,尽管民法中明确规定并强化了家父长制,

---

① 有岛武郎:《爱是恣意夺取》,刘立善译,沈阳:辽宁大学出版社,1998 年,第 143—144 页。

但是家父长制的亲子观被动摇也是在所难免的大势了。

在这个大的背景之下，日本家族的周边社会环境发生了很多新的变化。首先，大正初年日本国内的杂志开始介绍欧美的家庭情况，《妇人之友》、《妇人世界》、《家庭杂志》等在日本影响力比较大的杂志大量发表介绍欧美家庭、家庭观、亲子观的文章，如《孩子本位与大人本位的家庭》、《孩子本位的家庭》、《妇女解放与家庭》等，这些文章中表露出来的都是对新的家庭模式的憧憬和对西洋文化的向往。大正三年（1914）4 月发行的杂志《国家及国家学》第 2 卷第 4 号第 73 页的"欧美风俗栏"中，发表了一篇题为《欧美的家庭》的文章。文章中指出："日本的家庭与西欧的家庭比较显得'干燥寂寞'，如果说欧美的家庭是'春天'的话，那么日本的家庭就是'秋天'，如果说欧美的家庭是'因其温情而幸福圆满'，那么日本的家庭则是'因其义务而防止了逐渐地破坏'。"①从这篇文章中可以看出日本人对建立在温情和尊重基础上的欧美家庭模式的向往，以及对建立在义务基础上以服从为核心原则的日本家庭模式的批判。事实上，以男性权威来维持家庭的秩序已经逐渐失去了可能性，家庭模式、家庭观的变化必然导致亲子观的变化。在有岛武郎的小说中，男性家长的权威被质疑，由于父母与子女想法的不对等，以及对于现状的难以把握，家父长制的亲子观开始向民主制的亲子观倾斜。家父长制传统亲子观的中心是以父亲/家长为中心的家庭结构，在有岛武郎的小说中，这一家庭结构已经悄然发生了变革，此种变革的核心内容是家长地位的动摇，这种动摇主要表现在两个方面：一是父权家长的能力丧失，二是母权的复兴。

## 一、男性家长本位的动摇

男性一边在不断仔仔细细地复述着有关家庭的父性权威，一边又在不断地表达这样的意思，妻子的美德是家庭赋予的，子女是家庭的财产。然而，无论从哪个方面来说，对于逐渐意识到自己的女性力量的妻子而言，对于逐渐意识到自己的价值绝不仅仅只是家庭财产的子女而言，父性权威所

---

① 有地亨：『日本の親子二百年』，東京：新潮社，昭和六十年，第 70 页。

造成的问题既是比喻意义上的,又是哲学意义上的,还是心理学意义上的。父权专制和它造就的家庭迫使妻子、子女屈从,拘禁了他们,那么,妻子、子女在有机会尝试新的生活方式之前,他们必须动摇、逃离父权造就的家庭,因为这些家庭忽视他们的真正价值,否定了他们建构自己权威的主体性。与此相应的,父权家长的权威在逐渐丧失,这种丧失体现在小说中首先是经济能力的丧失。作为家长,父亲必须解决的问题之一便是家庭的经济问题,然而在有岛武郎的小说中,作为家长的父亲却无法承担家庭的生计,不得不依靠子女或者是向他人求助。

以《星座》为例,星野的父亲因为家庭境况的拮据,逼迫女儿给高利贷者做小妾,为了说服女儿,他不断地向女儿抱怨目前窘迫的境况,指责妻子的无用,儿子的不明白事理,家庭收入的捉襟见肘,对女儿却没有半点关心。"阿靖在一旁倾听着这一切,她觉得父亲实在可怜。他虽然 52 岁,但老得像个 60 开外的人。尽管痛苦,尽管心酸,阿靖心里还是埋怨父亲,在她看来家境落到这步贫困的田地,不能不说最根本的原因是父亲没有好好劳动。"(《星座》,385)

星野的父亲已经全然抛却了作为家长最重要的东西——权威,呈现在读者面前的只是一个无能、懦弱、没有担当的父亲。对于家庭所处的困境,父亲从未检讨自己的过失,只是一味地抱怨,推卸责任,将过错归咎于妻子、子女、环境;对于如何摆脱眼前的困境,父亲同样没有想过自食其力、依靠自己的努力去寻找解决的途径,他把希望寄托在他人身上,试图通过借钱来解决问题。更为可悲的是,父亲以出卖女儿,牺牲女儿的幸福和前途为捷径来换取金钱。

这样的父亲,早早褪去了家长的光环,丧失了作为家长的品质,也自然失去了作为家长本应得到的敬畏。在女儿阿靖眼里,父亲对于家庭沦落到如此境地负有不可推卸的责任,可怜却也可恨。尤其是父亲逼迫她为妾的事情,更使她内心觉得无比孤独。此时的阿靖,面对父亲,既没有服从的意识,也没有畏惧的心态,父亲不再值得依靠,只是一个比自己更加无助的老人。

《星座》中的另一个学生西山为了追求理想中的学习方式和生活方式,

离开北海道到东京求学,在去东京之前,他回家探望了在家乡务农的父母。面对父亲,他没有一丝的尊敬,反而以知识分子的优越心态炫耀自己的学识,并且说谎愚弄父亲。"爸爸你不知道,东京有个叫 University(综合大学)的大学,在那里可以学到比象山先生的学问还大的更伟大的学问。到那里以后,连我也可以获得 Student(学者)的称号,也可以学到 Sociogy and English grammar and Chinese literature(社会学、英语语法和中国文学)之类高深的知识。怎么样,我可以再出去几年吧?"(《星座》,322)

从西山对父亲的态度和他的言辞,可以得到以下几个信息:首先,作为家长的父亲眼界狭隘,知识贫乏,其视野与儿子的不对等导致了儿子对他的轻视。西山的父亲只是一个老实巴交的农民,固守在家乡,没有接受过高等教育,对家乡之外的世界并不了解,所以西山打心底看不起父亲。欺骗父亲、骗取学费,在事实上就是对父亲家长身份的无视和挑衅,意味着家长为中心的亲子观的瓦解。其次,父亲在听到西山的说辞之后,并没有太多的不悦,听到儿子说英语,父亲也觉得他非常了不起,并且同意了西山去东京继续学习的要求。从父亲的让步和妥协,可以看出父亲对自己家长地位的态度也已经有了转变,他不仅没有要求儿子绝对服从自己的意见,反而以仰视的态度看待儿子,并且毫无疑义地顺从了儿子的选择。西山对父亲权威的漠视,子女对必须服从父亲这一原则的抛弃,说明了父亲的家长地位在家庭中的动摇,并且这种动摇不是单方面的,被动的,而是双方面的,主动的。

此时,父亲掌握话语权的力量已逐渐减弱,父亲往昔的那种集责任与威严于一体的强势已不复存在了。有岛武郎的小说通过对父子关系、父女关系的描写充分展现了父亲权力的衰落。在父亲与子女关系的矛盾冲突中展示出父亲的价值标准因子女的承认而建立,因子女的否定而毁灭的残酷现状,打破了旧式的亲子观传统。当叶子、星野、阿园这些子女形象被赋予了强烈的自我意识及独立观念,他们不断地修整自己,重塑自己,以打破传统家父长制对子女的严苛要求。而反观父亲,虽然有阿缝父亲这样的理想父亲,但更多的父亲无不带有暗淡颓败色彩,要么面对强势的妻子沉默无言,例如叶子的父亲;要么卧病在床,例如阿末的父亲……这些父亲不再是一贯正确的典范,不再是家人的精神支柱,不仅不被尊重、喜爱,而且遭到家人的漠视、厌弃,当阿靖用同情又痛恨的眼光看着父亲的时候,父亲的传统中心地位已经荡然无存了。

## 二、女权的复兴

家父长制的亲子观强调父亲是家长,是家庭中的绝对权威,母亲在家庭中处于失语的状态,既没有表达自己想法的意愿,也没有表达自己想法的机会。母亲大多隐形于父亲、子女的身后,充当一个默默无闻的辅助性的角色,全心全意照顾丈夫和子女,和子女之间的关系也相对融洽。在有岛武郎的小说中,这样的母亲依然存在,但是,新的母亲形象也已经出现,母权呈现出复兴的态势,而母亲与子女的关系也开始发生转变。在新的母亲形象中,最典型的无疑是《一个女人》中的早月亲佐与《星座》中阿缝的母亲。

《一个女人》中早月亲佐虽然仍然依靠丈夫获得经济来源,但是从精神上而言,她有自己独立的想法,要求丈夫和女儿服从自己,从这个角度来说,她是强势的母亲,也是强势的女性。早月亲佐已经从幕后走到了前台,小说中有一处细节足以说明她这一个性。

> 移居仙台的早月亲佐在一段时间内深深地保持着沉默,但很快就结集了一些人,又活跃起来。她的客厅成为年轻信徒、慈善家、艺术家们的沙龙。在那里,福音布道、义卖会、音乐会等活动被一一组织策划。尤其是亲佐作为仙台分会长组织的基督教妇女同盟运动,呈现出的盛况,更是不亚于当时以野火之势普及全国的红十字会运动。连知事的令夫人和知名的素封家的太太们也出席了那些集会。于是,三年后早月亲佐成了仙台不可缺少的名人之一。(《一个女人》,15)

早月亲佐在撞破丈夫与女佣的苟且之事后,不顾丈夫的恳求离开东京,移居仙台,在短短的时间之内,她依靠自己的交际能力,迅速在仙台站稳了脚跟,成为了无人不知的名人。此时的亲佐,已经脱离了家庭的限制,在社会上占据了一席之地。由于社会地位的提升,亲佐在家庭中的地位也得到提升,这种提升对家父长制的亲子观的破坏性是两重的。就亲佐个人而言,脱离丈夫意味着她脱离了以家长为中心的旧的家庭结构,象征着男权/夫权的衰落。亲佐作为明治时期新女性的代表,女性的独立意识开始在身上苏醒。亲佐按照自己的想法离开家庭,代表着父亲的权威已经被严重质疑,相应的,家父长制的亲子观必然会遭到质疑。

从女儿们的角度观察这一事件,亲佐取代丈夫成为了家庭的中心,女儿们跟随她离开了父亲。这一事件的意义是深远的,离开父亲,意味着以父亲为中心的家庭结构被彻底打破。与母亲一起生活,象征着母亲已经取代了父亲的家长地位,母亲与女儿重新建立起了以母亲为中心的家庭模式,在新的家庭模式之中,虽然母女之间仍然体现出家父长制的亲子观,但是以服从为中心的原则也不再被女儿遵循,因为母亲本身就给女儿们树立了一个不遵循原则的女性榜样,服从这一原则在母亲实际行动的参照之下已经不具有太多的说服力了。

如果说早月亲佐式的新型家庭仍不稳定,因为亲佐在经济上仍然有赖于丈夫的资助,那么阿缝的母亲则是完全依靠自己的努力获得了经济上的独立,并且建立起了以自己为中心的家庭结构,实现了母权的真正意义上的复兴。"阿缝所做的梦,无论是醒来之后仍然记得的还是已经记不得的,基本上都是同母亲走散、被母亲抛弃、让母亲厌恶的梦。她对刚才所作的梦已经记不清楚了,但是她觉得记不清楚的梦比记得清楚的梦更加叫人悲伤。眼下,从阿缝的处境来说,天地之间唯独可以依靠的就是母亲一个人。"(《星座》,305)

阿缝做了一个噩梦,梦中她与母亲分散、被母亲抛弃、让母亲厌恶,她的内心感到十分的惶恐和无助,哭着从噩梦中惊醒,以上便是她惊醒之后的内心独白。噩梦是现实生活的隐忧在梦中的投射,这种隐忧首先源自对死亡的恐惧,父亲去世后,母亲是唯一的亲人,也是她的家。失去母亲,阿缝就没有亲人,没有家,是一个孤儿了,这是她不愿也不能接受的。然后是对母亲的敬畏,父亲去世后母亲自然而然地成为了唯一家长,肩负起了从物质上和精神上监护阿缝的重任,阿缝认同母亲的生活方式和处世原则,她要求自己尊重母亲,认为如果不听母亲的劝告,便很可能误入歧途,最终陷入无路可走的境况之中。究其根本,阿缝的隐忧不是因为惧怕母亲的权威,她害怕被遗弃的，其实是她生命中的某个部分，这个部分此前一直受到父权中心的大环境的阻挡而被迫远离了她：这个部分就是女性的力量，这一力量之所以对她那么重要，正是因为她的母亲的缘故。那么，不仅是为了理解女性的力量之于新时期的女性产生影响的方式，也是为了理解女性是如何战胜被强加的弱性、赢得家庭中的地位的，我们必须要通过阿缝母亲的行为方式，来看一看她是如何克服女性身份的焦虑，抵制具有消极影响的父权制观念，重新忆起那些能够帮助女儿们发现自己身上清晰的女性力量的、失落的前辈母亲。

　　阿缝的母亲在得知丈夫的病情之后，没有丝毫犹豫地瞒着丈夫努力学习，通过考试谋得了助产士的职业。助产士这一职业，是自古以来女人唯一能做的正当职业，而通过考试才能获取则说明了这一职业的合法化，意味着女性可以独立的机会。可以想象，作为最早的开始尝试工作的一批女性，显然一定会受到消极影响，她或许会受到自我怀疑、匮乏、低人一等等诸多感觉的缠绕，但阿缝的母亲从未在丈夫、女儿面前表现出这些负面的情绪。小说中的母亲始终表现出的是一种加以控制的情感，还有就是她的自我审视以及对女儿的审视，这种审视之所以不会令人反感，原因不仅在于它所体现出的严厉的真诚，而且在于这种真诚驱使她向人们袒露，女性在多大程度上受制于失控的情感，她们又应该怎样使自己努力控制住容易失控的情感。

　　在男性权威动摇之时，早月亲佐、阿缝母亲的生活经历和她们的选择无不告诉我们，女性只是想要在这个世界中公告自己的存在，就必须面对社会和经济上的种种障碍，最后才能升入社会中一个更高也更适合她的位置之中。这样，母亲/女性，最终能够进入一个能使她创造出自己的权威来的传统之中。

### 三、理智的亲子观

　　家父长制的亲子观在经历了一系列冲击之后发生变革，以父亲/男性为中心的家庭结构被动摇，以子女为中心的新式家庭得以建构。在有岛武郎的小说《星座》中，阿缝的家庭由父亲、母亲、女儿阿缝三个人构成。三人结构的家庭摆脱了与祖父母、父亲的兄弟姐妹同居的传统大家族生活，阿缝又是独生女儿，没有其他的兄弟姐妹，如此一来，自然避免了不必要的纠纷，使得家庭更为单纯、更为稳定，这是新时代的新式家庭。在新式家庭的生活中，父亲、母亲、阿缝互相扶持，形成了理智的亲子观。这种亲子观包括了以下三个方面的特征：

第一，以子女为中心。在家庭中父亲、母亲没有一味强调家长的权力，而是将权力和责任、义务结合在一起，在生活中时刻以女儿阿缝为中心。阿缝生病了，父亲彻夜不眠地照顾；父亲重病，思考的是如何给妻儿留下足以支撑她们生活的精神财富；父亲去世后，母亲坚强地承担起教养女儿的责任，给女儿树立女性独立的榜样；母亲意识到女儿处于青春期转变期，告诫女儿的同时重视女儿的想法。阿缝的父母的确是将女儿作为一个独立的个体，而不仅仅是自己的附属品来看待的。在他们眼中，阿缝有自己的思想、自己的生活方式，父母能够给予引导，而绝不是指令。

第二，互相尊重。无论是夫妻之间，还是亲子之间，他们摒弃了命令—服从的相处方式，彼此之间互相尊重。父亲、母亲站在同一立场，为了维持良好的家庭氛围而努力，以对阿缝的照顾和教育为家庭生活的主体内容，父亲、母亲、阿缝在家庭之中自由、自然、坦诚地生活，互相之间知无不言，互相礼让，不让对方担心、难过，对于对方的愿望也努力地帮助其达成。在阿缝的家里，由于家父长制造成的亲子关系紧张、压抑的氛围完全不存在，在良好的氛围中亲子三人同心协力，既尽心尽力经营自己的家庭，又尽心尽力发展自我。

第三，共同的精神追求。父亲下半身神经坏死，已经长久地不能行走了，在自知即将不久于人世之后，他向妻子和女儿提出要求，希望在房间里走一圈。虽然妻子和女儿开始并不理解他的想法，对此并不支持，但最后还是满足了父亲的心愿，在妻女的帮助下父亲在房间里走了一圈。这一事件对全家人来说意义是深远的，这是三个人齐心协力共同完成的事情，是将三个人紧紧聚集在一起的力量。完成这件事之后，父亲叮嘱妻女不要将此事外传，要把这件事当成三个人之间的秘密。"母亲和阿缝照她父亲所说的做了，她们没向任何人透露过这件事。越是不向别人透露，这件事对阿缝来说就越发神圣，简直根本不能用嘴去表述了。"（《星座》,308）父亲在濒死之际强烈要求下地行走,其实是对人的生命存在和人的尊严、价值、意义的追求。父亲因病离开了人世,但是这一精神追求却成为支撑妻女生活下去的动力和支柱。阿缝每当遇到难以抉择的问题,都会向回忆中的父亲求助。

理智的亲子观是一种比较理想的亲子观,但是我们也看到它强调人与人之间的相互依赖,鼓励个体注意与他人的联系和社会互动的重要性,同时它也重视道德规训的必要性。这两点尤其体现在阿缝与母亲的关系上,阿缝经常忧虑由于自己的过失被母亲抛弃,她对个体的认知更多地还是依赖于母亲,也就是他人的看法,因此她仍然缺乏足够的对自我的自主感。在理智的亲子观的支配之下,阿缝被要求接受习俗、社会规范,并且保持与别人的一致,而没有寻求和维持自己与他人的区别,这毫无疑问限制了阿缝,以及更多阿缝们的自我确立。

## 第三节　自我中心的家庭重构

有岛武郎在《爱是恣意夺取》中论述了自己对于"爱"的本质的看法,提出了习性生活、理智生活、本能生活三种生活阶段,对于这三种生活阶段,有岛武郎做出以下定义:"纯任自然地接受来自外界的刺激,这种生活我权且称之为'习性生活'(habitual life)。"①"理智生活实际上就是一种反射性生活。当外界影响作用于个性时,个性有意识地对其回示出反应。"②"本能生活"则是指"个性不依靠来自外界的刺激,全然凭任自己必然的冲动,推进自己的生活"。③

虽说理智生活耗费漫漫岁月后,诞生于众人经验的集大成之中,但它对个性产生的作用,永远来自外部世界,并且仅是局部性的而远非全体。理智生活的作用来自外部世界,而外部世界是可以脱离任何人的

①　有岛武郎:《爱是恣意夺取》,刘立善译,沈阳:辽宁大学出版社,1998年,第79页。
②　有岛武郎:《爱是恣意夺取》,刘立善译,沈阳:辽宁大学出版社,1998年,第80页。
③　有岛武郎:《爱是恣意夺取》,刘立善译,沈阳:辽宁大学出版社,1998年,第86页。

内部生活独立存在的；为了统率整体生活，理智生活的作用成了人为的规范。至于"局部性"，该做如何解释？首先，在理智生活中，义务和努力被视作必要条件。可以预想，义务和努力，都要求人舍弃欲求中的某一部分，若不有意识地压抑某种欲求，义务和努力的实现便无法如愿。换言之，其约束的宗旨在：切不可满足个性的全部要求。如果处在这种约束下的理智生活一旦成了我们生活的基调，并必须执掌主导权威，那么，人们果真能安居乐业吗？在我看来，绝不能心悦诚服地将其奉为神明。我想，必须追求这样的生活：在理智生活之上，要满足我个性的全部要求，并且，由此得到的满足必将去追求世间公认的佳美之事。（《爱是恣意夺取》，131）

在对此三种生活阶段予以划分和定义的基础上，有岛武郎指出理智生活高于习性生活，而理智生活在本能生活的指导下运行。如果说家父长制的亲子观和理智的亲子观都属于相对低级的阶段，那么在有岛武郎的小说中还存在着与本能生活相对应的亲子观，可以称之为本能的亲子观。

本能的亲子观与家父长制的亲子观、理智的亲子观都不相同。首先，本能的亲子观没有以某个固定的家庭成员为中心来建构家庭，而是主张以个体为中心；其次，其核心原则是以人的个性为出发点，坚持个性本位，家庭关系、家庭成员都服从于个人的个性发展。对于个性发展的追求，集中地体现在接受了教育的知识分子身上，《一个女人》中的叶子，《星座》中的星野，在他们身上都反映出这种本能的亲子观，但是他们在选择本能的亲子观的同时，又无法彻底摆脱家父长制的亲子观或者理智的亲子观对他们的束缚，所以使得他们的内心呈现出一种始终处于矛盾的状态。

## 一、以自我为中心

《一个女人》中，叶子具有双重身份，她既是女儿，必须接受父母的教育和管束；同时她又是母亲，面对着对女儿的抚养和教育问题。按照家父长制的亲子观，叶子应该无条件服从父亲，按照民主的亲子观，叶子应该优先考虑女儿的要求。但事实上，叶子既不是以家长/父亲为本位，服从父亲的决定,也不是以子女/女儿为本位,优先考虑定子的成长问题,对叶子而言,在任何情况下首先必须考虑的是自己的处境、自己的感受,她把自己放在家庭的中心地位,并以此为前提条件来处理与家人之间的关系。从叶子处理亲子关系的方式来看,这是一种重视自我的亲子观,对应着有岛武郎所提倡的本能生活。

前文讨论了女权的复兴,对于女性解放,我们可以谈论各种意识形态抗争,却无法克服母性和自性的矛盾,因为这种母性是与生俱来的,是女性生而具有的子宫赋予的,无法抗拒、无法否认。所以,最重要的是找到自己的精神家园和独立人格,只要不丢掉灵魂,女性就可以站起来,而叶子,有岛武郎笔下最重要的这个女性,无论她的自我之路是否正确,她一直顺应内心深处的声音,努力寻找着精神家园和独立人格。在叶子前往美国的轮船上,她第一次听见了这种声音,此后每当她处于人生的转折点,或者对当前的生活状态感到迷茫时,她都能听见来自内心的呼唤。

这种中心意识在小说中体现为以下几个方面:第一,客观上而言,小说以叶子为中心安排整部小说的人物关系网,从叶子的视角出发,折射出内田、冈、古藤、仓地、木部的家庭结构和家庭关系,可以这样认为,有岛武郎正是以叶子为中心反映出整部小说中不同家庭背景、社会背景、教育背景的形形色色的人物的亲子关系。第二,叶子的主观选择决定了新家庭的形成和旧家庭的分崩离析。与木部组成小家庭,又毅然离开木部使这个小家庭瓦解;决定赴美与木村组成新的家庭,又反悔回到日本使这个家庭计划破灭;自美国返回日本之后,叶子并没有回到原来的家,而是和仓地同居,并且把两个妹妹接去同住,重新组成了新的家庭;至于女儿定子,叶子始终把她托付给乳母,因此定子和乳母又另外构成了一个家庭。以叶子为中心,一共有四个家庭与她发生着直接的联系。第三,叶子对这四个家庭的影响,不仅是在客观上决定了人与人之间的联系,而且在精神上影响着这四个家庭。对木部而言,叶子的离开是巨大的打击,她的离开不仅使家庭不再完整,而且使他在事业上一蹶不振;对木村而言,与叶子组成家庭是促使他在美国开拓事业的动力;对妹妹而言,叶子是物质和精神的双重支柱,因为叶子的存在,她们才能过上无忧无虑的生活;对仓地而言,叶子是灵肉伴侣;对定子而言,叶子是母亲,是无法割断的血脉相连。从以上三个方面看来,叶子的中心地位是毋庸置疑的,而这正是本能的亲子观的出发点。

因为家父长制的影响,星野不可避免地具有长子优越感,但是我们并不能因为他的优越感而忽视了他对于本能的趋同,实际上,与叶子一样,星夜主动地有意识地选择了以自己为中心的本能的亲子观。星野虽然是家中的长子,但他并没有按照家父长制的要求去服从父亲,继承父业,担负起照料家庭的重任,而是选择了与父亲完全不同的道路,而且在与父亲的关系之中处于主导地位,他不仅不服从父亲的决定,反而使父亲不得不服从他的决定。作为兄长,对于需要照顾的弟弟、妹妹,非但没有为他们着想,帮他们减轻负担,反而因为自己的意愿而让弟弟、妹妹作出牺牲,虽然会犹豫、不忍,但星野还是将自己的前途看得更重要。由此看来,星野所秉承的,同样是本能的亲子观。

对于星野的以自我为中心,有以下理解:第一,客观上以星野为中心的家庭结构。小说中,所有的家庭成员都围绕星野运转。父亲为了星野的学费去向他人借贷,母亲默默无闻地操持家务,智障的弟弟努力在渔场工作,年幼的妹妹在小樽做女佣。第二,从精神层面而言,星野在知识上同样居于中心地位。星野是札幌农业学校的大学生,并且对于学问有着浓厚的兴趣,而其他的家庭成员都没有接受过高等教育,他们对于星野始终抱着一种仰视敬畏的态度,当星野回到家中,家中的气氛便会变得凝重,父亲与星野谈话总是感到压力,并且深知自己无法说服星野更改决定;母亲不与星野亲近,从她对星野的态度来看星野不像是他的儿子,反而像是一个需要殷勤接待的客人。这种敬畏不是星野的长子身份造成的,而是星野身上所代表的先进思想和知识带来的,从这个意义上而言,星野同样是以中心的形象出现在读者面前。

综合叶子和星野两个人物形象,二人的性别、身份、家庭环境、生活背景都完全不相同,却同样在家庭中居于中心的地位,家庭成员都以他们为中心展开活动,这一共通点正是因为本能的亲子观造成的。而在考虑他们的中心地位的同时,也必须要思考本能的亲子观的核心原则——个性发展。

## 二、以个性发展为目的

对于叶子和星野以个人为中心的行为,读者或许会认为那不过是自私自利的表现,他们从个人的一己私利出发,是彻底的利己主义者,其实这种判断过于武断和简单。如果拨开表象,便会发现叶子和星野诸种行为的出发点都是为了完善自身的发展,在与家人相处的过程中,他们遵循的核心原则既不是服从,也不是信任,而是个性发展。在此,有必要对个性这一概念加以解释和界定。有岛武郎在《爱是恣意夺取》中多次对个性这一概念进行论述。

> 只有你共鸣于我的全部要求,我才能得以生长。你因服从我而生成的思想和行为,一旦同外界的传说、习惯、教训发生矛盾冲突时,你切不可张皇失措,紊乱方寸,复始猜疑我。你不要焦忧,不要踌躇,只管一如既往地倾心于自己个性的生长与完成。但我须提醒你的是,切忌以表面的、被羁勒的、习俗的思考方式来诠释、扶助个性的作用。例如,即便有时人们乍观个性要求的结果,认为好似肉欲的放意恣行,但你也不可随之东摇西摆,乖悖初衷;同样,尽管人们有时乍观个性的要求,认为好似从属于灵魂的威力,但此时若将个性的要求全然与"肉"一刀两断断裂开来,其观点显然与个性的本质背道而驰。(《爱是恣意夺取》,69)

有岛武郎所说的"个性"不是单纯地指个人的性格,而是作为独立个体的人的精神和精髓,个性发展的最终目的是"我"的生长。一般情况下人们认为,"我"的生长在人的领域中进行,在道德以及人与人的伦理关系中看得最清楚,因此,义务、责任、服从诸如此类的观念无法避免地注入了"我"的意志及生活中。然而,有岛认为这些观念因为是外界要求强加的命令,只有靠法则才会发生效力,所以,其实是对行为道德性的破坏,于"我"的生长无益。"我"的生长真正需要的是必须内在于我自己的本质,这一本质要求个性超乎外在法则的约束并站在其对立的立场,也就是从自己的立场观看事物。个性有各种表现形态，但在有岛看来，真正的个性既不是如实遵循外在世界的压迫，也非只是反映主观的信任，而是不从属于一切的秩序或者任何系统，不遵循社会框定的知识和道德，个性如人的生命一样，是绝对的存在，以自由意志为前导，没有功利的目的性，一心一意地专注于生活本身。而生活在此显示了两个层面：一个层面中包含了并不明晰地对于完美生活的祈愿；在另一个层面中，心力与对象分裂、并立，为使它们紧密结合、互相渗透，生活首先必须形成自我。生活的两个层面要互相激励、提升，内在的结合、生活本身的坚固，由朦胧轮廓走向完整的个性发展才能达到，整体的自我提升才能完成。

所以，生活不是指向外界，而是指向自我，并以自己为对手。为了实现这样的生活，人的内心必须有比个别的目的和处境更优越之物，这个"物"就是有岛称之为个性的东西。只有当人们具有了个性，才有可能带来全新的生活，而这全新的生活才可称为"我"的生活。"我"的生活既没有经过个别的点，也没有来往于主观和客观、心力与对象之间，它已经等同于整体的自我发展，这样才能产生出内容与价值。这样，生活在自我本身中形成深度，并从支配性的中心点展开富有灵性活力的活动，借以催生信念和人格，继而获得生活的价值，从中也会产生精神的内在性。唯其如此，精神生活才能形成独立的内在性的世界，这世界能将一切与自己有交集的事物纳入自己的活动，并从内部进行无限的上升。总之，由于个性独立自存的开展，"我"的生活事实上已脱离自然和社会获得自立性。基于以上对于个性、自我、"我"的生活的认知，叶子和星野在对待与家人的关系时以个人为出发点，以个性发展为原则，如此他们便可以追求照亮他们生存状况的事物，追查人生的意义与价值了。


特别是奶妈和定子就在眼前，看到她们过的这种简朴的、不富裕也不拮据的生活，叶子的心中也不知不觉被感染了。但是，与此同时，只要稍稍想到仓地的事，叶子的血一下子就沸腾了。平稳的但是和死差不多的一生是什么样的人生？纯粹的但是不冷不热的爱是什么样的爱？活着，但是却又不是真正地活着，这是什么样的生活？既然爱了，

就须不惜牺牲性命地去爱。这种冲动变成了自己都毫无办法的强烈的感情,本能地煽动着叶子的心。(《一个女人》,166)

我不愿意帮助别人,也讨厌别人帮助自己。……我是个利己主义者。但是,很多人都好像以为我的利己主义是由于我的头脑比较好使才产生的,这种看法也太肤浅了。我既贫穷又病魔缠身,即使头脑再好使,也有充分的资格主动请求别人照顾的。但是,我讨厌别人帮助自己。……我要更加去接近大自然。是大自然让我生来如此的,是大自然让我病到这步田地的。而且这并不是大自然所完全知道的。大自然这种东西有一种可憎的形象。(《星座》,347)

以上两段引用中的第一段是叶子从美国归国之后第一次与女儿见面,面对久别重逢的女儿时的内心独白,女儿在这里无疑代表了家人和家庭。不难看出,选择和女儿一起平淡地生活,还是选择跟随仓地轰轰烈烈地生活,叶子几乎没有丝毫犹豫地下定了决心。第二段则是星野在意识到由于自己抱病归家,又决意去东京学习给家人带来种种不便,造成家中的紧张压抑气氛之后的一段内心独白。

从这两段内心独白,可以看到对于个性发展,叶子和星野有着共同的认识:首先,个性发展的前提是自由。在叶子眼中,按照现有规则的要求生活,是没有自由的生活。没有自由地活着,没有按照自己个性的要求展开生活,那就不是真正的生活。叶子离日赴美的时间是在 20 世纪初,这意味着她是新世纪的新女性,敏锐、进取,厌恶并且有意识地反抗既有的一切规则,在她看来,这些规则都是对她的束缚,只能阻碍她彻底实现自由的本能生活。

星野不愿意帮助别人,甚至是自己的家人,这一点无法得到世人的谅解,所以星野自嘲为利己主义者。要理解他的这一行为,必须看到星野也不愿意得到别人的帮助。接受别人的帮助,意味着要接受施助者认可的规则,也就会有一定的顾虑,要在一定的框架之内生活,这无疑会使人难以摆脱外界的压力,随心所欲地追求个性的发展。从这个角度出发,才能理解星野的不愿助人。帮助别人、被别人帮助,这是相对应的一组行为,实际上都是来自外界的约束和要求,无形中都会给个体造成压力。星野不帮助别人,如同他不希望得到别人的帮助一样,是因为他认为个性的发展以自由为前提,帮助别人,或者接受帮助,都会丧失自由这一前提。从星野不愿意受到这种束缚,推己及人,他同样不愿意在自己和家人之间设置这种障碍。

个性发展的目的是对生命的向往和获取。对于叶子而言,与仓地的爱情是充实自己的个性,获取生命的途径。作为一个常年在海上生活的船员,仓地具有强烈的生命意志,这种生命意志是无意识的,但这个"无"并非什么都不存在,而是消失的意识。消失的意识表示有两种力量相等,方向相反,以致彼此相消,相中和。柏格森指出意识是可能行为或潜在活动,"意指思虑或选择。许多行动同样被描绘成可能行为;却没有一件实际行动付诸实施(如思考后没有结果)时,意识的程度最强。实际行动是唯一可能的行动时(如梦游症或较普遍的自动行为),意识则近于无。"①有岛深受柏格森影响,他推崇并在小说中赋予人物的无意识便是在这一理解上展开的,仓地无意识的生命意图,也就是粉碎障碍,将潜在行为付诸实际的强大行动力是叶子向往的。她希望在与仓地的爱情中获得这种无意识的生命意图,并借此摆脱一切束缚实现个性的完善,最终获得一种有生命的生活,也就是有岛所说的本能生活。因此对她而言,与家人的关系、对家人的牵挂也是一种障碍,所以每当叶子对家人的爱与她所希望的自由相冲突之时,她首先放弃的便是与家人的爱,转而极力争取仓地。叶子想得到仓地的爱情,但这个爱情不是普泛意义上的男女之爱,而是隐喻意义的爱,她真正希望的是借由与仓地的结合实现理想中的个性,最终达到本能生活的状态。

而星野强调的大自然实际上象征了客观存在的生命。星野被认为是利己主义者,他的利己固然与其长子身份、知识分子身份带来的优越感有关,但还有很重要的一点是他对大自然的亲近。星野认为,人应该如同自然一样,表现出不受任何拘束的生命力,这才是真正的个性。对于星野来说,自己的生命得以实现的方式就是继续研究学问,追求学问的最高境界则是与

---

①　鲁道尔夫·欧肯、亨利·柏格森:《诺贝尔文学奖文集:人生的意义与价值/创造进化论》,李斯等译,长春:时代文艺出版社,2006年,第116页。

大自然一样不学而知,以有机形式看待一切事物。如果能和大自然一样,那么沉眠本能中的意识便会觉醒,此时本能外化为认知,能够回答一切所思所想,然后本能就会向他显示生命最深层的秘密。星野认识到这一点,他一味地扩充意识、深挖自我,所求的无非是与生命的创造力合而为一。所以,任何外来的人、事、物都不能使他动摇。星野不在意的不仅是自己的亲人,也把自己本身的问题置诸脑后。事实上,星野身患严重的肺结核,根本经不住劳累,在需要静养的情况之下,他也没有丝毫的松懈,总是毫不顾惜自己的身体,为了论文的写作而忙至深夜。所以,从这个角度来看,星野并非如他自己所自嘲的"利己主义者",而是为了自己的个性发展,寻找真正的自我而不惜一切的新时代的青年,是有岛推崇的"本能主义者"。

### 三、本能的亲子观

在叶子和星野身上表现出同样的本能的亲子观,对于自己的选择,他们也表现出同样的矛盾态度。正如前文已经分析的那样,叶子在对家人表现出放弃、割裂关系的态度时,内心又存在着难以割舍的感情;而星野在专心于求学之路时,却又对家人不无歉疚之意,同时他还暗自向往新井白石式的父子间的和谐感情。所以,本能的亲子观无论对于叶子,还是星野,都是两难的选择,产生这一矛盾的根源在于理智生活与本能生活的冲突,表现在亲子观方面就是本能的亲子观与理智的亲子观发生冲突。有岛武郎对于本能有以下的阐述:"人的本能——既非野兽的本能,亦非天使的本能。人的本能也须是整体功能起动后的作用。人的本能如果仅由此而萌,那么或许还会由此进而诞生超人的、跃往新的存在之本能。"(《爱是恣意夺取》,96)

由此看来,如果说"理智生活"的目的是建立、维护秩序和规则,那么"本能生活"的目的则是摆脱秩序和规则的制约。因此,两种生活之间的冲突是不可避免的。叶子和星野在两种生活状态中挣扎,这种矛盾和冲突既是他们追求自我的原动力,也是他们生命悲剧的根源,叶子最终以死亡的方式结束了矛盾的人生,而星野也在肺结核的折磨下与死亡渐行渐近。

两种亲子观的差异源自中西方价值观的差异,西方文化下的独立自我强调个人主义及对自我的自主感,而儒家文化下的互依自我则更强调人与人之间的相互依赖。本能的亲子观与理智的亲子观的矛盾导致了叶子与星野的悲剧。他们既向往"本能生活",所以倾向于本能的亲子观,但又无法彻底放弃"理智生活"中的责任、义务以及与此相关的一切道德的内容。这些道德的内容包括叶子对父母的依恋、对女儿的疼爱、对妹妹们的关怀,还有星野对父母亲情的渴望、对弟弟的同情、对妹妹的愧疚,如此,他们一意追求的"本能生活"便化为了泡影,他们也势必陷入两难的境地。更何况,叶子理想中的"本能生活"也仍然囿于"理智生活"的框架之内,对此她虽然有所意识,但刻意地予以忽视。

而星野即使是忘我地做学问,不顾一切地追求自己的梦想,他也仍然难以摆脱来自"理智生活"的束缚。从对家人的态度而言,星野无法抛弃对于家人的关心,对于家人的牺牲他也心怀歉疚。当低能的弟弟对他表现出关心时,星野会觉得遭到众人白眼的弟弟变得可爱而且真诚;当妹妹被父亲逼婚时,星野也曾经给阿园写信请求阿园给予帮助;而对于父亲,他也总是怀抱着一丝希望。星野从新井白石与父亲的和谐关系推及己身,希望和父亲能够有共同的目标,共同的话题。新井白石所处时代是以儒家道德为核心建立秩序的时代,新井认可自身所处社会的社会体系和社会价值,承认立身处世是实现孝的重要内容。从星野潜意识对新井父子关系的认同和向往来看,他的内心难以割舍儒家式的井然有序。此外,正如前文已经论述的那样,星野潜意识里对于长子的身份和优越感也是认同的。

然而无论叶子,还是星野,都没有认识到"理智生活"和"本能生活"都不是绝对的,这既是时代的局限性,也是作者有岛武郎在认识上的误区。他们只看到了"理智生活"和"本能生活"的对立,没有看到二者的融合,对于理想,采取的是"全有或者全无"的态度,因此难免陷入困境。他们为了追求自由进而反抗传统,超出既定的秩序之外,与此同时,他们又渴望爱情和亲情,因此不得不对传统妥协,回到既定的秩序之中。这种"理智生活"与"本能生活"的冲突给他们的人生带来了悲剧与动荡,叶子、星野的一生是真实的,他们代表不同身份、不同性别的人们在此时期的奋斗,自有其震撼人心的魅力和光彩。

## 第四节　亲子观产生差异的根源

在有岛武郎的小说中,存在着三种亲子观,而这三种亲子观与有岛武郎的生活三段论相对应。家父长制的亲子观是传统的亲子观,与习性生活相对应;民主的亲子观与理智生活相对应,是对家父长制的亲子观的反拨;而本能的亲子观则与本能生活相对应,是个性自由发展的表现。

三种亲子观的差异造成了亲与子之间的矛盾冲突,这些矛盾冲突则构成了小说的主要内容。由此引申出的问题,即:为什么会形成三种亲子观?为什么三种亲子观形成之后,相互之间就会产生矛盾冲突?三种亲子观形成的根源究竟是什么?对此,有岛武郎并没有明确说明,只是以自己的方式描写了在亲子观照之下的人物之间存在的种种差异。笔者认为,正是这种差异,才导致了三种亲子观的产生,以及互相之间的矛盾。

这里要说明一点,亲子观的差异不仅体现在两代人之间,而且体现在同一代人之间,所以这里所说的差异不仅包括父母与子女之间的差异,也包括同代际的父母或者同代际的子女之间的差异,因此在论述的过程中不仅进行纵向的比较,也进行横向的比较。这样的比较有利于更加准确全面地把握三种亲子观,这些差异是:因时代、地域的变迁导致的生活环境差异,因教育导致的人生理想差异,以及因性别导致的两性差异。

### 一、生活环境的差异

进入大正时期之后,欧美的家庭模式与教育方式被介绍进入日本,传统的家父长制的亲子观很快受到了冲击。尤其是,欧美家庭重视父母与子女之间的感情,倡导人权尊重和平等,与之形成鲜明对比的是以权威维持家庭的平静和秩序的日式家庭。

在此基础上,以子女为本位的民主的亲子观开始出现。父母和子女彼此尽到应尽的义务与责任,但是却不再一味强调家父长制的亲子观所倡导的恩、孝。所以在《星座》中,阿缝的家庭一扫旧习,回复了人与人之间自然的感情,家庭之内充满了温暖的氛围,对于家长的敬畏、服从都不再存在,刻板的亲子伦理亦烟消云散。有岛武郎的小说中,生活环境的差异是形成不同亲子观的基本因素,而这一生活环境的差异源于都市与乡村的差异、新时代与旧时代的差异。

首先,是都市与乡村的差异。明治维新之后日本的资本主义得到发展,从大正四年(1915)开始的五年间经济迅速增长,确立了垄断资本主义的格局。短短的时间内,工业生产首次高于农业生产,来自农村的劳动者涌入都市,都市人口增加,在东京、大阪等大都市,劳动者阶层、工薪阶层、技术者、自由职业者形成的新中间层逐渐清晰成形。在这些新中间层之中,新旧思想的对立非常激烈。几乎与此同时,大量生产、大量贩卖、大量消费的都市文化生活兴起,在东京新兴住宅地建起了文化住宅,公共汽车出现,三越、白木屋等大型商场开业,而宝塚、轻井泽等地开发的休闲产业急速扩张。在这样的社会大趋势之下,当时的日本形成了上、中、下三种阶层的家庭,而在都市的家庭中,与大正之前的时代相比,根本的一大变革是显而易见的事实。① 而在这样的大局势之下,都市和乡村之间产生了明显的差别。相应地,亲子观也产生了差异。

《一个女人》中的叶子与父母一起生活在东京,父亲是医生,职业受人尊敬,并且有稳定的经济来源,因此经济问题不是叶子与父母之间关系的障碍,叶子家庭中的问题主要是精神层面的,父亲地位的动摇,母亲的强势,叶子对绝对自由生活的追求,导致了家父长制的亲子观的动摇,为民主的亲子观以及本能的亲子观的产生提供了契机。而在《该隐的后裔》中,仁右卫门是农场的佃户,一贫如洗;《阿末的死》中的父亲,长子鹤吉是经济萧条的农村的理发师,无论怎样努力都无法维持家庭的生计;《与生俱来的烦恼》中的父亲则是渔夫,以捕鱼为生,不仅要面对资本家的盘剥,而且要面对恶劣的天气,随时可能因为大自然的变脸而失去生命;《星座》中星野、西山的父

---

① 参见有地亨:"小川図南が「都会の家庭」という論文を寄せ、当時の都市の上・中・下層の家庭を描写し、(中略)都市における家庭がいずれの層においても、「従前に比べて根本的に一大変革を来たしたことは明かなる事実」である指摘する。"『日本の親子二百年』,東京:新潮社,昭和六十年,第84页。

亲都是生活在乡下的老实巴交的农民,同样为生计所苦。与叶子的父亲相比,他们本身就没有稳定的收入,更因为经济大萧条影响到了生计,所以,贫穷成了影响亲子观的一大要因。因为贫穷,子女只能以更加服从的态度遵守父亲的要求,以父亲为中心为家庭付出,这也在无形中强化了家父长制的亲子观。在贫穷的环境之中,子女们要么无法接触到新的思想,只能接受家父长式的家庭模式,遵循家父长制的亲子观;要么虽然也接受了新的教育,却因为家父长制的亲子观的制约,不得不在贫困的家庭和自己的理想之间痛苦地挣扎;要么虽然坚持了自己的选择,向往本能的亲子观,却还是会因为家庭的贫困而对家人有所歉疚。

其次,是新时代与旧时代的差异。有岛武郎小说中的时间设置大都是明治三十年代,即 19 世纪末 20 世纪初,子女们对于父亲仍然抱着尊敬的态度,父亲仍然保有家庭内权威者的地位,这也是家父长制亲子观的前提条件。但与此同时,明治维新之后日本颁布了义务教育的法令,因教育改革而导致的急速社会变动也应运而生。

> 明治三年(1871),制定了小学条例和征兵条例,明治五年(1873)发出了"学制颁布"和"征兵令公布"。明治革命政权最先实施的政策便是这两个,这是意义深远的。……对于学制人们也曾发起消极的抵抗。因为,对于农民、手工业者、商人们来说,孩子被学校所夺走等于固有的生产方式遭到了破坏。①

明治时期父母与子女之间关系形成的环境发生了变化,思考方式也同样产生了分歧,所以子女对父母的批判也出现了,两代人之间的关系因社会变动而激化。因此,父母在感受到时代洪流的影响之时,也开始转变家庭教育的方针。子女们大都接受了义务教育,在这种情况之下,成长于新时代的子女与生于旧时代的父母之间自然产生了分歧,而旧的亲子观的瓦解、新的

---

① 柄谷行人:《日本现代文学的起源》,赵京华译,北京:生活·读书·新知三联书店,2003 年,第 129 页。

亲子观的产生便成为一种必然。

《一个女人》中的叶子自小接受西式教育，思想开放，向往西方的（美国的）生活方式，渴望摆脱来自外界的一切束缚。叶子的母亲虽然表面上看来态度开明，但对于新的亲子观的到来却毫无准备，所以她不能容忍女儿的反抗，也不允许叶子按照自己的意愿追求新生活，一味地给叶子安排婚姻，希望借此绑住叶子。而那些完全没有接受教育的父母，他们是文盲，子女们却接受了小学、中学的教育，作为家长的父亲务农，而都市里却大量兴建了工厂，在外求学的子女们耳濡目染的都是产业化、机械化的近代文明。父母与孩子之间认知水平的不对等，最终导致了关系的倒错，孩子在成年之后，无视父亲的权威，对无知的父母抱着或怜悯或轻视批判的态度。《星座》中星野自诩为天才，把自己置于家庭中的中心地位；西山满怀理想抱负，却以此为工具欺瞒家乡的父母；阿园也顺应趋势选择了科学的道路，远离了父亲所代表的旧的传统和权威。这种亲子观的差异的产生正是因为新旧时代的交替而产生的。

### 二、人生理想的差异

人生理想的差异是亲子观差异产生的重要原因。有岛武郎的小说中，有一个细节值得推敲，那就是父亲大都没有名字，小说一律以"父亲"二字称呼。第一，父亲不仅是一个称呼，同时又是一个身份标识，一方面象征了父亲的家长身份以及与此相匹配的权威和地位；另一方面也暗示着作为家长必须承担的责任和义务，是对父亲的限制和制约。在责任和义务的框架之内，作为家长，必须承担起经济方面的重担，把全家人团结在自己周围，维持家庭的完整和秩序，父亲们都在为此而付出努力。相应地，他们的人生理想便十分有限，具体而言就只是履行自己的责任和义务。《一个女人》中的父亲即使在妻女离自己而去之后，也还是负责她们的日常生活开销；《与生俱来的烦恼》中的父亲即使年岁已高，也仍然坚持身体力行地出海，为儿子们掌舵领航；《该隐的后裔》中仁右卫门虽然脾气暴躁，他所想的也不过是拥有自己的土地，给妻儿带来更好的生活；《阿末的死》中长子鹤吉取代父亲成为家长之后，努力经营理发店这一家业；《星座》中星野的父亲虽然无能,却还是努力给星野筹措学费,也经常为自己的无能而懊丧。

第二,小说中的父亲们没有自己的名字,而被简化成"父亲"这一符号。符号的特征是简化性和类同性的,符号化的过程意味着他们作为独立的人的个性的泯灭。"父亲"这一符号等同于家长的身份,因此,小说中的父亲们只是作为一个符号简单地生活着。此种情况之下,父亲们缺乏鲜明的个性,在他们的思维中,没有"自己"这一概念,更谈不上有自己的理想。综合父亲们的表现,可以看出他们的人生理想就是为了家庭,他们并没有思考过关于自己的任何问题,进一步而言,他们并没有真正的自我,只是作为一个符号,没有自己的个性,麻木地按照既定的规则生活着,对于外界刺激没有任何反应。从这个层面上而言,父亲们是非常可悲的,他们都只是具有有岛武郎所认为的习性生活的个性,缺乏努力的理智生活个性,更谈不上追求自由的本能生活个性。

第三,日本近代化的过程,是各种认知被颠覆的过程,也是历史与文化断裂的过程,如果说有岛武郎是要超越历史与文化的断裂带,在超历史的图谋中,为个人的经验寻找一种历史的经验表达,其结果却由于历史的沉重与现实的苍白,而陷落于表述自身的迷途之中。有岛武郎,他,他们是日本近代之子,是日本急速近代化所造成的历史与文化断裂的精神继承人,将父亲除名的过程,是一个历史性的弑父的过程。没有名字的"父亲"已经属于昨日的世界,父亲的故事正在归还给父亲们的世界,"父亲"已然在文本中失去了理想之父的光环。

换言之,对父亲来说,他们坚持权威与地位,实则子辈们已经通过除名的方式将他们与权威、地位相剥离。即使对父亲而言,与在场的权威、地位相伴的却是理想的缺席。没有人生理想,把责任和义务等同于理想,这既强化了父亲的家长身份,保障了家庭内秩序的稳定,也在客观上使他们对子女的态度取决于责任和义务,强化了父亲们的家父长制的亲子观。

而子女们,他们都有鲜明的个性,既不甘心眼前的生活,也不愿意简单地按照责任和义务的要求去规范安排自己的人生,他们有各自的理想,并且为之努力。《一个女人》中叶子曾经希望到美国这个自由国度当一名新闻记者,而后又希望通过与仓地的爱情达到真正的本能生活状态,实现彻底的自由;《阿末的死》中鹤吉在继承了父亲的理发店之后,重新装修理发店,希望以新的方式来招揽客人,改善家庭的经济状况,而阿末天真烂漫,充满了无法压抑的生命力,她对一切新鲜事物都有强烈的好奇心,向往外面的世界;《与生俱来的烦恼》中的木本具有绘画方面的天赋,对于艺术有自己独立的思考和想法,渴望在艺术中找到自我、发现自我、肯定自我;《星座》中的星野、西山、阿园都有强烈的求知欲,星野醉心学问,希望用学问来改变现有的生活状况和社会现实,西山热衷于社会改革,对社会的进步具有饱满的热情,而阿园则是意识到了近代文明的到来,立志于自然科学的学习和实践。

可以看到,作为跨世纪的一代人,他们都有属于自己的理想,而他们的理想可以分为两大类。一类是从自身出发,希望通过自身的努力,使家庭或者社会的状况能够有所改善。这一类的落脚点在家庭或者社会,因此在他们的个性中占主导地位的是对理智生活的追求,他们的理想仍然在知识和道德的范畴之内,所以他们希望实现的是民主的亲子观。另一类是从自身出发,希望通过努力,实现自身的价值,完善自身,使自己的个性更加充实。这一类的落脚点则是自己,因此在他们的个性中占主导地位的是对本能生活的追求,他们的理想超出了知识和道德范畴,他们坚持的是本能的亲子观。

虽然他们的理想不同,虽然他们也会面对各种各样的迷惘,经历矛盾的阵痛,但他们都在寻找出路,都在思考应该怎样作为真正的人生活下去。无论方式正确与否,无论是否找到了真正的出路,甚至会有人因为过激的反抗而误入歧途最终导致生命的悲剧,但他们始终在寻找自我,而这正是转型时期的日本所需要的,也是转型时期的家庭所需要的。

## 三、性别差异

有岛武郎的小说中,母亲与父亲、女儿与儿子在亲子观的态度上体现出微妙的差异,而母女与父女、母子与父子的亲子关系也体现出差异,这些差异正是因为性别差异的原因而产生的。小说中的母亲体现出以下共性:与父亲一样,母亲被简化为"母亲",没有名字,集体失语。但是,与父亲不同的是,母亲的简化并不是为了凸显她的权威和地位,而是使她们的存在更加弱化。《阿末的死》中母亲面对父亲唯唯诺诺,从不敢当面反抗父亲的暴躁,也从不拒绝父亲的无理要求;《与生俱来的烦恼》中母亲缺席,整篇小说没有对母亲的正面描写;《该隐的后裔》中母亲从未有自己的意见,只是跟在丈夫的身后,唯丈夫的意愿是从;《星座》中描写到的大部分母亲都是无知、软弱的女性,既没有发言的权利,更没有发言的能力。

有岛以同样的方式既创造了母亲/女性,又囚禁了这些母亲/女性。一方面,这些母亲/女性是活生生的,她们代表了近代日本女性的生命;另一方面,这些母亲/女性被剥夺了主体性(也就是说,剥夺了她们独立言说的能力),她们只能沉默,她们处在静止状态下,从而在象征意味上被杀死。西蒙娜·德·波伏娃曾经评论说,男性较之于自然的"超验性"可以从他狩猎与杀人的能力中获得象征,母亲/女性作为内在性的一个象征,是通过她在赋予生命、生儿育女、繁衍后代这一问题上的核心地位来实现。母亲无法把握自己,对现状也无能为力,所以她们在家庭中获取存在价值及象征意义的方式就是忘我地为丈夫、子女服务。这也使得她们很容易受到丈夫和外界环境的影响,并直接影响到了她们对子女的态度,这种影响是两重的:首先,由于家父长制的存在,母亲只能历史性地被降格为纯粹的父亲的财产,母亲和子女一样在与父亲的关系中处于服从地位。对于子女而言,母亲没有居高临下的态度,只有迎合男性需求的女性美德,因此子女更容易和母亲之间产生感情,而母亲更能全心全意地照顾子女。其次,由于母亲并不具有权威感,在家庭中被定义为无足轻重的人,否定了她们建构起自己权威的主体性,所以母亲就不必维护所谓的权力和地位,这也使得母亲更容易摆脱责任和义务的要求,自发地、自觉地关爱子女。所以有岛小说中的母亲与子女之间的关系相对而言趋于缓和,远没有和父亲之间的关系那样紧张。

然而,尽管身为家庭囚徒的女性没法说出自己的恐惧和忧伤,对于她自己的主体性,对于她内心深处的真实,她依然拥有一种不屈不挠的意识,毕竟没有人会彻底被一种固化的形象所控制,永远沉默无声。正如读者都知道的,自从被逐出乐园,人类就没有放弃过反抗权威,无论这权威体现为神,还是男性。

正因为如此,在有岛的小说中,出现了两个与众不同的母亲,一个是《一个女人》中的早月亲佐,另一个是《星座》中阿缝的母亲,这两位母亲之间存在着一些共同的特征:一是她们都接受了西方家庭观的影响,用相对开明的态度教育女儿;二是她们对女儿的关心并没有仅仅集中在物质方面,更多的时候她们关注的是女儿的内心世界,即精神层面的状态。所以,在亲子观方面,她们也体现出与父亲不同的特点:首先,她们在事实上为女儿提供了学习和模仿的对象,无论是亲佐还是阿缝的母亲,都身体力行地给女儿提供了女性独立的学习榜样;其次,她们充当着女儿精神导师的角色。亲佐在世的时候,一直试图把叶子拴住,导入现存家庭秩序和规范之内,而阿缝也正是在母亲的警示下明确了自己身上同时具有的圣和俗的双重特征,规范自己的行为。当然,我们会看到母亲在教育女儿的过程中体现出悖谬:自主独立与循规蹈矩。这悖谬使得母亲与女儿之间的关系既亲密又隔膜,而这也恰恰表现出女性内在的矛盾与反复无常:一方面,女性拒绝被男性、家庭固定,她坚持要走自己的路;另一方面,出于对未知的恐惧她们又时刻拒绝从反面呈现可怕的自主性的女性。这一悖谬在母亲和女儿既亲密又隔膜的亲子关系中具有了讽刺意味,然而,从女性自身的角度来看,这种矛盾、反复无常被理解为令人振奋的现象,因为女性意识到另一面可怕自我的存在,她们就有可能创造出打破沉默的形象(例如叶子、Y子、阿缝),进而拥有力量深入到女性被压抑的另一面,帮助自身获得解放。

反观父亲与女儿之间的关系,体现出父权制特征的小说中都是把女儿定义为被父亲创造、来自父亲和为了父亲而存在的,她们是父亲的衍生物,为了符合父亲的想象而存在。这种必然的关联可能表现为情感的羁绊,也可能表现为强制的力量。毫无疑问,这些父女关系所体现出来的复杂性,不仅折射出了日本社会中强有力的父权制结构,而且也反映出了强势的父权制系统所赖以确立的惩罚女性的基础所在。最能印证以上论断的便是叶子和内田这对父女,当叶子符合针对女性的行为指南,做到顺从、谦逊、无私、天真,表现得像一位圣洁天使时,内田将之视为女儿,或者说理想女性的化身,无条件地宠爱叶子。一旦叶子日趋成熟、具有魔女般的特性,一心一意地希望过上一种拥有自己的生活时,作为父亲/男性的内田便感到自己的权威受到了侵犯,作为他的财产,叶子受到了惩罚:被内田唾骂、疏远、放逐。在有岛所有的小说中,内田实际上是极端男权的发言人,说得更准确一些,是父权制度下的男性家长式的人物形象,而且由于他的传教士身份,他的身上还结合了来自西方的父权制特征。毕竟,从《旧约·创世纪》开始,造物主便以男性的身份创造了一切,而从夏娃开始,"女性定义为被男性创造、来自男性和为了男性而存在的。她们是男性思想、肋骨和创造才能的衍生物。"①因此,当叶子处于内田的框定之中,当父权专制和与之相应的规范都迫使叶子屈从,叶子是无法建构起自己权威的主体性的。只有在她逃离了内田的监控之后,叶子开始思考,她认识到父亲/男性对女性的爱,经常并不是爱她们实际上的样子,而只是爱他们对她们的梦想与想象。因此,从内田与叶子的父女关系来看,亲子关系更多地被两性关系所覆盖,也就是说,正是因为女性被剥夺了自身的主体性,她就不仅要从文化中被放逐,化身为魔女,还要被家庭所放逐,她介于父亲—男性—情人之间,既在教导她保持纯洁,又在唆使她不断堕落。可以说,经由与内田的关系,读者能更清楚地看到男性强加于女性的影响所造成的严重性,因为一直到死,叶子居然还在等待内田的原谅和宽恕。

相反地,父亲与儿子之间的关系则更为简单明了,儿子既是父亲的财产,又是父亲全部财产的继承者,是父亲的责任、权力、荣誉的延续者。父亲和儿子之间的战争属于实力相当的竞争对手之间发生的战争,他们都是强而有力的,就像布鲁姆所说的,是"处于十字路口的拉伊俄斯和俄狄浦斯"。因此,父亲和儿子既属于利益共同体,又分别扮演着压迫者和被压迫者的角色,父子之间缺少最直接的沟通与交流。有岛的小说文本中似乎找不出一处父子相互共处的温馨场面,儿子们全都在以各自的方式逃避父亲和家庭带给他的重负,木本以独自画画的方式逃避父亲,星野、阿园、西山等人以远赴异地求学的方式逃避父亲,鹤吉则期待父亲的死亡以逃避父亲……即便如此他们也未能从父亲的压抑和控制中真正解脱出来。一方面,面对父亲

① 桑德拉·吉尔伯特、苏珊·古芭:《阁楼上的疯女》(上),杨莉馨译,上海:上海人民出版社,2014年,第16页。

时，他们心里老想着逃离，然而对于儿子们而言这种逃离实在是种奢谈，因为他们对父亲的感情（依恋、恐惧、厌弃等）之深早已超越了他们能控制的范围。只要活着就无法真正离开父亲，钟鸣、大海、树叶、理发店，任何事物只要与父亲有所关联，那么勇气、决心、信心、快乐，所有这些便都支持不到最后而化为乌有了。

父子冲突是文学的母题之一，其中蕴含了丰富的历史文化内涵。从日本神话中对伊邪那歧命与素盏呜尊的描写开始，素盏呜尊违背了父亲的意愿，伊邪那歧命驱逐了儿子，从此，父亲对儿子的惩罚以及儿子对父亲意旨的背离就为日本文学埋下了父子冲突的种子。虽然日本传统文化中的武士道思想以及外来的儒家思想更多地强调儿子对父亲的服从，但是文学中的父子冲突还是成为了某种固定的传统，成为了日本文学史中的母题之一。有岛武郎在小说中形象描绘了父子的矛盾冲突，深入揭示了这种既依恋又厌恶的悖谬的父子关系，展现了现代日本人对他们不得不面对的生存境况既难以忍受又无法逃离的复杂心态。有岛武郎的作品使现实中的儿子都感同身受地体悟到了自己深陷其中的生存困境。

至于母亲与儿子的关系，女性/男性的天然对立在前文已有论述，由于母亲的生活中没有任何故事，她也就无法给儿子提出忠告，除了抚慰、倾听、微笑、怜悯之外，母亲似乎无事可做。随着儿子的成长，儿子日益取代父亲成为家长，性别差异使得母子关系只有两种出路：要么母亲如同对待丈夫一样取悦自己的儿子，尽心竭力地做到无私，并努力过着一种庸常的生活，那么她就能够用自己的美德照顾儿子，但是她需要继续面临对自我的放弃，并最终杀死自己；要么母亲努力争取自己的权利，那么她必然会以一种令人反感的形象出现，她的压抑、她的主体意识以及终于爆发的愤怒与不满常常被微妙地表现出来。如果说有岛武郎小说中的母亲与女儿之间还有某种互动，即便这种互动是对立冲突的，那么母亲在儿子面前则彻底失语，她们要么默默不言，要么言之无益。但是，有岛武郎恰恰以这样的失语提示我们，沉默的母亲不仅代表了一种对美德造成的死亡的默认，它还代表了缺乏权利的人对于权利的一种秘密的企求。因此，不同于女儿，儿子作为男性，早在依赖母亲的时候就已经产生了针对女性主体性的焦虑，即便母亲有着温柔仪态,在母亲身上儿子也只会看到女性的所有缺陷,却没有一丝男性的优点。

从以上分析可以得出这样的结论,由于性别的差异,母亲和父亲在家庭中充当了不同的角色,使得他们的亲子观在具体的表现方式上出现了不同的特征。

女儿与儿子由于性别的不同,他们的亲子观也同样表现出不同,即使是有着相同亲子观,在具体的表现方式上也同样表现出不同的特征。有岛武郎小说中的女儿们大都没有接受过任何教育,与接受过教育的兄弟们相比,她们只能认同家父长制的亲子观,为家庭牺牲,成为符合父权社会期望的好姑娘。《阿末的死》中阿末最喜欢去夜校的会里,与同学接触,但是却因为家庭的重担而不得不放弃;《与生俱来的烦恼》中的妹妹在家操持家务,没有去东京求学的机会;《星座》中的阿靖为了帮补家计背井离乡到有钱人家做女佣,甚至被迫要嫁给高利贷做小妾;即使是《一个女人》中的叶子姐妹也无法自主选择就读的学校,而是一直受到父母、亲戚的干涉。她们在沉默和秘密的状态中挣扎,想要发出一种能够诉说她的痛苦的声音,可是她们要么只能接受自己的命运,被拘禁在一定的框架之内,谦卑恭顺,小心翼翼,努力地让父亲、兄长满意;要么如同叶子一样,将自己变成了一个妖艳的魔女,放荡、喜怒无常,只配被人诋毁、受人谴责。无论她们是纯洁的好姑娘,还是疯狂自负的魔女,在亲子关系中都极其被动。

与女儿们相反,儿子们大都接受了教育,因此或多或少都具有优越感,如果是身为长子,这种优越感则表现得更为明显,与女儿们相比,儿子们在强烈地反对传统的家父长制的亲子观的同时,无形中又在维护传统的亲子观。所以可以这样认为,他们所反对的是由于家父长制带来的责任和义务,与此同时又保留着传统亲子观赋予他们的权利。在这方面体现得最明显的便是星野,他既是长子,又在大学接受了高等教育,因此对于自己在家庭中的地位,他定位得很高,心安理得地接受家人的牺牲。会有这样的心态,固然与其趋于本能的亲子观有关,但主要是由于他根深蒂固的男性权威以及他身为长子的优越感在作祟。与星野形成对比的是叶子,叶子同样是倾向于本能的亲子观,但因为是女性,她的内心矛盾在于自由理想、天然母性、女性/男性之间的纠葛,身为长姐,她没有任何的优越感,也没有任何让妹妹为自己牺牲的想法。

综合以上分析,生活环境的差异、人生理想的差异、性别的差异,导致了不同时代、不同地域、不同性别的人们在面对亲子关系的时候,产生了由于亲子观而导致的种种困扰。理解这些差异,有助于了解主人公们的不同困扰,也能够更好地理解亲子观对于有岛武郎小说的意义。

在有岛武郎的小说中,存在这样三个亲子视角:父母与子女的关系,男性与女性的关系,知识分子与劳动人民的关系。父母与子女之间的关系是有岛武郎小说创作中由始至终的主题,而男性和女性之间的关系、知识分子与劳动人民的关系既是影响父母与子女关系的重要因素,也是父母与子女关系的衍生与扩展。有岛从三个视角对亲子观进行全面立体的观照和探讨,表现出作家对亲子观的独特思考,而亲子观中所体现出来的矛盾,丰富了小说的内容,也反映出贯穿有岛创作的二元对立的苦恼。

在本书所论及的五部小说中,都有对父母与子女关系的细致入微的描写。《一个女人》将早月叶子置于中心的地位,以叶子与父母、叶子与女儿定子、叶子与内田、叶子与妹妹爱子与贞世之间的关系为主要对象,每一对关系中都在不同方面存在着对立与冲突,这种对立与冲突没有最终走向和解,而是始终在矛盾中加剧,并且日益趋向极端化。有岛武郎在《阿末的死》中同样着眼于一个家庭之内的生活,从阿末的视点出发,以父母与子女的关系展开故事,这部小说中虽然父母与子女之间的关系没有像《一个女人》中那样激烈和极端,但却在经济危机和死亡的阴影之下出现了变异,显得冷漠而麻木。对阿末而言,来自母亲、兄长、姐姐的关爱都是转瞬即逝的,更多的时候她感受不到一丝温情,对亲子关系的探讨同样是这部小说的重心所在。在《该隐的后裔》中,有岛将焦点集中在本能生活的实践者——广冈仁右卫门的身上,着力描写了不理世事的主人公在农场中遭遇的一系列挫折和打击。从表面上看来,仁右卫门及其妻子与孩子的关系似乎与小说的主旨无关;但从事实上来看,孩子突如其来的死亡直接宣告了亲子关系的断裂,预示着仁右卫门与整个社会的抗争以失败结局。所以,仁右卫门夫妇与孩子的关系同样是这部小说中最重要的主题之一,并且具有强烈的隐喻意义。在《与生俱来的烦恼》中，木本与兄长、父亲的关系从表面上看来是和谐的，木本毫无怨言地在父亲的带领下从事渔夫的工作，但从实质上看来，这种表面和谐的亲子之爱对木本而言是最为沉重的束缚，为此木本一度放弃了绘画理想，失去了自己，即便在重拾画笔之后，他也因为与父亲本质的分歧而饱受折磨。是忍受这种羁绊，还是毅然舍弃，也就成为了木本难以抉择的难题。《星座》中父母与子女之间的关系则显得更为错综复杂，星野兄妹与父母、阿园与父亲、西山与父母、阿缝与父母、星野与弟弟和妹妹，这一系列的关系构成了小说的中心内容，推动了情节的发展，在这诸多的关系之中，阿缝与父母的关系无论从表面还是实质看来，都是和谐的，在遵循民主的亲子观的基础上向本能的亲子观过渡，这是有岛所推崇的，也是他理想中的亲子关系。从以上分析看来，对父母与子女关系的描写，是有岛武郎最为核心的亲子视角，也是他为了"本能的爱"而进行的最为深刻和集中的探寻。

有岛武郎的小说中也存在着男性与女性关系的亲子视角，但这和父母与子女的关系交叉在一起，成为影响父母与子女关系的一个重要因素。《一个女人》中叶子的母亲早月亲佐一反女性弱势的传统，不仅在与丈夫的关系中居于强势的地位，而且积极地在社会上谋求女性生存的空间，反观父亲，在家庭中丧失了权威性，对家庭事务没有发言权，在与妻子的关系中事事处于下风，这种倒置的反传统的两性关系决定了叶子与父母之间的亲子关系必然地脱离了传统。同时，这对于叶子的两性观产生了很大的影响，使她一方面像母亲一样好强，享受在两性关系中占据上风的胜利感，所以她在与木部、木村和其他男性的相处中牢牢地把握着主动权；另一方面她又厌恶父亲的软弱，希望自己的另一半能够有强盛的生命力，可以和自己心灵相通，所以她在遇到与自己相似的仓地之后，期望通过与他的结合，最终达到本能生活的绝对境界。对于相对境界的留恋和对绝对境界的期许直接导致了叶子与女儿、妹妹之间极端的相处方式：一方面叶子将女儿、妹妹作为自己的同盟者，从她们身上获得温暖和支持；另一方面叶子将女儿、妹妹视作绊脚石甚至竞争对手，是阻碍她实现两性和谐的障碍。《阿末的死》中，父亲卧病在床，失去了劳动能力，长期生病又给家庭造成了极大的经济压力，但他却仍然坚持家长的权威,固执尊大,经常发脾气,但这种坚持是软弱无力的,实际上父亲早已失去了权威,母亲表面上唯唯诺诺,背地里却时常指责父亲的无能。父母之间粗暴的相处模式也直接影响了父母与子女之间的关系,引用小说中的叙述,便是:"这粗暴的性气,终于传布了全家,过的是互相疾视的日子了"(《阿末的死》,111)。《该隐的后裔》中,仁右卫门对两性关系的态度是以本能为出发点的,妻子是他与社会对抗的唯一同盟者,他虽然也关爱妻子,但他鄙视妻子的胆小、向妻子啐口水甚至打骂妻子。同时,他也完全无视世俗眼光,与佃户佐藤的老婆保持着不正当的肉体关系。所以,他对两性关系的本能的态度与他对孩子的本能的态度是一致的。《与生俱来的烦恼》中由于母亲的去世,几乎没有对父母关系的直接描写,但是从木本对于家庭氛围的感受中可以看出,父母之间按照传统的原则相处,即父亲承担家中的经济责任,而母亲则操持家庭内的事务,这种规范的相处也使得父母与子女之间的关系同样是遵照这种模式,从表面上看来是和谐的,实质上却是不平等的,对于个性的发展形成了无形的束缚。《星座》中星野、西山、阿园的父母与木本的父母一样,也是遵照现有的模式生活,而阿缝的父母之间则摆脱了表面的责任与义务的要求,尊重彼此的意愿,自然而然地关心彼此,使得他们与女儿阿缝之间的关系同样是自然、纯粹的。

　　知识分子与普通大众之间的关系虽然不是贯穿有岛所有小说的主题,但知识也是影响亲子观的一个重要的因素,因此,对于知识分子与普罗大众关系的关注也是一个重要的亲子视角。《一个女人》中叶子出身知识分子家庭,父亲是医生,母亲是社会活动家,叶子三姐妹也接受了学校教育,叶子一家人之间的关系与毫无知识积淀的姨母一家人是截然不同的。《阿末的死》中阿末家境贫困,但是她却有着求知的本能,每周参与夜校的礼拜活动是她接受知识的唯一途径,也是她最快乐的事情,事实上,也正是因为夜校伙伴的邀约,阿末去看了无限轨道,突然意识到了人生的虚无与无意义,这一事件是她自杀的导火索,在小说故事的发展中起着非常微妙的作用。《与生俱来的烦恼》中木本所在的北海道小镇,由于环境的限制,知识的贫乏,几乎没有人思考过关于自己的问题,木本虽然与周围的人们一起捕鱼,甚至一起面对死亡的威胁,但是木本与他们之间始终存在着隔阂,而这种隔阂是由于知识导致的理想差异所造成的。《星座》中星野、西山、猿濑等学生享受着身为知识分子的特权,与务农的父母之间产生了不可逾越的鸿沟,学生们看轻了务农的父母们的,轻率地挥霍着身为知识分子的优越感,而父母们虽然勤恳劳动,却目光短浅,无法真正理解孩子们的所学所想。

有岛武郎小说的三个亲子视角,是他在当下的日本社会对人们的生活进行艺术思考和审美观照的结果,是他把对亲子观的考察与自己的艺术主张结合起来进行思考的结果,也是他对日本社会亲子的过去、现实和未来进行探索的结果,从三个亲子视角在小说中的具体体现来看,其所要探讨的亲子观的核心问题是本能的爱,也就是他一直所提倡的爱是夺取。达到本能的爱的境界是有岛武郎的理想,在此过程中产生了重重矛盾与纠葛,有岛没有找到这些矛盾的根本解决方法,但他一直在努力,而这种努力也正是他的文学创作的意义之所在。

# 第三章　有岛武郎的亲子书写与
# 多元意象表达

前两章主要分析了亲子关系在有岛武郎小说中的具体表现,在对亲子关系进行具体解读的基础上进而探讨了亲子观的内涵,并将其归纳为与有岛武郎生活三段论相对应的亲子观,而第三章主要研究的问题是对有岛武郎小说中的亲子观进行审美观照,探讨有岛武郎运用怎样的艺术技巧在小说中表现出亲子观之间的矛盾与冲突。笔者以为,对意象的应用是有岛武郎表现亲子观冲突时最重要的呈现手法,小说中的意象层出不穷,俯拾即是,往往小小一件不起眼的物品,却是有岛武郎匠心独运之处。意象的运用不仅拓展了小说的意义空间,也使得对小说的解读具有了审美的意味。在这个程度上而言,有岛武郎的小说也是一种意象艺术,而这种意象艺术是多向取意、多元意象重构与更生的过程。因此,作者将小说中大量采用的意象归纳为比较典型和具有代表性的三类,即地理意象、时间意象与宗教意象。

## 第一节　地理意象

有岛武郎的小说中,有大量的对于地理场所的描写,而这些场所又往往形成了对立的关系,如陆地与海、原野与都市,这些对立的地理场所与人物的心理、命运息息相关,也直接影响到了登场人物对于亲子观的抉择。在这里,地理场所不是静止的而是运动着的,寄寓了有岛武郎的创作意图,他试图将客观的地理场所描写与主观的亲子观相结合,这样可以消除直接描写所导致的过于简单的效果,而读者在挖掘静态的地理意象所象征的言外之意的过程中,也能够更好地理解人物因矛盾而产生的烦恼与痛苦。

### 一、陆地与海

前文已经分析了《一个女人》的主人公叶子与父母的关系,母亲作为基督教妇人同盟会的仙台支部长,活跃于上流社会,而父亲虽然是有体面职业的医生,却很懦弱,叶子的家庭中父性欠缺。成年之后,父母先后离世,叶子彻底失去了可以倚靠的对象,在如此的境遇之中,叶子的主体是极其不安定的,她无法与秩序世界内的他者建立起安定的关系,所以陷入了极端的孤独,当她选择了从秩序世界中脱颖而出,却并没有就此获得心灵的安宁。恣意生长的叶子的主体,对于自身的不安定和孤独非常了解,她也曾经试图回归秩序世界,与秩序世界建立起稳定的联系,所以她努力尝试着通过与木村的婚姻来摆脱这种不安定和孤独的状况,然而海上的航行却放大了这种不安定和孤独的感觉。

小说中,叶子从横滨乘船出发前往美国,经过长时间的航行抵达西雅图之后叶子却没有离开船踏上陆地,而是在短暂的停靠之后继续乘船回到了日本。在长达一个多月的时间里,叶子在海上航行,既不属于日本,也不属于美国,虽然在轮船这个小社会里仍然存在着他者和秩序,但是某种程度上而言她获得了自由。海是与陆地全然不同的具有差异性的场所,广阔、开放,充满了不稳定和未知。在海上,叶子是一个人,她在世界之中,又在世界之外;她在世界之中,所以她能够感受世界,然而她又在自己所熟悉的世界之外,所以她可以用前所未有的清晰眼光去观察世界。人只有在自己的外面才能看到本体的自己,在黑暗的甲板上,叶子听见了海的声音,"声音幻化成影像,影像幻化成声音,然后它们交织在一起,叶子用眼睛听着,用耳朵看着。她已经忘记了自己为何冒着夜寒来到甲板上。叶子如同一个夜游病患者,蓦然落入这个奇异的世界"(《一个女人》,76)。因为大海已经内化成了她的"我",她能够洞察周围的一切事物,因为她的生活在周围一切事物之外。在海上,与陆地的距离催生了新的认识,叶子与此时的世界是有距离的,但是叶子与"我"是没有距离的。海上航行的过程中,叶子认识了仓地。

作为常年在海上生活的船员,仓地是脱离了陆地秩序世界的人,他与叶子具有很多相似之处,在叶子眼里,他是叶子内在之"我"的外在投射。很自然地,叶子投入了仓地的怀抱,通过与仓地的结合,她释放了自己的不安和孤独,开始了她自认为是爱的新生活,叶子的热情、苦恼、无助都得到了宣泄,她在眺望心目中的乐园之时,对海上的生活始终充满了期待。

在海上的日子,因海而生的自由之声一直在叶子的心中呼唤着她,告诉她海才是她真正的归宿。海上航行中叶子遭遇了种种危机,例如来自同船客人的敌视,船员的挑逗,长期待在船上导致的身体不适。此外,叶子在船上与仓地结合不久,便面临了下船与木村相聚的危机。叶子为了化解这一危机,与仓地合谋,假装身患重病无法行动而拒绝了下船,并最终成功返回了日本。在计谋得逞之后,叶子在心里觉得自己是一个成功的战术家。因此,对于叶子来说,以海为中心的场,就是把自己置身于极度变化的危机状况之中,在临机应变的同时,竭力追寻生的可能性,而这种生活方式,正是叶子所向往的。所以,即使返回日本与仓地同居,开始了陆上的生活之后,叶子仍然眷恋海上的生活,她也对仓地表达了再一次到海上生活的意愿。"只是想乘船出海看看。一想到在那一望无际的狂风中,被汹涌的巨浪无情地摇曳,在即将倾覆时却又稳住船身而破浪前进的那船上的事,我就胸中澎湃,想再去坐一下那船。一居住下来,就发现现在的地方让人讨厌。"(《一个女人》,264—265)

理解了作为生的可能性的海,理解了叶子对于生的建构的想象,有助于进一步理解叶子的亲子观。陆地生活象征着平淡无波的生活方式,充满秩序和束缚,是叶子避忌和厌恶的对象,而海上生活则象征着充满激情和变数的生活方式,与其说叶子喜欢危机四伏的生活,不如说她希望自己可以游刃有余地解决这些危机,并借此获得生活的满足感。日本学者福田准之辅指出:叶子是"长着海之心的女性"。因此,海对于叶子来说,是与她所向往的生活方式对应的场域。能够依靠自己的能力渡海而去抵达彼岸,能够依靠自己的能力冲破一切阻碍一切难关,最终实现自己理想中的生活,这种知性隐秘地在叶子内心闪光,海这一特殊的场域也使得叶子这一形象更加的光彩夺目。然而在这种期待中,叶子与仓地/理想之像无法有片刻的分离,否则就会感到焦虑,所以在对待仓地的态度上,叶子始终在主人的优越心态与奴隶的屈辱心态之间动摇,她嫉妒仓地身边的一切女性,包括仓地的妻子,自己的妹妹爱子,最终因为心理上的疾病导致了生理疾病的恶化,走向了理想幻灭之后的死亡。

如果说《一个女人》中的海强调了自由,那么《与生俱来的烦恼》中的海则更多地强调了自由需要付出的代价。主人公木本作为渔夫在海上工作,在海上,人们需要以命相搏去谋取生活的可能性。小说中,一辈子都与海打交道的老渔夫根据自己的经验细心观察海上的环境,渔夫们必须学会从模范船上的炭火情况来判断天气,一旦有所征兆便要即刻作出返航的指示,如果判断失误便会遭遇灭顶之灾。因此正如小说所描写的那样,渔夫的工作实在是在刀尖上行走,在海上讨生活无异于在地狱的大门口徘徊,稍有行差踏错便会万劫不复,任何一点细微的疏忽和失误都意味着死亡。

> 海上只有狂风、白雪以及海浪。纵横乱吹的狂风任意拍打海面,有如被吊起般高举的三角波浪争相揪在一起,揪结在一起的海浪立刻变成雪白的泡沫山,山峰被风撕裂的同时,以雄壮骇人的气势毫无目标地倒下。眼睛难以直视的浓浓飞雪山火追逐波浪,或从波浪中逃脱,就像挑起风怒气般的小恶魔,一边令人憎恶地飞舞,一边往左往右地弹飞开。被吹落的雪花变成了一大片雾,几乎要碰到海浪般地迅速飞过海面。(《与生俱来的烦恼》,44)

海代表了生活残酷暴烈的一面,人必须在与生活本身的搏斗中求生存,并且随时可能因为生活中的不可控因素而失去生命。远离陆地,缺乏安全感,时时刻刻与死亡比邻为居,面对这样的生活现实,木本沮丧过、恐惧过,但是他从来没有屈服,渔夫这种以命相搏的工作激发了他生活下去的勇气,于是海上残酷暴烈的生活具有了严肃而悲壮的内涵。木本在海上的生活中迅速成长,可以这样认为,正是大海帮助木本认识了真实的生活进而正视生活,最终凌驾于生活之上。木本的知音,作家"我"对木本十年的海上生活进行了总结,他对木本感到同情,更多的则是赞叹。"我"认为与陆地上在伪善的夹缝中求生存的境遇比较,海上的生活则显得更为真实。海上的生活脱离了日常人际关系,象征木本脱离了一切秩序羁绊的生存理想。在海上,木本没有别的更多的选择,只能依靠自己的力量与命运抗争,在不懈的抗争中木本感受到了生命的意义以及作为一个独立的人活下去的勇气。

不过,对木本个人而言,当渔夫毕竟也是为了解决家庭的经济负担,与海搏斗求生存虽然能够产生作为个体的人的充实感和满足感,但正如与秩序世界搏斗求自我一样,海上生活也充满了烦恼。首先,从出发点而言,木本当渔夫是被迫的,其目的是为了解决家庭的经济负担,这与他的艺术理想是背道而驰的。其次,海上残酷的生活方式也加重了木本在理想与现实中的挣扎,因为知道生活的艰辛,所以他更加无法彻底放弃家人一心一意地去追求绘画,从这个层面上而言,海也是对木本的亲子关系的一种考验和试炼。面对来自海的压力,木本始终没有退缩和放弃,他在为了自己和家人的生存而拼命工作的同时却也没有失去自我,仍然坚持了对于艺术的追求,事实上,木本与那些只要有面包就可以活下去的人相比较,他无疑是胜利者。不过,这种与生活的抗争同时也越发使木本感受到了彻底的无助与孤独。因为其他的渔夫们只是被动地接受海上的生活,他们的奋斗只是为了解决温饱问题,这在无形中加重了木本的心理负担。

其中激烈度高的渔夫生活更是如此。他们抱着对死找碴打架的逼不得已的心情出门。在陆地上不管怎么说,伪善、弥补在某种程度上是有效的,甚至在某种意义上被认为是必要的。但在海上,这样的做法却一点效用也没有。只有真正的实力与运气才是所有渔夫们的依靠。其生活诚然是悲壮的。但他们并没有意识到这一点,认命地认为所有的生活就是这么一回事,没有任何怀疑,也没有任何抱怨,为了自己,为了自己要养的双亲、妻子、小孩,每天将自己置于生死仅一线之隔、地狱一般的情境,不惜身骨拼命工作的姿态确实悲壮,且是凄惨的。(《与生俱来的烦恼》,56—57)

从表面来看,其他的渔夫们与木本过着一样的生活,出海、捕鱼、归航,但究其实质,他们对生活的认知与木本是有本质差别的。如果说木本一直在思考,那么他们只是一直在习惯;木本从被动接受走向主动寻找意义,所以他能够不断地试图超越现实层面的生活,思考生存的意义,而他们始终停留在被动的不得已,于是只能不断地在海上沉沦、失去。海上生活危机四伏,与危机搏斗是严肃的行为,在停止无意义的呼号之后悲伤止步,渔夫的生活实是悲壮且具有悲剧精神的。然而渔夫们与危机的搏斗停留在形而下的层面,他们从来"没有任何怀疑,也没有任何抱怨",使得这种严肃大打折扣,而木本与危机的搏斗更多地表现在精神层面,质疑、抗争使得他的海上生活与他人格格不入,这也使得陆地生活对木本而言具有了寻求出路的意义。

如果说海是精神生活的场域,那么陆地则是日常人际关系的场域,但它也兼具超越性和包容性,象征着自然美和宁静的一面。在这样的场域之中,木本在深感苦恼的同时,也能从中得到慰藉。木本虽然酷爱画画,但他作画的对象是固定的,每次描摹陆地的时候总是会画上连绵的山脉。每天在海上工作,每天都要体验海上的那种动荡不安的感觉的木本,在心灵深处,隐隐渴望安稳和固定的存在感,而山正好寄托了他的这一想法。从山的外形上来看,山是非常稳定的,能够给人一种安全感,这也是木本对山情有独钟的原因所在。对木本来说,经常会感到惶恐和茫然,这种时候当他看到绵延的雄浑的山脉,他的心就能够得到平静和安慰。"山,作为兼具了'父性'和'母性'的事物,换言之,可以理解为山作为不仅具有超越性,而且具有包容性的事物出现在木本面前。"①以山为中心的自然事物也就具有了独特的艺术魅力和感染力。

地理意象——海与陆地的矛盾恰恰对应着生活的两面或者说两种可能性,一面是无序的、充满变数的,一面是有序的、固定的,叶子、木本代表的一代人既向往海上的生活,愿意为了未知而付诸努力,又难以割舍对已知的依赖。在海与陆地之间的挣扎隐喻了他们对待亲子关系的矛盾态度:一方面,

---

① 菅原敏雄:「有島武郎の陸と海—海を中心として—」,『有島武郎と場所』,有島武郎研究会編,東京:右文書院,1995 年,第 151—168 頁。

他们时刻在思考自我实现的问题,希望摆脱秩序世界尤其是来自家庭的束缚,达成自己的理想;另一方面,在与当下秩序世界对立的过程中,他们虽然获得了充实感,但是却也愈发觉得孤独,更何况,源自家庭的束缚始终存在,他们并不能彻底地忽略舍弃家庭之后的失落感,也无法找到内面的充实去弥补因亲子关系的缺席而产生的空洞。因此,二元对立的矛盾始终存在,选择动荡的海上还是稳定的陆地,也就成了困扰他们的问题。

## 二、原野与都市

北海道,这块日本最北部的地域,正式开拓至今也不过 150 年左右,由于气候属于寒带,冬天气温往往零下,一年之中有半年的时间被白雪覆盖,有日本的西伯利亚之称,也是古代流放犯人,尤其是政治犯的地方,直到明治二年(1869),明治政府才将原住民阿依奴人居住的虾夷地改名北海道。在近代日本,北海道以农业生产为主,与本州、九州、四国相较而言是全然不同的异质场域。和东京、横滨等地的繁华都市格局不一样,北海道是一个未彻底开垦的原野。在那里,有广袤的土地,开阔的自然风景,在使人感受到原始魅力的同时,又会让人产生一种莫名的虚无感和敬畏感。即便是北海道的中心城市札幌也具有与东京大阪截然不同的气氛,札幌这一城市名称本身就来源于北海道的原住民阿依奴人的语言,从历史上看来,札幌在明治以前还是一片荒夷,一直到明治八年(1875)首次有屯田兵驻扎才加入城市开发的行列,铁路的铺设与工商产业的发展也才陆续开始。

有岛武郎曾在《关于北海道的印象》一文中这样说道:"我在北海道前后度过了 12 年。对我的生活而言是最重要的时期,最初是从十九岁到二十三岁,第二次是从三十岁到三十七岁。所以,我的生活在北海道的自然与生活状态中受到了非常多的影响,这一点是确定无疑的。"①而这种影响具体

---

① 笔者自译,原文为「私は前後約十二年北海道で過した。而かも私の生活としては一番大事と思はれる時期を、最初の時は十九から二十三までゐた。二度目の時は三十から三十七までゐた。それだから私の生活は北海道に於ける自然や生活から影響された点が中々多いに違ひないといふことを思ふだ。」有島武郎:「北海道についての印象」,『有島武郎全集』(第八卷),東京:筑摩書房,昭和五十六年,第 297 頁。

体现到文学创作中,有岛武郎在小说《阿末的死》、《与生俱来的烦恼》、《该隐的后裔》、《星座》中都将北海道作为人物活动和故事展开的舞台,小说中,也有大量的对于北海道的原野的描写。

值得注意的是,有岛虽然在小说中描写了人们与原野所象征的大自然的亲近,但他也同样描写了大自然的残忍,关注人与自然之间的冲突和斗争,其中,尤其以《该隐的后裔》最为突出。在《该隐的后裔》中,人与自然之间是不和谐的、剑拔弩张的,这种描写在日本文学史中是比较特殊的和异质的。日本自古以来的宗教,例如神道教,经常将山川或者河流视作具有神性的存在,与人之间的关系是和谐的。仁右卫门是一个全新的形象,有岛将其置于自然的对立面,这样一个异类,寄托了有岛自身的理想和决断。

正如前文论述中已经提及的,有岛武郎在《〈该隐的后裔〉旨在写出我自己》一文中所指出的那样,仁右卫门既无法与人类社会融合,又不知道如何与自然相处,虽然如此,他却始终在本能的冲动之下努力地求取生存之道。借由仁右卫门这个极端的人物,有岛表达了自己舍弃经营农业实业,选择文学道路的姿态。在极端严酷的自然环境面前,有岛似乎预感到了自己的失败,事实上,国木田独步、高村光太郎等也曾以北海道的开发为志向,但也由于种种原因放弃了,最终选择了文学的道路,有岛武郎也只是这一谱系中的一个。

在《该隐的后裔》中,小说的开篇便以对北海道羊蹄山麓的描写拉开了序幕。

> 北海道的天空简直就是一副冬天的酷寒景象。西风从日本海吹过内浦湾,像冲击着海岸的波涛一样,一阵又一阵地吹向胆振大草原。草原一直连接到被称为虾夷富士山的马卡里奴普里山麓。风很冷。抬头望去,山顶上积了雪的马卡里奴普里山稍稍朝前探出头,迎着寒风默默地矗立着。一小块云朵飞聚在昆布岳的斜坡上,太阳便朝着那边落了下去。(《该隐的后裔》,74)

这是晚秋时节的北海道,有岛采用了从聚焦主人公的特写镜头转换为长镜头的叙事手法,风雪之中静默的山麓、疲惫无力的人类,他用强烈的对比反差呈现出北海道的客观环境以及在此居住的人们的生活状态,在远近之间向读者展示了人与自然之间的无言对抗。冬天的酷寒、冰冷的寒风、终年的积雪,生活在北海道,人们必须竭尽全力才能够活下去。在随后展开的情节中,大段关于恶劣自然天气的描写,写实地描绘出人与自然之间的争斗,也更加凸显了仁右卫门生存的艰难。正如小说的标题一样,他既被周围的人们排斥、孤立,又是大自然的继子,不仅没能得到大自然的怜悯,反而被大自然惩罚、放逐,于是仁右卫门只能依靠自己的本能跌跌撞撞地摸索着道路,笨拙地继续生活下去。

北海道的生活时刻处于极限状态,充满了不安定的因素,在有岛的笔下,北海道是某种具有修辞性的实在,在《该隐的后裔》中,有岛使用了大量的拟人、比喻手法,强化了这种修辞性。整体而言,人与自然之间的斗争场面是主观写实,表现为客观的风景。当我们以读者的身份从对仁右卫门及其家人的描写转向对打乱了这个家庭的自然秩序的描写时,我们可以推断自然对家庭的消极影响。与小说开篇相呼应,小说的结尾是白雪茫茫的世界,仁右卫门失去了孩子和马,只能和妻子无奈地离开了农场消失在纷飞的大雪中。

> 一男一女在行李的重压下,痛苦而缓慢地朝俱知安方向挪动着。
>
> 对面看到了椴松林带。所有的树叶都已落光了,树林中只有这里的树叶没有改变幽郁的暗绿色。笔直的树干一眼望去冲着天空,林中笼罩着象怒涛一样的风声。一男一女像蚂蚁似地越来越小地走近树林,不久就被树林吞没了。(《该隐的后裔》,114)

仁右卫门离开得悄无声息,与此形成鲜明对照的是怒涛一样的风声,二者间的巨大反差确证了一点:对抗是迫切的、焦虑的,并聚焦于仁右卫门离开时的身影;渐行渐远的身影让我们感受到了这其中蕴积的更迫切的、更痛苦的折磨的声音,那是发自死去的孩子和马的声音。尽管仁右卫门没有意识到,但我们却意识到,在对自然的斗争中他失败了,他失去了唯一的财产——马,也失去了孩子,孩子是因为突然染上痢疾严重腹泻而去世的,在日本近代,这种病非常普遍,导致这种病的一个重要原因是贫穷。因为贫穷,所以无法给孩子提供足够卫生营养的食物,作为父亲的仁右卫门没有尽到一个父亲该尽的责任和义务,他也就失去了自己引以为豪的力量。这无疑是他作为父亲的失败,同样象征了他在亲子关系中的失败。文章开头和结尾对于残酷的大自然的描写,正是更深地凸显出这种失败的无力感。

　　然而在有岛武郎的小说中,以东京为代表的都市与以北海道为代表的原野自然是并存的。《一个女人》中叶子活动的范围是以东京为中心的都市圈,《星座》中星野、西山、阿园都先后从札幌奔赴东京,以北海道为代表的原野与以东京为代表的都市形成了对立。尤其值得注意的是,北海道最大的城市札幌,作为北海道的中心,已经处于向都市过渡的过程中,它不再仅仅只是单纯的原野的代表。《星座》中有大量标志着近代化、都市化的建筑物的详细描写,例如时钟台、大通公园、白官舍、札幌农学校以及远友夜校等,这些建筑与象征原野的森林、山脉形成对照。以此为大的背景,有岛展开了对于北国的学生青春群像的塑造。与《该隐的后裔》和《与生俱来的烦恼》中原生态的原野相比较,札幌可以被视为都市空间,对人们而言那种压倒性的自然风物并不存在,但是与东京比较,札幌又可以被视为原野空间,因为它并没有熙攘喧嚣的气氛,所以可以这样认为,札幌是代表原野的纯粹感性与代表近代文明的纯粹理性之间的一个交叉点,北海道的学生们通过札幌,接受了种种新的知识和思想,进而走出札幌,进一步地拓宽自己的视野和思维。

　　原野与都市的对立、札幌向都市的过渡,象征了传统向现代的转变,自然无序向理智有序的转变,这样的一个转变无疑呼应着亲子观的变化与过渡,即传统的家父长制的亲子观向民主的亲子观的过渡,并暗示着民主的亲子观的进一步进化。这一过程是必将会发生的,但正如这两个地理空间的对立一样,也一定会产生种种的对立和冲突。

## 第二节　时间意象

　　时间是小说构成的一个重要因素,从时空中提取的形象往往具有一定的时间内涵,小说中的时间意象以意象的时间性为基础,意象的时间性是隐性的,一旦赋予特定的形式来激发它,这样的意象就同一种与时间相关的主题或者思想发生关联。

## 一、季节

有岛武郎在小说中主要依据季节构建时间框架,四季变换在客观上起到了推动情节发展的作用。在叙事时间的具体安排上,有岛遵循时间的循环观,将人物命运的发展与四季的循环相关联,所有的人物都在经历一个时间周期后到达一个节点,要么抵达生命的最终状态,要么经历中转走向下一段生命历程。例如《一个女人》中的时间开始于明治三十四年的秋天,终止于明治三十五年的仲夏;《阿末的死》中的起止时间是从第一年的春天开始到当年的初冬终止;《该隐的后裔》中仁右卫门夫妇在深秋达到农场,四季轮回之后于次年的冬天离开了农场。除了季节的循环之外,有岛有时也将小说的时间限定在一个特定的季节之内。《与生俱来的烦恼》中从第五章到第八章是作家根据与木本的短暂谈话对木本生活的想象性描述,这一段的时间被限定于冬天;《星座》则从明治三十二年十月开始到当年的十一月结束,时间被限定于秋天。除了叙事时间上的考虑之外,小说中有大量关于季节的描写,这些描写并不是仅仅用来表示季节,有岛往往将表征季节的风、植物、动物等等作为意象进行运用,这种安排具有深层次的隐喻意义,把它们置于亲子观的视域中,我们可以看出季节更替与亲子关系之间的对应。

季节的更替与亲子关系的状况相对应,亲子之间的矛盾冲突就在四个季节中表现出来。这种交替排列的季节时间对比非常强烈,它把自然的变化纳入了亲子关系变化的轨道中,亲子关系的变化随着自然时间的变化而变化,这既形成了时间中的自然悲剧意识,季节的交替转换又显示出了亲子关系起伏的趋势,强化了亲子关系的张力。《一个女人》中对四季意象的运用尤为充分地表现出这种特点。

屋外,好像又刮起了东京初冬特有的风,杉林呼呼地鸣叫,枯叶如飞鸟般映在明亮的拉门上,碰撞在干燥的拉门纸上,发出哗啦哗啦的声响,让人想起尘土飞扬的寒冷的东京的街道。可是,房间里是暖和的。而叶子连房间里是暖是寒也不知道,只知道自己的心为幸福、寂寞彻底地燃烧着,只希望永远这样过下去,只是希望这样像睡着了一样坠入死的深渊。(《一个女人》,200)

叶子在秋天起程前往西雅图,又在初冬返回了日本,为了和仓地在一起,叶子背弃了与木村的婚约,这并不仅仅是一个单纯的感情丑闻,而是意味着叶子对外部世界所有规则、所有束缚的背弃。对叶子来说,与木村的婚约是在来自方方面面的压力之下被迫缔结的:母亲临终前的最后恳求、五十川的谋划、近亲的压迫、社会舆论的包围、男性对女性的觊觎等。这一切压力的中心最终都集中在木村身上,与木村结婚是摆脱压力的唯一方法,然而在叶子心里,与木村的婚约是她向外在束缚低头的结果,是她最大的一次失败的证明。所以当她反悔这个婚约,也就意味着叶子选择了背负所有的压力、放弃所有的责任义务,意味着她选择了人生的冬天。外界的流言、恶意、批评汇聚到一起,恰如冬天的寒风,冷酷无情,叶子与仓地割裂了与外界的一切联系,不读信、不看报、不外出,仓地断绝了与妻儿的往来,叶子也断绝了与女儿定子、两个妹妹的往来,他们二人自成一个温暖的小世界,躲避寒冬。此时,自然的冬天映衬着叶子内心的春天,两相对照之下,从主人公身上体现出的是对本能的坚持以及强烈的对生的渴慕,他们内心的春天与外界的冬天是不相容的,然而内心的温度足以抵御外来的寒冷,于是叶子远离亲子关系的羁绊,沉溺于本能生活带给她的欢愉之中。

在叶子与仓地的关系稳定下来之后,他们虽然没有结婚,但在事实上已经建立起了新的家庭,于是从冬末初春开始,叶子开始了双重生活。一方面,她心甘情愿当起了家庭主妇,操持家务,开始对妹妹们的思想及教育产生了兴趣,负起了责任,自然而然地恢复了贤妻良母的心态;另一方面,她又以无比的热情享受着与仓地在肉体和精神上的忘我欢乐。在这一阶段,叶子处于理智生活与本能生活的交叉状态之中,因此她在民主的亲子观和本能的亲子观之间寻找平衡,叶子与仓地、女儿、妹妹们的关系都是稳定的。然而,两种生活在本质上的差别和矛盾不是一时的平静所能掩盖的,所以当仓地与叶子之间的感情逐渐淡化时,也就意味着两种亲子观之间和谐共处的春天已经过去,亲子关系的美好时光也已经过去。

"三月末的黄昏时分,空中一片安详宁静。庭园前,单瓣樱花树的朝南的树梢上,像不知何处飞来的花瓣粘在梢头上似的稀稀落落地开着白花。再往前,是那秋霜染红的杉树林开始被夜幕笼罩着,夜幕前的晴空流水般静静地漂浮着。唯能听见从苔香园那边传来的园丁剪树的声响。"(《一个女人》,254)这一段描写的是樱花凋落的暮春景象,其中核心的意象是樱花,樱花的花期非常短,只有七天,灿烂却也短暂。以樱花为中心,暮春、黄昏、庭院、飘落的花瓣、稀稀落落的白花、夜幕中的杉树林、静静漂浮的晴空、远处传来的剪树声,这些落寞的意象、零落的声音交织在一起,自然而然地产生幽玄静寂之美。作为读者的我们体悟着这种美的气息,很自然地能够把握住"无可奈何花落去"的情绪,对于叶子的悲哀,完全可以感同身受。一切景语皆情语,事实上,恰于此时,叶子生发了生命本质在于衰亡的自觉与慨叹,感觉到了以前未曾有过的寂寞和孤独。也就是在这一天,叶子发现了仓地对妹妹爱子不怀好意,她无奈地意识到了青春已逝。从这一天开始,理智生活与本能生活的平衡被打破了,为了实现心心念念的本能生活,叶子只能放弃理智生活,自此,她的亲子观的天平又开始向本能的一方倾斜。为了抓住与仓地的感情,更关键的是为了抓住自由与自我,她要割舍一切亲人。自此,叶子内心深处暗暗决定与定子一刀两断,她对两个妹妹的态度也发生了转变。叶子在全有或者全无的两个世界里来来回回,精神上变得歇斯底里,并且经常考虑自杀的问题,当夏天到来的时候,一切的矛盾和冲突终于到达了白热化的阶段。

"六月的一个傍晚,夜幕低垂,灯光四起。从杉树丛中飞来的大量的小飞虫聚集在电灯周围令人厌烦地来回飞舞着,豹蚊蚁发出可怕的声音,在屋檐下聚成了一群。"(《一个女人》,289)六月的东京已入夏,高温潮湿的天气、来回飞舞的蚊虫、嗡嗡不停的声音,夏天的燥热映衬了人心的骚动。在这样压抑不适的环境中,人就更加容易焦躁不安,叶子和仓地之间的关系陷入了胶着,他们不断地重复着争吵—沉默—争吵的相处模式,无止无休。在六月的这个傍晚,贞世染上致命的伤寒,积累已久的矛盾以极端的方式爆发了。叶子再也无法掩饰理智与本能的矛盾，她既无法放弃仓地，又因为妹妹的病也无法决绝地放弃妹妹和女儿，在两极之间挣扎无法取舍的叶子心力交瘁，被死亡的阴影所笼罩。夏日的清晨，亲子观之间的矛盾终于因死亡的逼近而达到了最高点。

与《一个女人》相似，《阿末的死》、《该隐的后裔》中季节的更替与亲子关系之间也呈现出一种对应的关系，阿末在经历了父亲、哥哥、力三、外甥的死亡之后，在冬天来临的时候自杀了；仁右卫门失去了孩子和马，在寒冬离开了松川农场。亲子关系的变异和断裂所产生的悲剧感因为北海道寒冷的冬天显得更加强烈。

## 二、钟与钟声

阅读《星座》时必须要关注的是小说中反复出现的钟声，每当阿园面临重大抉择，或者当他经历关键的转折之时，阿园总能听到钟发出的钟声。第一次是当阿园在学校的钟楼中读席勒诗集的时候，突然感到一种意外的不安，然后他就听到了机械钟发出的响声，有岛是这样写的：

> 这时，一种意外的不安，驱使他把视线从诗集移开，进而定睛凝视起机械来了。刚才一直轻松而单调地争分夺秒的齿轮，突然从黑暗的角落里跑出一根细长的铁棍，哐哐敲起了眼前那座钟，钟声顿时占据了整个狭小的机械室。阿园的身体立刻陷入了空气的强烈而又细微的震动的包围之中。钟敲了一次又一次，总共正好11下。敲过11下以后，齿轮的嘎吱声又持续了一会儿，然后便恢复了原来那种有规律的声音状态。
>
> 异常的严肃气氛使阿园一时茫然若失起来。明治三十三年五月四日上午十一时，这个时间既不在永劫之前也不在永劫之后，它一边出现一边消失……阿园从来没有如此真切地目睹过时间这种玩意。（《星座》，268—269）

阿园出生于东京，父亲是净土宗的传人，因此他生于寺院长于寺院，自小便日夜听着梵钟的声音。日本在明治六年，即 1873 年才开始采用 24 时制的定时计时方法，在此之前，日本的时钟，特别是寺院的钟，都是采用江户时代以来的太阳出入时刻为基准的不定时法，也就是采用"自然的"时间。明治十年出生的阿园，便是在这样一种自然的时间系统支配的世界中成长起来的。时钟是产业革命的产物，作为自动机械的先驱，改变了人们的时间观念。自此，按照太阳的运行、季节的循环来计量的自然循环的时间被取代，面向未来、直线计量的时间意识被确定。过去的时间循环观被认为是落后的、原始的，而钟表作为新的时间计量器，是近代精神与经验的浓缩表现，代表了先进的、开明的理性科学精神。《星座》第四章，阿园在大学的钟楼中阅读席勒的诗集时，突然听到自动时钟一下一下的敲打声，就在这一刻，阿园突然真切地意识到了时间的流逝，这一刻对他而言象征着近代时间的现场，也象征着他终于直面了日本近代、新世纪的到来。

在钟楼中阿园在看的书是德国作家席勒的《钟之歌》，席勒是 18 世纪德国的浪漫主义诗人、剧作家，也是著名的美学家，席勒的诗集所代表的文学，无疑寓意了在自然时间之内的阿园的生之原初。但是由《钟之歌》的钟赋阿园联想到的是钟楼的钟赋，钟楼的钟赋只有简单的一句"Magna est veritas, etapraevlebit"，这是一句拉丁文，阿园把它翻译为"真理万能，真理统治一切"。这句钟赋的出现是意味深长的，阿园对这句钟赋的接受和认可代表着他与近代科学的亲近。近代科学的一根主线是培根传统，培根强调的是科学的力量，即科学一定要为人类造福，一定要为人类的利益服务。这样的传统之下，科学强调物质的部分，更重要的是人与自然之间的控制与被控制的关系。所以说知识成为力量首先是因为人们的知识形式发生了改变，知识开始变成了人与自然之间建立新型关系的方式。仅就时间而言，近代理性最终是表现在对理性的无限性的肯定的方面。而他像献祭一样把长久以来钟爱的席勒的诗集丢在了机械房的房梁上，更是意味着阿园有意识地接受了日本近代的到来，坦然选择了作为科学工作者活下去的人生道路。

在第三章，阿园接受了星野的委托去与阿缝见面，因为对阿缝的喜爱，阿园的决心有所动摇，在此时，他又听到了钟声。

"那钟声带有一种沁人肺腑的魅力。听到钟声以后，阿园便觉得自己刚才所想和所做的一切都并非出自绝对的必要。自己并不是来到了自己必须来到的地方。并不是正在会见自己必须会见的人。并不是在说自己必须要说的话。自己不过是来了轻浮的兴致。对这种态度,将来注定是要付出代价的,是要后悔的!"(《星座》,277)钟的声音唤醒了阿园的自制心,也因此,他拒绝了星野的托付,压抑了对阿缝的好感,辞退了阿缝的英语家教。这一心理急剧转变的原因就是近代时间意识,所谓勤奋的科学工作者,意味着必须珍惜时间,尤其是近代产业社会中以时间来计算劳动价值,这也是社会公认的准则。其实在这里,我们再次看到了科学与人文的分裂,这一分裂实际上受制于力量的原则。力量的原则,也就是高效的原则,要求最大限度地利用时间获得收益,一切不符合力量原则、效率原则的行为都是无益的,都是在浪费时间。当阿园面临个人感情与科学追求的冲突时,他毫不犹豫地批评前者而维护后者。在象征着近代时间的钟声监督下,阿园再次坚定选择了科学道路,决心按照自己早已规划好的规律走下去,所以他只能把内心深处萌发的喜悦又深深地埋葬了。

西历与天皇历共存的时间二重性,象征着日本走向近代的开始,也是日本近代市民社会形成的开始。阿园刻在心里的时间明治三十二年,象征着19世纪的终结20世纪的开始,日本以甲午战争的胜利为契机输入近代西欧文明,而《星座》中所反映的正是这一过程中的矛盾与冲突的缩影。

## 第三节 圣经意象

有岛武郎在札幌读大学期间,受到内村鉴三的影响,曾经加入札幌独立教会,他的向教之心曾经非常虔诚,每天阅读原典《圣经》成为了必备功课,很自然地,宗教在他的生活中印下了无法抹去的印记。因此,即使在有岛退教之后,宗教信仰的印记也不可能完全消退,《圣经》对其文学创作的影响也难以磨灭,在他的小说中经常可以看到他对于圣经原文的引用以及对于圣经意象的借用,这些引用或者借用,使小说获得了深刻的隐喻性和广泛的象征意义。

## 一、绊脚石

叶子在出发前往美国之际，无助而彷徨，为了寻找曾经对自己很珍贵的东西，维系那根救助自己于此凡俗的线，叶子希望得到内田的指点，哪怕这种指点是斥责，于是她抱着求助的心态去内田家请求见面却遭到拒绝，愤怒失望的叶子离开之时被路边的石块绊了一下。

> 她出门后正要向左转，不料被路边的石块绊了一下，她猛然惊醒似的看了看四周。她仍然是二十五岁的叶子。不，以前她确实也被绊过一次。叶子这样一想，像迷信者似的又回头看了一眼那块石头。那时的太阳……也是在植物园的森林那边。而且道路也是这么昏暗。那时自己，对内田夫人说了内田的坏话，还引用了彼得和耶稣之间展开的关于宽恕的问答。不，那是在今天。就像今天夫人落下了无意义的眼泪，那时夫人也流下了无意义的眼泪。那时自己也是二十五……没有那回事。不可有那回事……真奇怪呀……可是对这块石头仍有记忆。很久以前它就在这儿。这儿想下去，叶子心中清晰地浮现出有一次和母亲来玩，不知为什么生起气来，守着这块石头不肯动的事情。当时觉得是一块很大的石头，难道只有这么小吗？母亲很为难地站着的身影也历历在目。可很快那轮廓便发出耀眼的光芒，令人无法正视，然后唰的一下毫不留恋地消失了。叶子感受到自己的身体仿佛从中沉重地落向大地，同时鼻血汩汩地淌过嘴和下巴，玷污了衣服的前胸。（《一个女人》，35）

这块绊脚石的意象出自《圣经·启示录》，《启示录》是最后的日期（末日审判）到来之前，神赐给耶稣的启示，耶稣晓谕他的仆人约翰，"约翰便将神的道和耶稣基督的见证，凡自己所看见的都证明出来"（1:1）。在第十二章给别迦摩教会的信有这样的内容："然而，有几件事我要责备你，因为在你那里，有人服从了巴兰的教训；这巴兰曾教导巴勒将绊脚石放在以色列人面前，叫他们吃祭偶像之物，行奸淫的事。你那里也有人照样服从了尼哥拉一党人的教训。"（2:12）这是从耶稣口中发出的严厉训诫，毫不留情地脱下教会神圣庄严的外衣，使一切的虚伪和罪无所遁形。基督要责备别迦摩教会"几件事"：一是有关巴兰的教训；二是尼哥拉一党人的事。这两件事看起来似乎是完全不相干的，没有关联。但从新约的一般教导来看，基督最憎恶的，就是当年巴兰在摩押平原上教导巴勒王用米甸女子引诱以色列人犯奸淫，然后利用这些女子引诱他们拜偶像（第22—25章）。而基督责备别迦摩教会的，则是因为他们烧香敬拜罗马皇帝，表示对他忠心，苟且偷安，这等于和外教犯灵性上的奸淫，是基督最痛心疾首的。由此看来，这块绊脚石主要意指对权威、秩序、规则的背叛，既包括肉体上的背叛（性），又包括精神上的背叛（宗教），而这种背叛必将招致审判和惩罚。

然而绊脚石的意义并非仅止于审判和惩罚，更重要的在于唤起教会的悔悟，对此，耶稣同样借约翰之口宣诸于众："所以你当悔改，若不悔改，我就快临到你那里，用我口中的剑攻击他们。圣灵向众教会所说的话，凡有耳的，就应当听。得胜的，我必将那隐藏的吗哪赐给他，并赐他一块白石，石上写着新名，除了那领受的以外，没有人能认识。"（2:12）由此可见，具体到导致叶子摔跤流鼻血的绊脚石，寓意同样是双重的：内田代表着宗教的权威、秩序的权威、男性的权威，叶子罔顾内田的意志，执意坚持自己的选择，也就是反抗内田的权威以及既存的规则和秩序。所以此时绊倒叶子的绊脚石一方面是告诫，警示叶子必须悔悟；另一方面绊脚石又是启示，预告叶子未来必将受到惩罚。这告诫与启示的双重意义在内田对叶子的态度中得到明确表现。

内田是一位热情的基督教传教士，曾经与叶子的母亲早月亲佐是好友，两家过从甚密。其间，亲佐参加了基督教妇女同盟事业，为扩张妇女同盟事业而奔走，内田不喜女性抛头露面，与亲佐意见相左，两家日渐疏远。然而，内田对叶子的喜爱却一如既往。内田于叶子而言不仅是一个慈爱的长者，更是精神上的父亲，是她心灵的皈依。而内田对叶子也的确是青睐有加，叶子与内田父女般的感情是毋庸置疑的。然而，就是这个慈父般的内田，在叶子两次陷入孤立无援的境地，急需帮助和安慰的时候，两次无情地拒绝了她。

　　第一次拒绝是因为叶子和母亲怄气,任性地决定与随军记者木部结婚。这段婚姻没有得到父母的祝福,与父母决裂的叶子必然是十分孤独的,但是她视为慈父的内田对她的斥责、疏远无疑是雪上加霜。某一天内田不容分说地把叶子叫到家里来。然后像深怀嫉妒的男人指责恋人的移情别恋,他眼睛里迸出怒火和泪水,狂怒到简直要把木部痛打一顿。在此过程中,内田借《圣经》中"给基督送水的撒玛利亚女人"的典故斥责叶子的无知。"给基督送水的撒玛利亚女人的故事"出自《新约·约翰福音》第四章,耶稣向撒玛利亚女人求水,借此布道,启示他是活水(象征基督的生命,能满足人的需要和祈求,历久常新,永止干渴),并指明取活水的路,使其享受活水的成果。要享受耶稣的恩典,有三要项,首先要知道神的恩赐;其次越早祈求他,他就会越早给予恩赐;再次要接受他所赐予的一切,才能接受神的恩赐。

　　从这个故事隐喻的要义不难看出,内田以神的代言人的身份凌驾于叶子之上,指责叶子的三重罪:一是有罪而不自知;二是不诚心恳求别人;三是不采纳别人的建议。在对待婚姻的态度上,叶子固然处理得太过草率没有尊重父母长辈,然则内田从未设身处地真心替叶子考虑,他既没有询问叶子这样做的理由,也没有关心叶子的将来。在内田身上,叶子非但没有得到其自诩的神性关爱,反而尝到了比世间常人更甚的冷酷,一味地指责使叶子委屈、愤怒。而在愤怒的同时,叶子又仿佛失去了非常珍贵的东西,她无奈地感受到了阵阵袭上心头的莫名的凄凉和无助,这珍贵的东西既指其纯洁的少女时代,也指内田的信任和关怀,内田神性形象的坍塌导致叶子终于失去了精神上的皈依。

　　时隔五年,叶子经历了与木部失败的婚姻。此时的叶子,对自己的行为很是懊恼,因此当她再次面临婚姻的抉择时,她想到了"给基督送水的撒玛利亚女人的故事",并再次拜访内田。叶子的这一举动不难理解,一则她已经认识到了自己的错误;二则希望可以得到内田的谅解;三则希望内田能够对她的第二段婚姻给予一定的意见。叶子的心中充满了眷恋、依赖、悔悟,她甚至做好了迎接内田怒吼的准备,然而内田再次无情拒绝了她,这次拒绝使叶子彻底失去了那根救助自己于此凡俗的线。叶子终于发泄了自己对内田的不满,"我还有一言请您转告叔叔,且不说七十个七次,但至少要原谅别人三次的罪过"（34）。这段问答出自《新约·马太福音》第十八章，"那时彼得进前来，对耶稣说：'主啊，我弟兄得罪我，我当饶恕他几次呢？到七次可以吗？'耶稣说：'我对你说：不是到七次，乃是到七十个七次。'"此处的"七次"是完整的数目，但仍可以计数，意即有限度的；"七十个七次"意即应该饶恕人不计其数，完完全全，没有限度。

叶子引用这个关于宽恕的问答表达了希望与失望掺杂的心情：叶子赴美之前拜访内田是一种潜意识的行为，她在内心深处渴望被内田谅解，究其实质是因为叶子希望在离开故土之前得到某种精神上的慰藉和依赖，如果内田接纳她，或许她日后不会滑入无助的深渊。然而事与愿违，叶子被内田拒之门外，她得到的是比世间常人更为冷酷的对待。内田自诩忠诚的基督教徒，但他专横、一意孤行，叶子没有从内田这里得到希冀的原谅与关怀，由此，她不再相信基督教所宣扬的宽恕、爱。失落的叶子步出内田的家门，值得注意的是她将正在发生的事情视为已经发生的事情，将绊倒自己的绊脚石视为记忆中的石头，在有岛有意为之的叙事时间交叉中，未来的叶子和现在的叶子、过去的叶子重叠在一起，于是，此时的绊脚石在审判、惩罚、告诫、启示的内容之外自然生发出新的内涵，它成为了叶子生活的分界线，是切割未来与过去、现在的分界线。

"得胜的，我必将那隐藏的吗哪赐给他，并赐他一块白石，石上写着新名，除了那领受的以外，没有人能认识。"（2：12）正如耶稣所许的这块象征新生的白石一样，这块绊脚石既是叶子的过去，象征了叶子曾经希望固守的精神家园，是她洁净灵魂的皈依；又是叶子的现在，印象中巨大的石头变小了意味着叶子对她所固守的产生了怀疑；也是叶子的未来，无论在未来等待她的会是什么，绊脚石会是她的新起点，而汩汩淌下的鼻血则是她预付的代价。可以这样认为，绊脚石直接促使叶子去寻找新的精神寄托，这无疑对之后叶子与仓地的结合埋下了伏笔，进而影响到叶子对于人生的抉择。

## 二、白官舍

仅从标题来看，《星座》的基调是暗的世界，照亮这种暗的是象征明治开化时期的星星，也就是小说中描写的青春群像，而他们居住的地方是位于

札幌市区中央的白官舍。对于白官舍,小说有以下描写:

　　白官舍坐落在接近这个市区中央的一条街道的拐角上。这是一栋四户长房,原系开拓使时代为下级官吏所建的住房,但美式的规模和丰富的木材最终使这座长房变成了一座坚固而高大的外墙为木板的二层建筑。而且,上面涂着进口白漆。这座建筑高高地耸立在其后建造的犹如小棚一般的葺木屋顶房舍之中。

　　然而,漫长的岁月和房主的玩忽职守已经将其破坏无余。滑落下来的砖瓦都担在屋檐上面,木板墙皮都翘了起来,木纹和木节都用油分业已尽消的廉价白粉胡乱地抹着,看上去如同沙鱼便面的皱纹和肿泡留下的疤痕一般。但是,每当夜深人静,不管天多么黑,这座建筑总像浸在磷里一般放着青白的光辉。那可能完全是风化作用带来的某种化学现象。这正如圣经所说,是个"涂成白色的坟墓"。(《星座》,280)

　　对于"涂成白色的坟墓"这一比喻,江头太助指出这是有岛武郎对于基督教逆说的讽刺性的表明。① "涂成白色的坟墓"出自《圣经·马太福音》,耶稣谴责文士和法利赛人,"你们这假冒为善的文士和法利赛人有祸了!因为你们好像粉饰的坟墓,外面好看,里面却装满了死人的骨头和一切的污秽。你们也是如此,在人前、外面显出公义来,里面却装满了假善和不法的事。"(《圣经·马太福音》23:25)据此而论,白官舍表里不一的隐喻意义不言而喻。从外面看,白官舍代表着博学、进步、理想;但在内面,实际上却充满了无知、伪善、轻浮、放纵。居住在白官舍的星野、西山、柿江等学生,与普通的民众相比较,因为掌握了先进的知识,本应具有远见及决断力、行动力,超越一般群众而反抗种种平庸和过量,将日本社会引导到一个更先进、更新的方向。在小说中,以星野为例,他的确学识出众,而且具有一种孤独以及领导能力的重要特质。然而我们不能忽略星野这个代表性的学生形象里,

① 参见江頭太助:「キリスト教に対する逆説的なイロニー表明」,「『星座』の構想と第一巻」,『有島武郎研究』,東京:朝文社,1992年。

有一种悲剧性的意义。以星野与家人的关系观之,最显见的是一个人与世界之间的疏离与冲突,其悲剧意义在于:一个孤独的天才,被无知的普通人疏离,却无法为他的自我存在定义;尽管他自认为为了拯救这些普通人,舍弃了自己的健康,普通人却完全无法理解他的意图,仅仅将他视为一个异类,一个负累。这个悲剧性的形象在《星座》中具有代表性,可以看出,有岛的思想中悲观的成分:他怀疑先进知识分子是否能够促进社会的新生,是否能够唤醒如白痴弟弟一般的普通民众。从这一点出发,有岛的怀疑更进一步,表现为对知识分子本身的怀疑,怀疑他们是否具有与其身份相匹配的能力,借由白官舍这个意象,知识分子身上具有的肯定、浪漫、理想的色彩逐渐褪色,取而代之的是否定、质疑、现实的色彩。

在有岛看来,居住在白官舍的这些学生,自视甚高却眼高手低,他们与"假冒为善的文士和法利赛人"一样,言行不一,名为帮助实则欺骗。星野轻视、抵触劳动者,认为自己如果成为劳动者一定会叫人感到矛盾和滑稽;西山陶醉于自己的口才和激情,一味地幻想所谓的高处大处;柿江在课堂上耽于空想,为了树立自己的感人形象编造谎话欺瞒学生,下课后便无法抵御诱惑直奔妓馆……他们同耶稣所指责的"文士和法利赛人"并无二致,面对作为劳动者的家人,将知识作为欺骗家人、凌驾于家人之上的工具,对亲子关系表现出一种漠然的态度。对待家人尚且如此,那么对于其他人的态度更是可想而知。白官舍向读者展示出知识分子的两重人格:一方面,知识分子居高临下,视自己为拯救大众、拯救落后社会的圣人;另一方面,他们的行为却表现得与落后社会同流合污,所谓的拯救实则只是为了满足其个人的私欲。

这种知识分子人格的双重性在第四章,通过学生们的论争得到了充分的论证。西山极力煽动学生们离开札幌这个闭塞的地方去东京干一番事业,徒有热情却盲目缺乏计划性;猿濑专注于现实利益、缺乏理想,他既没有思考过如何解救与他境遇相仿的人,也没有思考过应该如何面对即将到来的新时代;森村冷漠,对任何话题都缺乏足够的兴趣,只是想着如何找人借钱挥霍;柿江指出了西山长篇大论背后的空洞,却也无法寻求到为社会服务的合适途径。学生们各自表明自己的观点和立场,互相之间毫不留情地批判和指责,却没有得出任何有益的结论。他们纯粹只是争论,换句话说,尽管他们投注了不少精神,借着历史、哲学或是科学来探究自我与时代的关系,但与此同时,对自我的沮丧与失望也开始产生。

《星座》中的时间遵照了双重标准,公元 1899 年/明治三十二年,世纪之交,通过学生群像,读者可以发现的是日本近代形成过程中知识阶层对于自身功过的反思和追问。这也与有岛武郎在《宣言一则》中表现的批判主题是一致的,体现出有岛焦虑、自我怀疑以及深切自省的一面,而所有的这些情绪又集中体现于阿园身上。当阿园结束了一天的学习研究工作,离开研究室,融入街道上熙攘的劳动者之间,"在这些人当中,阿园不能昂首挺胸地走路。因此,他不时地低下头,越走越快"。(《星座》,271)阿园之所以有这种压迫感,低头急行,正是因为他意识到了自己作为知识分子的特权并为之羞愧。与星野、西山等人相比,选择了近代科学道路的阿园,以克鲁泡特金的思想为精神上的立足点,试图以脚踏实地的方法解决自身内部的矛盾。克鲁泡特金是无政府主义的主要活动家和理论家,在《互助论》一书中,他提出"互助"才是一切生物进化的真正因素。克鲁泡特金虽然不否认生物之间存在竞争,但他认为任何生物都不是过着个体生活,而是经营着群体生活,在群体之内生物个体之间只有互助,而无竞争,竞争只存在于群体与群体之间。而竞争的抉择结果也并非适者生存,而是群的互助性之强弱,经过世代延续生存下来的生物,都是互助性很强的群体,人类在他看来便是互助性最强的生物。阿园极为推崇克鲁泡特金的互助论,从互助论出发,不难看出,阿园相信知识分子和劳动者之间的鸿沟可以被弥合,他将互助视为将以阿靖为代表的下层的劳动者和学生们所代表的知识阶层联系起来的某种期望。在《星座》第一卷末,学生们各奔前程,阿园也踏上了夜归的列车,在暗夜中,白官舍的意象格外清晰,而星星在夜幕中开始闪光。

## 第四节　女性意象

较之父子之间较量的男性传统,在有岛武郎的小说中,女性身份的焦虑在亲子关系中产生的负面影响更为复杂深刻。这一焦虑不是在女性之间互相传递的，而是由父权制度下的男性/父亲传递给女性后代的，从许多方面来看，不满、烦恼、不信任、疯狂就会逐渐滋生，渗透到女性的生活中，尤为具体地扩散到她们的家庭生活中。于是，她们那些身处 19 世纪与 20 世纪之交的女性们不得不陷入了类似疾病的孤独状态中、看似疯癫的格格不入中进行奋斗，为了战胜女性这一身份给她们带来的焦虑，她们迷失在母亲、妻子、情人、女儿的角色里，努力挣扎。作为男性作者，有岛在小说中运用了典型的女性意象——镜子和房屋，怀着极大的敬畏讲述了那些女性是在怎样恐怖的生活中活着，又是怎样在男性话语中表现出对亲子关系的失望情绪。

## 一、镜子

《一个女人》中的叶子毫无疑问是有岛武郎笔下最有魅力的女性，小说中有大量叶子照镜子的细节描写，在镜中，叶子从纯洁天真的少女到魅惑放荡的少妇，从父母的乖乖女儿到神经质的母亲，叶子的人生经历表现在她的衣着、妆容、长相的变化上，然后通过镜子折射于读者眼前。镜子既是叶子认识自己的手段，在镜子中的自视使得叶子不断地认清自己的形象以及人生的真相；镜子也是他者/男性窥视叶子的手段，窥镜概括地表明了男性控制的力量和设计。

> 叶子用水尽情地使自己没有搽粉的脸凉爽下来。然后感觉清醒了一些，于是从腰带中掏出小镜子，想整理一下容妆，可镜子不知什么时候碎成了两半。……也许是过于生气，胸中恼怒时碎的。总觉得有这个可能。或许是预示明天启航不吉的凶兆；也许是预示着和木村一起终将穷途末路的不祥之兆。（《一个女人》，35—36）
>
> 微暗的夜色仍在徘徊，镜中叶子深深喘息着的红润面颊十分娇艳动人，连叶子自己也不免感到惊异。叶子好像很好奇似的在自己脸上无端地绽放出满面微笑。（《一个女人》，62）
>
> 眼眶的周围显露出有别于化妆之后的那种淡淡的紫色，这给叶子的眼睛平添上有如被森林环保的清澈的湖水般深邃与神秘感。鼻梁的

瘦削更显得神经质。消瘦的脸颊已失去了往日令人亲切的小酒窝,浮现出的是烦恼与焦虑不安。叶子无法解释的是越发显眼的尖尖的下颌的轮廓。不过,令人不可思议的是令人心动的情欲的发泄,竟给叶子的脸增添出妖冶的神态美。(《一个女人》,247—248)

但当突然面对镜子的那一瞬间,丑陋的形象就会让自己问到这是那个曾吸引众人目光的叶子吗? 在这样面对镜子的过程中,叶子开始把那个投影怀疑成除了自己以外的另外一个人的脸。这绝不应该是由自己的脸映上去的。尽管如此,那所映照的确是一张不知是什么人的脸。被痛苦肆虐,被恶意扭曲,因烦恼而支离破碎的亡魂的脸——叶子的脊梁骨仿佛被一下子放上冰似的,全身颤抖,镜子不由得从手中落地。(《一个女人》,319)

《一个女人》中有多处关于叶子照镜子的描写,以上是其中的四段,怎样看待镜子这一意象? 镜子是人类认识自己的方式,人类爱自己,亦想了解自己,在镜中人类发现自己的本质,通过镜子人类看到自己与自己的本质之间的关系。对叶子而言,镜子是叶子用以映照自己的本质和她对于自己本质的认识。小说结尾,身患重病躺在病床上的叶子不断回顾自己的人生,短暂的生命中叶子经历了五个阶段:在父母庇荫下一心将自己奉献给基督的纯洁少女、追求理想的青春少女、梦想本能爱情的女人、妖艳的荡妇、歇斯底里的疯女人。在对镜子进行细读时,会发现以上的四段对镜自视恰好对应叶子人生中最重要的节点:第一次,叶子准备离日赴美,在碎镜中她看到自己未卜的前途以及碎裂的自我;第二次,赴美的轮船上,叶子确定了与仓地的关系,决定悔婚返回日本,此时的叶子自以为找到真正的爱,借此她重获自我;第三次,与仓地姘居,离群索居,被公众生活驱逐的叶子是一个堕落的荡妇;第四次,与仓地的关系破裂,叶子的人生走到尽头,她沦为一个疯狂的女人,被杀死了。在一次又一次的对镜自视中,叶子首先只会看到那些像面具一样被固定在自己脸上的外貌轮廓,这些轮廓将她与社会的可怕联系隐藏了起来。但是,当叶子看得更认真一点,她看到了一个愤怒的、绝望的囚徒的形象,由内而生的欲望便会打碎镜子。在重生的镜子中叶子看到的是自己的另一面,她在黑暗孤立之中摸索着获得自己的想象力。最后,叶子迷惘、痛苦而又愤怒地认识到,她在镜子里面看到的从反面呈现的丑陋亡魂形象,才是真正的自己,这个自己是再次被杀死的自己,是自己的焦虑,是自己从未彻底妥协的主体性。当叶子再次拾起镜子的时候,已经注定了她将会用肉体的死亡实现最后的抗争。通过镜子,我们看到叶子从纯洁、端庄一步步发展为被所有人攻击、误解的强悍有力的女性形象,竭力要摧毁被其他顺从的女性视为理所当然的父权制结构。正如文中所写:"叶子尽其全力去抗争。与医生与药物——与命运——叶子永远在抗争"(《一个女人》,353)。

除了认识自己以外,镜子同样是认识男性的有效工具,通过窥镜,反映出男性对叶子的观看、限制,揭示出叶子被窥视的真相。那么在他人眼中,尤其是男性眼中,叶子是什么样的?内田曾经说"你是除神以外我唯一的旅伴",古藤认为她有一种"美丽的诚实",冈称她为"堕落的天使",而仓地经常想象的是一个"能干的主妇形象的叶子"。为了成为男性眼中的"旅伴"、"天使"、"主妇",叶子需要放弃自我,也就是要放弃她个人的自在、她个人的欲望,这些是天使般的美丽女子最为重要的行为,也正是由于这些行为,天使成为了时代的牺牲品。圣洁的天使,她们的生活是一种没有一点故事的生活,是虽生犹死的生活,叶子厌恶这样的生活。由于不伦的丑闻,她被从公共生活中驱走出去,又被剥夺了从自己的感性存在中寻求快乐的权利,可悲的是她刚刚逃离一个囚笼,沦为公众眼中的荡妇,却又步入另一个囚笼,变身为仓地屋子里的天使,为了能让仓地信任她并且为她所信任的仓地安心,她显示出操纵家庭生活的能力,将庸常的家庭空间变得有趣,每天思考的问题就是应该做什么来使自己获得满足,同时让仓地欣赏。

这样的生活绝不是叶子所期待的,尽管她极力压抑另一个自己,然而镜中的另一面还是不可避免地浮出镜面。如果我们把叶子界定为虽然具有一定的超凡脱俗性,但同时又没有脱离俗世特征的话,那么,读者实际上是把她理解为一个现实世界中的异类,一个他者,她构成与主妇/天使对立的镜中形象。"作为他者性的代表,她更多地呈现出有血有肉的该死的他者性,而不是启人心智的精神上的他者性"。① 所以,渐渐地,叶子变成了男性口中"堕落的"、"冷酷的"、"不正常"。男性对女性的恐惧,特别是他们对女性母性力量的恐惧在这些评价中得以体现,同时他们又用这些词语去告诫、纠正叶子:她错了,只能接受被人批评,受人谴责的结局。

通过镜中自视,叶子一次又一次地,似乎是将由自己的失望情绪中产生的能量融注于充满激情的,具有悲剧性色彩的另一个"我"身上,这个"镜中的我"代表了叶子在思考自己/女性与仓地/男性的关系时无可避免地会产生的颠覆性的冲动。每一次镜中自视都使叶子更疯狂也更沮丧,她担心自己选择的路是错误的,担心自己追求的本能的爱、本能的生活不过是幻象,或者说她已经意识到自己还是不可避免地回到了自己曾经拼命逃离的生活。于是她一方面拼命地继续逃离家庭,放弃妹妹、女儿,另一方面又可悲地对自己的形象进行修正、解构、重构,以期更加符合、贴近仓地/男性的要求。因此,叶子被拘禁在镜子之内,只有通过镜子她才能认识自己,对着镜子她才能用化妆的方式给自己戴上面具,镜子记下了叶子的面具背后蕴藏的疲惫、伤痛、愤怒和绝望,这些情绪没有一个男性能够看得见、猜得出、读得懂。这个叶子拒绝了虚假的内容,她疯了,像所有阁楼上的疯女人那样,像一个噩梦那样出现在众人面前,她赤裸裸、血淋淋的,充满了嫉妒、怒火中烧,对仓地、岗、古藤等男性充满了攻击性,对同性则充满了猜忌,只有在此时,有岛武郎笔下的叶子,这个疯女人,一个疯狂而又歇斯底里的女人获得了前所未有的生命源泉,得到了解放。起初,她并不接受这样的自己,"开始把那个投影怀疑成除了自己以外的另一个人的脸",然而在黑暗的屋子里叶子看到了死神的姿态,难以形容的、令人惧怕的死的威胁向她袭来,于是,在她小心翼翼地把像沉在海底的一个闪闪发光的贝壳一样在地板上横放在阴影中的镜子拾起放入怀中的时候,叶子最终接受了这个疯女人。通过在小说中叙述叶子从端庄善解人意的面具背后现身的过程,有岛武郎给读者展示了一个撕裂的女人。

---

① 桑德拉·吉尔伯特、苏珊·古芭:《阁楼上的疯女人》,杨莉馨译,上海:上海人民出版社,2014 年,第 36—37 页。

叶子,这个撕裂的、疯狂的女人,虽然爱父母,却深深感受到家庭的限制,这种家庭限制更多的并不是一种比喻,而是一种实际的生活状态,而且,这种状态还在所有繁文缛节的控制下得到进一步的强化。在父母离世之后,叶子越发处于令人讨厌的处境之中,有岛武郎对迫于经济压力而嫁人这一事实所隐含的女性的无权地位进行了考察,他还指出了女性被剥夺了正当的继承权之后的无依赖感。她必须找到一个男子接受他的保护,尽管她自己的经历已经证明了婚姻有可能带来怎样的伤害,但她还是努力去追求一个虚无缥缈的理想男性,以便可以逃离世俗的家庭。然而背反的是叶子希望和仓地结婚,她将全部希望仍然寄托于家庭。叶子充满了疑惑,心中混乱不已,镜外的叶子违背了镜中叶子的意愿,她在为女性走向生活而安排的两种传统的环境之间难以抉择,心中烦恼不已:愿意成为母亲,但又害怕成为别人的母亲;愿意成为妻子,但又惧怕成为别人的妻子,母亲恐惧症、妻子恐惧症,这些矛盾和恐惧在叶子与父母、女儿、妹妹的关系中得以具象化的体现,可以说,亲子关系同样是认识叶子生活的另一面镜子。

## 二、铁屋

如果说女性通过镜子认识自我、发现自我,那么房屋则更多地显示了女性被禁闭的现实。当我们对有岛武郎小说中女性的活动空间进行梳理时,我们会发现从实际意义上来说,女性被囚禁在她们的家中,囚禁在她们的父亲或是丈夫的屋子之内,这些囚禁之所我们不妨称之为"铁屋"。从象征意义上来说,正如我们在阅读中看到的那样,女性的活动空间仅限于男性的房屋之中,她们中的某些人终身未曾离开那间房屋,某些人曾经尝试要逃离房屋的控制却又回到了那间房屋,某些人不断地逃离终究不过是在不同的房屋之间辗转……对房间意象进行艺术表现,构成了有岛武郎意象表达的主要内容之一。

事实上,有关空间的焦虑控制了有岛笔下的女性,那些沉默的母亲们自不必说,她们忙碌一生,没能离开狭窄的厨房、起居室,囚禁的房屋折射出的,是她们的不安情绪和无力之感,以及她对身边一成不变生活的某种难言恐惧。从北海道漏风的窝棚、贫民区,到城市的豪华别墅,从带镜子的起居室,到破旧的房间,不一样的房屋折射出女性相同的处境,同时还有日益滋长的怀疑,即女人的空间是不是就只有那么狭小。被囚禁于房屋,意味着如何取悦丈夫、如何照顾儿女便是她们生活的全部内容,亲子关系凸显出女性被囚禁的事实,而房屋,这一与囚禁相关的意象形象地表达了女性由于被别人占有,才会招致被剥夺的命运。下文将主要结合《一个女人》中叶子的生活轨迹来考察房间意象在小说中的隐喻意义。

《一个女人》的开篇是耐人寻味的,在横滨的火车站,叶子登场了。火车站是一个开放的场所,象征着离别和出发,这里是叶子的起点,然而接下来呢? 正如火车站也象征着相聚和抵达,东京—横滨—海上(美国)—横滨—东京,从东京出发,又回到东京,兜兜转转一大圈,叶子仍然回到了生活的起点,她的生活轨迹是一个封闭的圆圈,一切的努力不过是徒劳,美国、自由则是她可望而不可即的热望。在这个封闭的圆圈中,她居住的房间从父母的家、教会宿舍、双鹤馆、苔香园①到医院病房,对叶子无可避免地将精神上受到的约束和情绪上感到的失望转化为空间形式的方式进行了表现。

叶子在打开心中之眼,有机会尝试她体会到的女性诱惑之前,首先必须逃离的便是囚禁她的学校,要逃离的第二个囚禁之所则是父母的家庭。假如说叶子由于自己的纯洁天真(与木部无功利的爱)而逃脱了第一个囚禁之所的话,她要逃离第二个囚禁之所显然必须通过“邪恶”,通过两面性的谋划、狂野的性以及疯狂的努力。然而逃离了两个囚禁之所的叶子却心甘情愿迈入了第三个囚禁之处——苔香园。

如果说其他的房间是叶子被迫进入的封闭空间,那么苔香园则是她主动进入的牢笼。小说开始描写了苔香园的庭院:花坛、丛林,然后对房屋的具体构造进行了介绍:十二铺席带壁龛的房间、六铺席的茶室、宽敞的厨房、洗澡间、六铺席和四铺席的起居室。从此,叶子过着几乎与世隔绝的生活,除了偶尔散步、逛街,她很少外出,与之来往的也是极其有限的几个朋友。从象征的意义上来看,她被拘禁在苔香园这个特定的位置上,被限定在起居

---

① 叶子与仓地在叫作苔香园的专营蔷薇花的花店后面租了一幢楼房。

室内、关在房间里,起初叶子对此并无自觉,她将苔香园视为躲避外部世界压迫的避风港,或者说与外部世界对抗的复乐园,并把自己被幽闭于室内的感受与反叛这种命运的意识混为一谈。"这样一个寂寞的杉树林中的家,有时红叶馆那边传来的乐曲声隐隐可闻,苔香园的蔷薇香随着风势幽幽飘来。在这里就这样和仓地一直住下去的喜悦的期待充塞着叶子的心。"(《一个女人》,194)她无可避免地陷落在另一种形式的父权制的建筑结构之中,叶子尽量将单调乏味的家务劳作变得有趣,以此来表达自己的满足和喜悦。然而这只是她暂时的心理状态,她很快便意识到了自己被囚禁的状态,所以同样也很自然的是,叶子通过日益呈现出的不安、焦虑,来表达自己处于幽闭独处状态的不满与反抗。

当然,有岛武郎虽然主要运用屋子的意象作为表现叶子被囚禁的主要象征,但他还运用了许多其他能够代表女性身份的物品,来呈现囚禁的象征意味。比如散发香味的玉球、艳丽的绉绸、绘画、服装等,它们表达了叶子潜意识里的真实感受,她的生活逐渐被磨去了棱角,于是,她开始寻找别的出路。起初她乐于当一个勤劳贤淑的家庭主妇,接着百般满足仓地所需要的狂热的情欲,后来她甚至用受虐的方式来证明对仓地的爱,使她自己能够容忍这种被囚禁的状态,然而这一切的努力都是没有价值的,叶子终于不得不承认在苔香园的生活与她之前的生活并没有任何实质差异,她不过是从一个牢笼步入另一个牢笼。她无法忍受这种囚禁状态,却又无法逃离这种主动选择的囚禁,因为她无处可去。值得注意的是,叶子分裂出另一个疯狂的叶子,这个疯狂的叶子展现了她愤怒的欲望,表现出由于自身长期压抑的愤怒所造成的对自己的伤害。

因此,我们看到叶子在屋子里横冲直撞,与仓地的每一次厮打、争斗都让她加深被囚禁的痛苦,在囚禁和盲目逃离之间,叶子发泄着她的愤怒。最后我们发现,子宫后曲症这和女性特有的疾病,是和这一主题紧密相连的。叶子无处可逃,她将一切归咎于自己的女性身份,她厌恶自己的女性身份,也厌恶女性这一身份带给她的所有矛盾与痛苦,她将自己看做是自身性别的囚徒。"女性的子宫始终并无一例外地都是婴儿的第一个和最完美的屋子,食物的来源、在黑暗中提供保护的地方,因此,她成为一个神话般的乐园,一再地被具体想象为神圣的洞穴、神秘的神龛和圣洁的小屋。"①子宫对女性来说,有着一种真实的生理上的期待,她受到这种期待的困扰,对于叶子来说,子宫对于屋子与自我之间的联系似乎只是强化了她在生活中感受到的监禁之感,她对母性、对女性身份的焦虑之感在此达到一个高峰。因此,叶子决定抛弃自己的女性身份,这也意味着要放弃母性、女儿、妹妹们,切除子宫无疑是对她这一决定的象征。

切除子宫,其实表现的就是屈从于男性权威的叶子与反叛这一权威的叶子之间的精神上的分裂。所以,我们看到叶子在生命的终点,步入的只是又一个囚禁幽闭之所——医院。

> 护士为了把帽子戴到头发上时使用的长长的帽子别针、没有上顶棚的洗澡间的横梁、护士室里盛在铜盆里的淡红色的升汞水、腐臭的牛奶、剃刀、剪子、夜深人静时从上野方向传来的火车的声音、从病房中可以望到的生理学教室三楼的窗户、被密封的屋子、和服的腰带,无论什么东西都能想成宛如吞噬自己肉体的毒蛇那样,扬起镰刀形的脖子在准备伏击自己。(《一个女人》,333)

在有岛武郎笔下折射出的,是女性在现实生活中所遭遇的束缚,整个社会就像一个大的医院,或者说异托邦,将叶子视为患者,监视着叶子。在医院,叶子对空虚和死亡的状态感到恐惧,对子宫转为坟墓的可能性感到痛苦。子宫,被孩子占据的屋子,女性,成为象征意义上的屋子,也就意味着被否定了使身体获得精神上的超越的希望。这是令人绝望的,子宫使得女性天生的具有身体的幽闭,在小说中、屋子里和具有母性的女性身体里的幽闭之间存在着微妙必然的联系,这种联系造成了叶子最后的焦虑。在医院里,所有的东西都像扬起的弯弯镰刀,明确无误地揭示了叶子被囚禁的状态,这一切,就像是叶子身处其中的压制人的社会结构一样,它们包围着叶子,张

---

① 桑德拉·吉尔伯特、苏珊·古芭:《阁楼上的疯女人》,杨莉馨译,上海:上海人民出版社,2014年,第112页。

牙舞爪,窥视着她,使她欲脱身不得,吞噬着她残存的一点生命力。在小说的最后,叶子对自己身处的空间有了清醒的认识:"叶子的空间是没有根基的,仿佛如同人误落入深谷那一瞬间,叶子感到焦躁,这感觉一刻不停地侵扰着叶子。不知有多深的黑暗静静地接近,要把叶子一个人包在中间。这黑暗并不介意叶子的不欢迎,怂然自在但不停地走近。叶子恐怖地叫不出声来,焦急地找寻着逃脱的道路。"(《一个女人》,343)

这个没有根基的空间,黑暗中的空间,深渊一样的空间,反映的是叶子短暂一生中被囚禁幽闭的现实,在生命的最后时刻叶子还在尝试逃脱。这逃脱的意识不够有力,力量也不够强大,叶子最终没能找到出路,只能发出"好痛啊,疼——"的悲惨叫声。叶子是彼时日本女性的缩影,在家庭这座禁闭之所中,女性要么成为祭品被牺牲,要么成为逃犯被抛弃。家庭是女性唯一的归宿,概括说明了身处父权中心文化之下的女性的困境,女性由于拥有子宫这一封闭的房屋,而注定了自己的命运。女性是社会的囚徒,是家庭的囚徒,然而首先她是自然的囚徒,是她自身的自然属性的囚徒,一位身处无法回避的囚禁所之中的囚徒,在那里,她体验到的是没有根基、黑暗、深渊。但我们必须看到,叶子/女性毕竟已经开始意识到了自己被囚禁的现实,她们在努力从父权所定义的空间中挣脱,这种努力已经帮助她们进入了拥有自己权威的意识空间,而子宫/母性总是最能帮助她们获得重生和新的生命。

地理意象主要包括了陆地与海的意象、原野与都市的意象,这两组意象是矛盾对立的关系,与人物自身矛盾的亲子观是对称的,也与人物的心理活动相对应,使得人物形象更加鲜活;对时间的安排是有岛武郎在小说中尤为重视的,以季节的循环来对应人物在亲子观倾向上的变化以及亲子关系状态上的起伏,以钟意象来象征着近代的到来,是促使主人公在关键时刻做出抉择的原动力;有岛武郎在札幌的学习时代,受到内村鉴三的影响曾加入札幌独立教会,此一时期有岛熟读《圣经》,将《圣经》奉为自己行为的指南,因此即使在日后退出教会以后,《圣经》文学的影响仍然难以抹去,他甚至直接以"该隐的后裔"这一人物意象作为小说的标题,圣经意象的使用一方面丰富了亲子观的表现形式,另一方面也客观说明了《圣经》所代表的基督教对日本近代家庭的影响力,这在事实上也对本能亲子观的实现形成了障碍;至于女性意象,有岛武郎以男性作家的身份表达了他对于个人与社会关系的深刻感受,因此,他能够更加自觉地、更加客观清晰地表达关于亲子关系中女性寻找自我的主题。

# 第四章　日本近代文学视域中的亲子书写

明治维新后,近代日本处于向现代急速转型的过程中,各种各样的激烈冲突在所难免,在社会的最小单位——家庭,这些冲突具体表现为父母/亲与子女/子之间微妙的关系。面对冲突应该何去何从,时代并没有给出一个现成的标准答案或者说出路,生于这个时代的作家们对此都有自己的思考,他们的思考通过对亲子关系的书写呈现在文本中。亲子关系隐藏了不同社会价值、关系、声音的碰撞,透射了集体和个人欲望,亲子关系中的抵抗与宽容、自由与妥协、意图与责任、介入与超越、生存与死亡等,正是人们对时代难题作出的回答。

在近代日本文学视域中用比较的方法考察有岛武郎的亲子书写,既能看到有岛武郎的文学实质和特性,又能探讨亲子书写如何影响了作品的构造与主题、人物形象塑造与人物命运。

## 第一节　志贺直哉的和解与有岛武郎的反抗

同为白桦派作家,志贺直哉与有岛武郎有很多相似点。就个人生活而言,他们都家境优渥,接受过良好的学校教育,都曾信奉基督教而后背教。就文学创作而言,进入文坛后俩人都只创作了一部长篇小说:《暗夜行路》和《一个女人》,两部小说都围绕主人公的个人生活展开,分别讲述了男女主人公在伦理困境中的成长和失败;而《和解》和《亲子》两篇中篇小说则都带有作家自叙传的色彩,着眼于父子关系。然而志贺直哉在激烈的对抗后最终与父亲和解,而有岛却在看似顺从中反抗父亲。

## 一、《暗夜行路》与《和解》:从对立到和解

　　志贺直哉于大正六年(1917)10月在《黑潮》上发表中篇小说《和解》,这是一篇围绕志贺与父亲的关系写成的私小说,带有自叙传的色彩,参考志贺直哉的创作谈,可以了解他创作这篇小说的动机和背景。志贺直哉早年与父亲决裂,后与父亲和解,因此那个时候虽然有别的约稿在写,但是由于和父亲和解后心情大好,在喜悦和兴奋的冲动之下,以自身经历为素材完成了《和解》的创作。《和解》主要描写的是父子关系从对立到和解的变化过程,从中我们可以看出,志贺直哉一改其前期文学中的尖锐、激进,转向平和、宽容,他相信善意可以消弭一切隔阂。志贺的这一转变始于其唯一的长篇小说《暗夜行路》,可以说,有了《暗夜行路》中时任谦作的思考,才有了志贺在现实中与父亲的和解,也才有了《和解》的创作契机。

　　《暗夜行路》是一部承上启下的重要作品,是了解志贺直哉所有作品的关键,比较《暗夜行路》前后的作品,我们就会加深对这一观点的认识。小说开始创作于白桦派的全盛时期,其历史背景是日本以第一次世界大战为契机迎来社会发展和经济繁荣,日本人对美好的前景抱有极大的信心,然而就是在这种表面的平静之下志贺直哉却对近代化、现代文明抱有怀疑的态度,他看到了文明外衣之下对旧世界的破坏,《暗夜行路》的主人公时任谦作在新的文明时代里,面对道德沦丧、伦理混乱的现实迷惘、困惑、无所适从,甚至是神经衰弱了。在某种程度上,《暗夜行路》是一部成长小说,描述时任背负着道德重负,在混乱的文明世界与尚未受到破坏的自然世界之间的边缘如何生活并最终成长,描写他如何从童年时代便被迫面对生活中的亲子关系困境,努力长大成人,这个成长过程在近代化的历史语境之下也具有了强烈的象征意味。

　　从对立到和解,《暗夜行路》描写了亲子关系的混乱以及因这种混乱引发的道德问题,小说描写人的天性及道德世界中正面积极的力量包围并吞没了非道德的因素。人生历来存在着堕落、混乱与绝望,但在《暗夜行路》中,我们却通过忍耐、克制、爱同它们的对抗和屈从来了解这些阴暗面。

《暗夜行路》表达的内容就是这个认识过程：因为恶而认识善，通过不道德而走向道德。这样，《暗夜行路》就向读者揭示了近代日本所面临的伦理秩序重建问题，而这个问题是从揭示时任谦作所处的亲子关系旋涡开始的。

### 1.乱伦导致的亲子关系混乱

时任谦作自记事起就察觉到自己在家中的特殊处境：父亲虽然从未明显虐待他但对他一贯冷淡；母亲虽然关心他但又常常责打他，从不肯与之亲近；母亲去世后他被迫离家与祖父生活，成年之后想与心仪的女子结婚也被莫名其妙地拒婚。这些反常的生活，既深刻又隐约地展示了真相，我们感觉到一种可能性，然而在谜底未揭晓之前仍然是个未知数。

全书分为前后两篇，在真正进入谦作的成年生活之前，志贺单独写"序（主人公的回忆）"，以第一人称、童年视角回忆了谦作初遇祖父、离家跟随祖父生活的不愉快往事。小说以"我得知我自己有祖父，是我母亲产后病逝两个月，他突然出现在我跟前的时候。当时，我六岁"。① 拉开了舞台的大幕。小说单独处理这一年（或者说这一个时间段）的生活，因为只有这样才能清楚展现这一年生活中充满的丰富的矛盾内容。随着其后的阅读，我们发现，正是在这一年，时任谦作接近了他的身世之谜，而这也是他自出生便必须面临的第一个伦理结：他是母亲和祖父乱伦的私生子。

乱伦是对社会伦理秩序的破坏，对道德规范的漠视，作为伦乱的产物，时任自从得知真相便一直生活在道德谴责的痛苦中，无法解脱，不能得救。一方面，他因亲子关系的混乱而困惑，他不知如何面对父亲、兄长、妹妹，不知道自己来自何处，也不知道自己将在何处走上歧途。"他觉得这一切都是梦。更主要的是，首先是自己这个人——他觉得过去的自己犹如烟雾，越飘越远，消失了。"（154）所以他决心以自我放逐的方式告别自己不道德的身世，以痛恨厌恶的方法忘记祖父、母亲。然而，另一方面，时任又认识到无论母亲怎样疏远自己，母亲还是母亲，无论名义上的祖父怎样令人厌恶，父亲还是父亲，自己与他们有无法割舍的血缘上的牵绊，"他是如此厌恶祖

---

① 对该书的引用均出自志贺直哉：《暗夜行路》，孙日明等译，南宁：漓江出版社，1985年，第1页。以下只标明页码，不再一一说明。

父。所以,现在他对阿荣的话,感到气愤难忍。同时,他又感到,一种意想不到的、与此相反的感情,突然涌上他的心头。这是一种什么样的心情呢?他说不上来。不过,总之,这是一种亲骨肉之爱。尽管这是讨厌的,但作为他自己的生身父亲,他怀念他。"(183)痛恨母亲和祖父还是原谅他们,不道德地堕落下去还是选择更为理智道德的生活,这是时任谦作面临的伦理选择,也构成了第一个伦理结。

第一个伦理结尚未解开,时任谦作又陷入了第二个伦理结的牵绊,新的伦理结源于时任与阿荣的不正常关系。在痛苦难熬的少年生活中,祖父的小妾阿荣是时任谦作唯一的心灵慰藉,对阿荣的依赖起初只是为了弥补母亲去世的伤痛,阿荣的关怀和照顾给了他渴求已久的母爱。随着年岁日益增长,尤其是祖父去世以后时任与阿荣相依为命,此时的阿荣不仅仅扮演了母亲的角色,她也是时任性启蒙的老师,因此阿荣作为女人,承载了他性的渴慕。"随着生活的混乱和头脑的浑浊,他对阿荣的胡思乱想越来越厉害了。他感到这样下去将不可收拾。他想到阿荣比自己大二十岁,又给自己的祖父当过很长时间的小老婆,如果跟她发生肉体关系,必将在某种意义上把自己引向灭亡。"(98)如文中所述,时任成年后对这种乱伦倾向非常苦恼,尤其是在知道自己的身世之后,这种苦恼更进一层。阿荣是祖父的小妾,是他名义上的母亲,时任很清楚他与阿荣之间的关系是不道德的,已经站在了母子乱伦的悬崖上。时任认为这是由于他的出生本来就是道德缺陷的产物,从某种意义上来说,很可能成为一种可怕的遗传,邪恶的不道德的遗传。"对于命运的某种恐惧——祖父和母亲、祖父的妾和自己,这种重叠的恐怖正在他心中逐渐扩展开来。"(191)顺应内心的本能欲望还是理性地拒绝这种不正常的关系,这是第二个伦理结。

在《暗夜行路》对人的自由本能和原始欲望的揭示中,我们看到由于本能的作用时任的妻子直子与表兄通奸,这也是乱伦,构成了小说的第三个伦理结。直子和阿要的关系,老早就不能说是完全天真无邪的,虽然出嫁前没有发生很深的关系,但是出于孩子的好奇心和冲动却做过猥亵的"龟鳖"游戏。当阿要和直子烤着被炉拥抱在一起时,直子虽然迷迷糊糊但却感到了性冲动。在其成年之后,直子和阿要没有发生过类似的事情,但因游戏而萌生的性启蒙意识和性冲动却留在了她的记忆里,因此当谦作远行,直子和阿要独处时终于犯下了难以挽回的错误。兄妹通奸与翁媳乱伦、母子乱伦一样是对伦理秩序的破坏,反映的是伦理秩序的混乱,而这种混乱的根源就像志贺直哉在写到直子犯错时所指出的那样:"也终于失去了理性"(396)。谦作一方面仍然爱妻子,另一方面又无法接受乱伦这一违背伦理禁忌的行为。"作为夫妻,虽说一方面病态地相互吸引,另一方面仍留有一道隔阂,使二人不能倾心拥抱。而且,越是病态地互相吸引,到头来越是不妙。"(407)在不断的内心冲突煎熬下,谦作冲动地把妻子推下列车,这也是三个伦理结纠缠的恶果在谦作生活中的具体体现。或许是为了象征时任不断深陷的伦理困境,他的第一个孩子出生一个月就去世了,新的生命在理性的丧失面前表现得脆弱而无力。

因违背伦理禁忌(乱伦)导致的亲子关系的混乱是整个小说的主导伦理结,因为它自始至终主导着时任谦作的思想和行动。乱伦的现实反映了时任所面对的道德败坏,和对可能有的道德的叛变,时任甚至认为他的邪恶天性(对女性肉体的迷恋以及由此而生的性冲动)继承了人类历史开始时的原始罪恶。

2.质疑宗教和艺术

"在人类成为理性的人之前,本能和在本能驱使下产生的欲望得到最大尊重,并任其自由发展,这就导致乱伦的产生。我们把这种本能和原始欲望称为蒙昧或者混沌(Chaos)。在我们今天看来,人类最初的伦理意识无论多么幼稚,但是人类知道他们必须从伦理蒙昧(chaos,又称混沌)中走出来,知道遵守道德规范和建立伦理秩序对于人类生存和繁衍是多么重要。"①在志贺直哉的笔下,道德是在对不道德进行辩证的认识和重新纠正时出现的,是在虚伪被揭露、邪恶的存在获得承认的时刻出现的。在《暗夜行路》中,我们目睹了整个社会伦理秩序的损毁,面对这样的伦理困境,深陷三个伦理结中无力自拔的时任谦作体会到亲子关系之死,整个世界的死亡。然而,在《暗夜行路》中,因混乱失序而成长才是这个故事的实质,在混

---

① 聂珍钊:《文学伦理学批评:基本理论与术语》,《外国文学研究》2010 年第 1 期。

乱中我们目睹了时任的再生。在志贺笔下,道德是在对道德梦想进行追寻的过程时出现的,而不是暂时的现象又或是某种先验的存在,在寻求伦理秩序重建的道路上,时任先后经历了求助宗教以及艺术的失败。

时任谦作首先将宗教(基督教和佛教)视为伦理秩序重建的希望,这也和志贺本人的道路相仿,但在他了解宗教为何物之后,他开始批判、质疑宗教。时任知道自己的身世之后认为自己生而具有洗刷不掉的罪,因此他时时忏悔,然而随着时间推移他开始对此持怀疑的态度。推己及人,他想象过忏悔罪过做到悔过自新的荣花,但是他认为以基督教信徒的精神简单地进行一厢情愿的想象,是不足取的,荣花不会因为忏悔摆脱不道德的生活方式重新生活,虚假的忏悔于世无益。而阿政为了生活组织剧团,以表演自己的罪谋生,忏悔的阿政看似道德,其实再次参与了道德败坏的过程,因为此时的所谓道德被明码标价成为商品。时任觉得做坏事时的阿政起码还是有生气的,还有自我意识,而参与巡演的阿政完全失去了自我,只是机械地把自己的罪和痛苦展现给观众,观众得到的是快感,阿政得到的只是伪善,并不能真正使她在道德上得到救赎,更不可能帮助人们重建伦理秩序。所谓忏悔,只有第一次有意义,第二次以后就没有第一次那种感动力量了。在这个意义上,时任看到了基督教内在的专制主义,这个专制主义主要指向肉体,"由基督教看来,'肉体'乃是一种倒错的存在,一个肉体只有在与'精神'对立的情况下才得以成为肉体"[①]。所以,时任眼中的基督教逼迫它的信徒走向了病态的虚脱状态,使之弱化,由是获得了支配权,这是治标而非治本。

至于佛教,时任从哥哥信行那里听到了很多修禅的故事,各种高僧得道的传说感动了时任,这种感动与其说是源于他对于禅宗的信仰,不如说是因为他精神上的匮乏。因此,时任对禅宗、佛教本身虽无抵触,但对日本当时所谓大悟大彻实则妄自尊大的和尚们非常讨厌,在时任看来,禅宗当时已经是整个伦理秩序崩塌中的一个部分,连自救都无能为力。总而言之,基督教

---

① 柄谷行人:《日本现代文学的起源》,赵京华译,北京:生活·读书·新知三联书店,2006年,第85页。

也好佛教也罢,时任经过思考认为宗教不仅无法救赎道德堕落者,而且会把人们进一步推向深渊。

其次是时任谦作对古典美指引之下伦理秩序重建的质疑。"古老的土地、古老的寺院、古老的美术,妾触到这些古老的事物,他不知不觉地被带到古老的时代。……他认为,这里不单是一个避难所;以前,自己对这些事物接触的机会较少,因此,从积极的意义上来说,在这里住上一段时间,也是未尝不可的。"(225)远离东京,定居京都这个古典美的象征之地,他痴迷于古代的各种艺术珍品:绘画、雕刻,在与古典美的心灵交流中他重获宁静。因为对传统美、古典美的迷恋和认知,他邂逅了一位意中人直子。直子是古典美的象征,她古雅、优美,恰似羽毛屏风中的美人,直子对谦作的吸引力并不是源于性冲动,而是因为她的象征意义——健康、高雅、远离尘嚣的超脱感。和直子的结合,意味着谦作和古典美的结合,这种结合带给谦作的幸福感在京都祇园祭时到达顶峰,在这期间谦作似乎找到了伦理秩序重建的可能性,那就是借助艺术美、古典美的力量,而谦作和直子的孩子——新生命的诞生更是给他的沉沉暗夜带来了一丝光明的曙光。

然而出生一周孩子便患上丹毒,发烧一个月,在短暂的生命中受尽折磨而早夭(开刀、输樟脑液和氧气)。"走过漫长的黑暗的道路之后,本想获得新的光明的重生,正当迎来新生活的曙光之际,值得庆幸的初生子的出世反而使自己蒙受痛苦,在这里,他不能不感到一种肉眼所看不见的恶意。"(364)寄望古典美,古典美偏偏也是个悲剧,企图通过艺术和美育来重建社会伦理秩序的梦想最终会幻灭,这是志贺直哉对空中楼阁般的古典美的反思,也是志贺对艺术的意义与社会存在之间关系的思索。时任的古典悲剧告诉我们,艺术不该与现实脱离,艺术除了审美功能外还应具有社会功能,不能停留在形而上的"古典至上"。另外,在关于"自我至上"这一日本近代时期起一直被极力推崇的中心,时任亦在古典美的悲剧历程中体会到了它的无力。以人为中心的自由不该被毫无限制地扩大膨胀,还有许多客观存在的不可抗拒的前提作为限制,而时任的人物性格也由刚开始的激进叛逆渐渐转变成了和睦理智。在一系列痛苦地寻找、抉择之后时任谦作终于回到了生命开始的地方——自然中去寻找新的希望。

### 3.回归自然的伦理救赎

在伦理混乱中儿子早夭,然而也是在伦理混乱中女儿诞生,死中之生是时任真正走向道德救赎之路的重要一环,他的暗夜之旅最终具有了超越性,这种超越通过对人与自然伦理关系的反思得以实现。"与有岛的'人类中心主义'相比,志贺秉持的是'自然中心主义',主张以自然为母体,自然与人结成一体。"①

综观《暗夜行路》整部小说,除了时任谦作深陷伦理困境难以自拔之外,所有人都被抛入沉沉暗夜,如背负私生女身份的荣花私奔、杀子、沦为艺妓,信行迫于家庭压力随意抛弃自己的爱人,阿荣为生计奔走却一次次被欺骗,人财两失……然而时任谦作在伦理困境中自省、反思,最终回归自然并获得伦理救赎。

在一系列痛苦的寻找、抉择之后时任谦作决定远离人群,于是他再次远行,这一次不同于之前的尾道之行和京都之行,他远赴伯耆大山,把这次远行当作"出家","目的在于精神修养或是恢复健康"(420)。经过长途跋涉之后,谦作借宿在微暗森林中的寺院,过着离群索居的生活。虽然无法彻底摆脱俗世困扰,有庸俗的和尚为了让他腾出借宿的厢房与他纠缠,照顾他起居的阿竹也深陷老婆与人通奸的伦理困境之中,但是当他"回顾自己在人与人之间的无聊的交往中浪费掉的过去,更感到在他面前展现出更为广阔的世界"(441)。与此同时,谦作一点一点读了从信行那里借来的《临济录》《高僧传》等书,"虽说他一点儿也不懂佛教,但他对以涅槃或静灭为乐的境界不禁感到有不可思议的魅力"(441—442)。日本禅宗强调"见空性",强调要在尘世生活的纷扰纠结中保持内心平衡,提倡克制忍受,重视"顿悟",追求"物我同一"、"物我一如"的境界。② 一方面,远离尘嚣的自然给谦作提供了静心修禅的客观环境;另一方面,自然本来是无意识、无目的的,因为谦作用禅意的眼光去看待自然,自然又赋予他禅宗启示。

在宁静的夜晚,谦作独自一人攀登伯耆大山,他坐在山上,星光之下感

---

① 小坂晋:《论白桦派与志贺直哉作品的文学特色》,《日本研究》2006 年第 4 期。
② 参见刘毅:《禅宗与日本文化》,《日本学刊》1999 年第 2 期。

到自己和自然融为一体,"前此以往的感受,都与其说是溶入毋宁说是被吸入;尽管有某种快感,同时又总是自然产生对此进行反抗的意志,而且由于难以抵制这种感觉又产生不安。然而,现在的感觉是截然不同的:他心中没有一丝反抗的念头;他无忧无虑地感到听其自然地溶入大自然的快感"(471)。日出之后谦作回到借宿的寺院大病一场,在病榻上他"切实地感到自己在精神上、肉体上都得到了净化"(475)。得到净化的谦作超脱了生死,放下了心中的执念,对己对人都抱着宽容、仁慈的心态,他能够用理性的方式去面对自己所处的伦理困境,最终获得了伦理救赎。这种伦理救赎具体体现在以下三个方面。

第一,与自然和解,认识欲望并控制欲望。谦作曾经将人类和自然置于对立的两面,"他想到由此引起的人类的骚动——或者是人类被它灭绝或者是人类把它打倒的骚动"(138),也"赞颂过人类征服海上、海中、空中的意志"(441)。然而当谦作避吾伯耆大山,近距离地接触、观察自然,他开始反省他曾经推许过的人类意志。谦作逐渐意识到人类的主观意志和强烈的自我意识其实是一种无止境的欲望,"人类这种无止境的欲望,从某种意义上来说,将要把人类引向不行吧"(441)。无止境的欲望会使人失去理性,这恰恰是所有人被抛入沉沉暗夜,陷入伦理困境的根源。此后,谦作在内心与自然和解,不再将自然置于人类的对立面,而是将自然视为"始终、根源、故乡"(须藤松雄,290),他在自然中静心禅修,从自然中感知禅意,并深信只有回到自然,重新与自然融为一体,才有可能恢复理性,然后对欲望进行最严格的控制。

第二,与自己和解,重新确认伦理身份。谦作曾经将孩子的早夭归咎于自己,认为是自己不道德的出生祸及后代;他也将无法宽恕妻子的责任归咎于自己,认为是自己自私自利、并不宽大的想法造成的。这些认识令他痛苦,迫使他离开妻儿,放弃了自己的伦理身份,也逃避了自己应尽的义务和责任。在伯耆大山中静修、顿悟、与自然和解、有意识控制自己的欲望之后,谦作的心情趋于平静,与自己和解并获得了一种从伦理困境中解脱出来的自由感,"我能够相信我对己对人都不再是危险人物了。总之,我已感到谦虚心情(不是对人而是对己)带来的喜悦"(452)。他不再纠结于生活中的乱伦事件,重新开始关心妻儿,重新确立父亲、丈夫的伦理身份,并尝试着承担作为父亲、作为丈夫应该承担的责任和义务。

第三,与妻子和解,重建伦理关系。当谦作听闻阿竹的妻子与人通奸之后,也曾经忧虑过妻子与阿要再次发生乱伦之事,然而当他与自然和解、与自己和解之后,他终于解开了心结,决定无论如何都要原谅妻子。对于妻子与表兄的乱伦事件,谦作认为"对直子无意中犯下的过失如此耿耿于怀是不值得的,为此而使两人陷入更深的不幸则更划不来"(451)。谦作给妻子写了一封表达和解之意的信,而直子收到信之后立刻赶到谦作借宿的寺院,两人重新牵手,病中的谦作"默默地用眼神抚慰着直子的脸庞,只顾看她。直子觉得自己从未在任何人身上看到这种柔和的、充满爱情的目光"(479)。而直子则想"不管有救没救,反正我要永远不离开他。哪管是跟到天涯海角!"(480)夫妻和解,正常的伦理关系得以重建,这无疑是伦理救赎在现实生活中最好的体现。

4.基于宽容的父子和解

《和解》是双线结构,一条线索是顺吉婚后搬出家中并与父亲反目,另一条线索则是顺吉的小说创作,前者影响后者,后者随前者的起伏而波动。顺吉与父亲反目后每次返家探望祖母,都会因父亲引而起惶恐、不快,甚至愤怒的情绪。这种情绪被他带回小家庭,向妻子发泄怨恨,也影响到小家庭的安宁。其后,顺吉第一个孩子夭折,父子俩人的关系极度恶化,顺吉自己的家庭亦走入绝境。直至镰仓之行,妻子又怀孕了。"我逐渐感觉到自己越来越变得想和父亲调和了。"①旅行的心情转换和次女的诞生消解了他的愤恨,他渐渐地感觉他不恨父亲了,这是顺吉首次出现这种平和的心绪。在此之前无论家人为了父子和解作何努力,都因儿子感觉时机未到而无疾而终。但是,这次不一样了,顺吉真真切切到达了平和的心绪,自己的平和的情绪渐渐影响到了和父亲的关系。此时的顺吉通过旅行和大自然亲密接触改变了原来的心态。而且通过亲眼目睹妻子自然分娩,在心理上逐渐完成

①　志贺直哉:《和解》,张梦麟译,载《志贺直哉小说集》,楼适宜等译,北京:作家出版社,1956年,第92页。

了从绝对化的自己向相对化的自己的转变。这也为父子关系的再建创造了重要的条件。

双线结构、叙事者的双重身份，从对抗转向和解的心路历程、回到自然之后的心态转变，对照以上对《暗夜行路》的解读，不难看出，无论形式还是内容，《和解》的创作都是在《暗夜行路》的基础之上完成的。正是因为时任谦作坚持不懈地寻找精神上的出路，正是因为《暗夜行路》最终从无序走向了有序、从不道德走向了道德，作为作家同时既是父亲又是儿子的志贺直哉才能够重新审视亲子关系，在现实中与父亲和解，在作品中亦让父子和解，使混乱的亲子关系得以重返伦理正轨。

从某个层面而言，《暗夜行路》和《和解》具有互文性，前者是后者的前文本，时任谦作的心路历程就是顺吉的心路历程，时任谦作从求助宗教、艺术转向求助自然的救赎之路就是顺吉的救赎之路，或者说，当时任谦作在自然中获得心灵平静的同时，已经为顺吉与父亲的和解埋下了伏笔，废弃宣泄对父亲愤怒的《梦想家》也就是情理之中了。《梦想家》是《和解》的作中作（《暗夜行路》中时任谦作也在写小说，但尚未命名），是顺吉计划以在尾道独住前后的父子不和为素材创作的长篇小说。围绕着顺吉的父子关系，《梦想家》的创作一波三折，从最初想写一篇关于父子不和的稿件，到顺吉放弃了父子不和的题材，转写父子和解的题材。

作中作是作者叙事声音介入的一种手段，以此表明作者的立场和态度，写作或者说文学就是顺吉亦是志贺的武器，他希望通过作品告白自己、向时代呐喊。顺吉对其作品的构思，从预想在《梦想家》中一泄对父亲的私愤，到期望与父亲和解的《空想家》，最后成稿为《和解》，三易其稿的过程体现了顺吉的心路历程，由于他在心理上从原来的对抗到和解的改变，才使得以父子不和为题材的小说最终没能完成。《梦想家》的弃稿向我们证明了父子真正的和解，父子和解之路一波三折，至此终于圆满地完成了。

时任谦作、顺吉他们有过孤僻偏激的时刻，然而在处理亲子关系的过程中他们获益良多，在回到自然的过程中他们获得了平静。这种醒悟使得谦作走出了乱伦的伦理混乱，也使顺吉调解了与父亲的伦理冲突，他们一起走出了时代的暗夜，在新的生命降生之际获得了和解带来的血缘归属感。

## 二、《亲子》：从顺从到反抗

家庭是日本人构筑社会关系的基础,有岛找到了观察日本人生活的合适角度,无论选取什么题材,有岛武郎的创作总是从家庭出发,以家庭为窗口,借由亲子关系的呈现去探讨整个日本社会存在的形形色色问题。在他的小说《亲子》中,亲子关系仍然是小说重点描写的内容。《亲子》与志贺直哉的《和解》同样带有自传性质,同样围绕儿子与父亲的关系展开。《和解》中的顺吉最终以新的生命降生为契机与父亲缓和了关系,与身边的一切达成了和解,获得了血亲归属的平静;而《亲子》中的"他"在对父亲的顺从与反抗之间挣扎,最终"他"理解了父亲,但并不认同父亲。

1.尊父与厌父并存

在进入文本之前,我们需要重新回到有岛武郎生活的伦理现场,将《亲子》描述的父子关系置于这一伦理现场之中,能够更清晰地看到《亲子》创作的针对性和作者力图找寻精神出路的意图。

有岛武郎生活在日本大正时期,这一时期日本取得了飞速发展:在国内,巧妙镇压了民众的自由民权运动,通过颁布钦定宪法,整备了立宪政体的形式;在国外,通过修改不平等条约和推行大陆政策,提高了日本的国际地位;经济上,迅速完成了产业革命,开始与先进资本主义国家展开竞争;对外侵略扩张,对内奉行家长式的"大棒"统治。这个在短时期内竭力实现现代化的国家,在有岛武郎心中是个矛盾的存在。性格内向的有岛武郎既质疑所谓传统的合理性,相信科学、理性、现代的必然性,又无法避免地质疑科学、理性、现代带来的负面效应,日趋现代化的现实世界对有岛武郎而言是高速成长的强大他者,面对他们,自我这个独立的小世界时刻为一种压迫感所包围。于是,就像原始先民在强大的自然力面前产生畏惧感和依赖感一样,家庭、社会生活中的经验和冲突也唤起了深藏在他意识最深处的原始意象,他以父亲为原型,将父亲视为外部权威世界在家庭中的代言人,通过小说创作表现了自己面对外部权威世界的种种体验。因此我们要研究有岛武郎和他的文学创作,必须了解他的父亲,然后考量有岛如何在创作中将父亲与"父亲"形象相融合,进而实现自我与父亲的共生与分离。

　　"他生来就经常目睹父亲生意上讨价还价的场面。父亲从长期的官僚生活转投实业界，主要从事银行或公司的督查工作，而且被当作有名的督查人员口碑相传。"①《亲子》中父亲的工作能力非常强，无论在官场还是商界都得到了外界的认可，这使儿子既畏惧他，又敬佩他。从这个父亲形象中可以看见有岛武郎的父亲有岛武的身影，因此这个父亲形象除了具有一般性的意义之外，又因有岛武郎自身经历的介入而具有了特殊性。

　　现实生活中，有岛武郎的父亲有岛武是成功的商人，也是在北海道拥有大面积土地的农场主。有岛武郎作为家中的长子，一直生活在父亲强烈的个性阴影之中，无论是学业、婚姻还是职业选择，有岛都遵从了父亲的安排。在父亲面前，他是没有发言权，没有自己声音的儿子，是一个对父亲心怀敬畏的儿子。然而，有岛对父亲又有一种与生俱来的崇拜，父亲在世俗的成功是显而易见的，父亲的权威地位是不容置疑的，正是由于父亲在经济上的支持，有岛才得以在年少时接受良好的教育，成年后也可以维持富庶稳定的生活。作为一个畏父和尊父的矛盾体，有岛武郎一方面把父亲的意见当作必须尊重的，另一方面又渴望逃离父亲的安排。有岛武郎将内心的矛盾纠结寄托在文学创作中，发泄和控诉心中的失落，寻求心灵的慰藉。他或许一生都在幻想着逃离父亲的统治，父亲活着的时候他没能真正实现。

　　有岛武郎从他与父亲的关系里获得了深刻的生命体验和文学创作的灵感，"父亲形象"几乎覆盖了有岛武郎的全部，也是通向他的人生和文学作品的一个路标。《亲子》是有岛武郎通过父亲写自传，用一个因敬畏而不得不依附于父亲的儿子，反过来捕捉父亲、覆盖父亲，进而构建自我，最终确立自我。有岛武郎用《亲子》来解决自己和父亲的关系问题并探索自我，而在通常的层面上，《亲子》将父亲象征化了。《亲子》描绘的更像是一个心理的世界、戏剧化了的世界，一个现实和心理相交错，或者说被心理所改造了的

————————

　　① 笔者自译。原文为「その代わり、彼れは生れてはじめて、父が商売上のかけひきをする場面にぶつかることが出来たのだ。父は長い間の官吏生活から実業界にはいって、重に銀行や会社の監査役をしていた。而して名監査役との評判を取っていた。」对该书的引用均出自有岛武郎：「親子」，「有島武郎全集」（第五巻），東京：築摩書房，昭和五十五年，第488页。以下只标注页码，不再一一说明。

现实世界。现实的父亲和有岛武郎的父亲想象之间存在着重合,有岛武郎和儿子"他"也存在着重合,《亲子》带有有岛自叙传的色彩,讲述的是儿子陪同父亲前往农场处理农场事务的故事,人物、情节都不复杂,有岛真正花气力的是儿子的心理活动,借由"他"抵达农场后的一系列心理活动我们得以了解儿子对父亲的看法,也捕捉到了儿子从顺从到逆反继而理解父亲的心理轨迹。

2.父子关系中隐藏的血亲等级关系

与志贺直哉的《和解》不同,有岛武郎笔下的《亲子》固然有其自身经历的投射,但还有对日本社会中普泛父子关系现状的考量,如果局限于有岛的自身经历,隐藏在父子关系之中的权力关系就很容易被我们忽视了。这种权力关系被血缘温情掩盖,蛮横地理所当然地对儿子们造成更深的伤害。《亲子》这部带有自传色彩的小说通过"我"的心理活动揭示了这种权力关系。《亲子》有一个在父亲与权力的语义关联中生成的父主子仆的理性结构,这种理性结构内隐藏着日本传统的等级观。出自一种集体无意识,一种无条件认同父主子仆的社会等级结构的文化心理,儿子的命运掌握在父亲手里,儿子为父亲卸责,父亲可以斥骂儿子。"他"的生活既源于父亲的权力又因父亲的权力而失去,"他"的悲剧源于父亲的绝对掌控,"他"既畏惧父亲又抗拒父亲。

读有岛武郎的《一个女人》,亲子关系之中隐藏的是性别与权利的语义关联,以及由这种语义关联生成的男性与女性不对等的理性结构。男性和女性因性别差异而被赋予不同的权利,男性因权重而凌驾于女性之上,男性的权限决定着女性的行为方式和生存状态,叶子无论如何反抗也未能摆脱其被限定的生活。读《亲子》,亲子关系之中隐藏的是血亲和权利的语义关联。因为儒家的血亲等级观念,它一方面将君臣之间的尊卑上下差异嵌入到父子关系之中,另一方面又把父子的血缘亲情比附到本无血亲关联的君臣关系之中,从而凭借血亲情感的强大亲和力和凝聚力维持着整个家庭的尊卑等级关系,使之成为一种远比血亲结构更稳定、更难以打破的深度等级架构。父亲因而凌驾于儿子之上,父亲主宰着儿子的命运,儿子所有的言行,都必定与父亲发生联系,都只有放在父亲的权限范围内才能够得到合乎

"权"理的解释。

《亲子》中的时间和空间都是固定的、静止的。"彼れは、秋になり切った空の様子を硝子窓越しに眺めていた。"(477)"一寸した切崖を上るとそこは農場の構へ中になっていた。"(478)农场仅仅是一个抽象的空间符号,秋天仅仅是一个抽象的时间符号,很难由此推断亲子的故事发生在哪个年代的哪个地点。因此,这个秋天、这个农场,并不单指有岛武郎所处的近代,还可以前移后推指向任何一个时间点。也就是说,把这个讲述亲子关系的故事放在近代之前,或是近代之后,都是可以成立的。表面来看,因为这篇小说强烈的自叙传色彩,父与子的故事毫无疑问发生在近代,但往深处发掘,他们的故事却完全可能发生在过去或将来的某个年代,发生在过去或将来的某个农场,因为隐含在这个故事里面的,是不变的血亲与等级的语义关联,是自古沿袭下来的父主子仆的等级结构,也就是伦理等级秩序,这也使得这段被描述的父子关系具有了普适性的意义。

日本进入文明历史阶段之后,日本社会先后形成了各种各样的等级架构,同时在思想领域也形成了一些相应的等级观念。其中,由于血缘关系在人与人的关系中占据着最为核心的地位,因此,血缘在日本社会的等级架构和等级观念中也扮演着关键的角色。以血统而论,"所谓血统等级,是指属于不同血缘支脉的人们之间由于血统的差异生成的尊卑上下关系。"①在日本的历史上,以血统为中心的天皇世袭制、将军世袭制从未改变。由于血统世袭制在统治权力、物质财富等方面的长期存在,这种血统等级构成了一种贯穿于各个社会领域的重要伦理规范。在日本,以血统为关键词,不仅存在天皇、将军、达官显贵、武士庶民这样不同的阶层世袭现象,而且还存在像士、农、工、商这样的职业世袭现象,以及秽多之子恒为秽多这样的身份世袭现象,岛崎藤村《破戒》中的主人公正是因为秽多这一身份而苦恼不已。

相较而言,另外一种同样围绕血缘展开,却与血统等级不同的血亲等级,往往被隐藏于血统等级背后而不为人所察觉。"所谓血亲等级,是指同一血统内部因亲缘定位的差异而生成一种等级关系,比如父母与子女之间

---

① 刘清平:《儒家"君臣父子"的血亲等级观念》,《江苏行政学院学报》2013 年第 2 期。

的'创生'与'被生'的差异、哥哥与弟弟之间的'先生'与'后生'的差异而生成的尊卑上下关系。"①日本社会中,家庭、国家是附属型的私与公的关系,这种家国一体的统治结构具有一个显著特点:政治等级关系与血缘关系交织在一起。统治集团内部不同成员在政治地位上的等级和高低贵贱,主要取决于他们在血缘关系上与天皇的亲疏远近;体现在家庭中也就是父对子、兄对弟的血亲差序关系。结果,父对子、兄对弟在血缘延续上的先行优势便与天皇对诸侯、诸侯对大臣在政治地位上的等级优势融合在一起,构成了前者有绝对权力能够对后者享有管治权威的必要条件。悖论在于,一方面,父子兄弟的血亲关联被转化成君臣上下的尊卑等级;另一方面,父子兄弟的血亲又被用于向尊卑上下等级注入温情脉脉的血缘亲情,希望借此维持家庭的稳定性。②

　　毫无疑问,儒家观念长时间地影响了日本的儒家思潮,"君君臣臣、父父子子"(《论语·颜渊》)、"君为阳,臣为阴;父为阳,子为阴"(《春秋繁露·基义》)以及由此衍生的"君为臣纲、父为子纲"(《白虎通·三纲六纪》),进一步确认了武士道中君臣、父子、夫妇、长幼以及朋友之间的五伦之道。通过上千年潜移默化的影响,上述观念在日本社会造成的一个重要后果是:血亲等级结构不断地被强化,从而使人们总是处于父尊子卑、兄尊弟卑的等级关系之中,以至于除了在公的领域必须遵循君臣尊卑的等级关系,在私的领域还得按照血缘关系中的顺序,在家庭内部接受父亲兄长的权威约束,绝对服从父亲兄长的安排。确定了血亲等级秩序之后,每个社会成员都会通过血亲定位的方式被抛入到这个伦理秩序之中,赋予父子兄弟的血亲关联以尊卑上下的等级差序,从而使父亲对儿子具有天经地义的、先天的统治权威。

　　3.反抗塑造"父亲"的血亲等级观

　　在前文探讨《星座》中星野与其弟妹的关系时已经涉及了血亲等级的问题,通过对《亲子》的阅读,笔者发现有岛在这部小说中对这一问题的思

--------

①　刘清平:《儒家"君臣父子"的血亲等级观念》,《江苏行政学院学报》2013 年第 2 期。

②　参见刘清平:《儒家"君臣父子"的血亲等级观念》,《江苏行政学院学报》2013 年第 2 期。

考更为深入恳切。这种血亲等级在儒家的等级观念和天皇的分封制的现实基础上架构起来,在《亲子》中血亲等级影响了"他"与父亲之间的关系,进而决定了有岛武郎笔下人物的塑造、主题的呈现。

明治维新以后世事变迁,然而父子之间的血亲等级关系却并没有发生实质性的变化。以《亲子》而论,真正的主角是父亲,这个曾经在官场游刃有余,现在又将农场管理得井然有序的农场主。儿子是叙事者,承担着推动情节发展、掌控叙事节奏的重责,整篇小说以儿子的视角展开叙事,用儿子的心理活动作为主要内容,然而他的所见、所思、所畏、所忧的对象是父亲,所有的一切实际上都围绕着父亲运转,父亲的行为、情绪、语言主导着叙事进程,影响着儿子的叙事。儿子所做的一切,他的生理和心理,他的情绪上的波动,他的愤怒、无能、懦弱、孤独,无不与父亲紧密联系在一起。

具体来看,儿子从未有过自己的选择。开篇,作为父亲的继承人,儿子被动地来到农场,被动地跟在父亲的身后,与农场诸人见面;然后,在农场,他并没有参与任何具体事务,只是站在一旁目睹父亲以或圆滑或强硬的手段处理农场事务。当父亲精明地询问农场的农民时,他只能旁观;当父亲与农场的主管针锋相对时,他只能旁观;当父亲因农场事务繁重无法休息时,他依然只能旁观。儿子的旁观其实是对父亲的服从,因为他既没有权力参与父亲的工作,也没有权力左右父亲的决断,与农场的农民、管事一样,他和父亲也是上下从属关系。分明是血缘相亲的两个人,却因为尊卑等级观念而疏离。

即便在外人面前,父亲依然毫不留情地呵斥儿子,对此儿子虽然心生怨怼,却依旧服从。"他也不由得勃然大怒,大敌当前却呵斥辅佐自己忠诚的将军,世上哪里会有这样的人?!然而,他只是默默地低下了头,但在内心深处他为自己懦弱的性格感到懊恼。"①无论怎样都是儿子的错,父亲随时能够因为自己的情绪不佳而责备儿子,可悲的是,儿子将自己与父亲之间的关系视为君臣关系,面对父亲的暴怒,他自比"忠诚的将军",于是只能默默地

---

① 笔者自译。原文为「彼れも思はずかっとなって、謂は敵を前において、自分の股肱を罵る将軍何所にいるだらうと慣ほろしかった。けれども彼れは黙って下を向いてしまったばかりだった。而して彼れは自分の弱い性格を心の中でもどかしく思っていた。」第491页。

咽下"勃然大怒",宁可为懦弱无能的性格懊恼,也没有丝毫勇气去痛斥父亲。隐含在这种逻辑中的,是一种儿子的无意识以至无条件地认同父尊子卑的血亲等级秩序的文化心理。

　　经过了长时间夹杂着畏惧和敬佩的复杂情绪冲击之后,儿子的所有心理活动归结为一句话:"不知为何,一股反抗父亲的情绪无法抑制地涌上心来。"①不过与其说儿子想反抗的是作为个体的父亲,不如说是想反抗血亲等级观,因为血亲等级秩序对父子双方而言都存在不容忽视的负面作用。站在儿子的立场,父亲因生养了他而对他具有血亲的恩情、居高临下的权力,儿子必须对父亲知恩图报、俯首称臣,结果是儿子失去了自主选择的能动性和可能性,长此以往,儿子必然会变得无能,"然而,儿子的无能之处也存在于父亲身上。"②结合《亲子》来看,父亲的能干凸显出儿子的无能,只知服从则导致儿子更加无能。然而儿子认识到,并非只有自己在血亲等级观中受到了伤害,父亲同样受到了伤害,目睹了父亲的愤怒、辛劳和疲惫之后,"他"了解父亲的孤独,自己也陷入更深的孤独。在父亲处理农场事务的过程中,无能的儿子在一再确认自己的无能的同时,起初的愤怒、沮丧情绪褪去,他看到了父亲同样是血亲等级观念的受害者。与儿子相仿佛,剥离掉父尊子卑的等级外壳之后,父亲不知道应该如何与儿子相处,更不知道如何表达对儿子的关心与爱护,实际上父亲得不到来自儿子的真正支持。儿子慢慢了解了这一点,所以他在敬畏父亲的同时,又对父亲充满怜悯和同情,因此,才会有这样的心理描写:"看到父亲的背影,他突然感到一种深深的孤寂。于是他决定在父亲睡着之前自己也不能睡。将来的工作和生活将会怎样,他毫无头绪。只是沉浸在这样清寒料峭的秋夜,被一种无法言说的孤独深深地侵袭。"③这大概是儿子在现实生活中无法陪伴父亲,只能在心

　　①　原文为「何といふこともなく、父に対する反抗の気持ちが、押しへも押しへて湧上って来て、如何することも出来なかった。」第495页。
　　②　原文为「けれども息子のことの無能な点は父にもあったのだ。」第492页。
　　③　原文为「父の後姿を見ると、彼れはふつと深い淋しいを覚えた。」「而して父が眠るまでは自分も眠るまいと心に定めていた。」「将来の仕事も生活も如何なってゆくか分らないやうな彼れは、この冴えに冴えた秋の夜の底にひたりながら、いひやうのない孤独に攻めつけられてしまった。」第486页。

理上给予的一种补偿吧。

于是在小说结尾，儿子感受到的是"不可思议的感激——那仅仅是一种来自血缘关系的，让人心满意足的热烈但同时也很孤单的感激，他不禁热泪盈眶。"①《亲子》隐含着有岛武郎看待父亲和自己之间关系的深远而又坦诚的想象，"他"虽然没有实现对父亲的反抗，但有岛却在现实生活中解放了农场，实现了对父亲的反抗。这篇小说写作于有岛的父亲去世之后，父亲并没有看到，但从结尾来看，有岛保留了儿子与父亲和解的希望。"不可思议的感激"源自血亲，儿子渴望的是单纯血缘意义上的父子关系，没有父尊子卑，没有父君子臣，这种父子关系必须不受社会的、历史的意识形态侵扰，回到单纯的血缘领域，是自然的、本能的，仅此而已。因此，对父亲、对亲子关系的书写实则成为了有岛，或者说他笔下的主人公反抗一切既定社会历史意识形态的方式。

有岛武郎对写作充满敬畏，同时渴望写作带来的幸福，就如同他既敬畏父亲，又希望得到父亲的爱一样。不是反抗父亲，而是反抗将父亲塑造成"父亲"的血亲等级秩序，有岛武郎确认了自己的"作家"身份，尽管不无挣扎和矛盾，但这是他最终下定决心选择的身份，也正是"作家身份"把他从生活的虚无中拯救出来，不仅是他曾经生活过的时代，而且是他死去之后的时代。

与志贺直哉一样，有岛武郎终究理解了父亲，但是与志贺直哉的《暗夜行路》、《和解》相比较，相异之处也是显而易见的。志贺小说的主题是寻找父亲，在寻找父亲的同时确立自我并找到精神的皈依；而有岛小说的主题则是寻找自我，在与父亲的分离过程中确立自我，他想探讨的是什么因素塑造了现在的父亲。志贺直哉笔下的人物激烈地反抗父亲，不惜与之决裂，然而终于在与自然的对话中，在家人的劝解下理解了父亲，回归家庭，找到父亲的同时自己也成为真正意义上的父亲；而有岛笔下的人物则从未正面反抗父亲，但他们在内心却一直没有真正顺从，他们始终在内心的冲突中打碎父

① 原文为「不思議な感激—それは血のつながりからのみ来ると思はしい熱い、然し同時に淋しい感激が彼れの眼に涙をしぼり来さうとした。」第 503 页。

亲的形象并试图重塑。联系到有岛本人的行为,父亲在世时有岛对父亲言听计从,父亲去世后他马上解放了农场,这是他一生中对父亲唯一一次却也是最彻底的一次反抗,从此他真正离开了父亲的阴影。综上所述,志贺直哉的创作是一个不断走近父亲的过程,他重视父子关系的联结;有岛武郎则恰恰相反,他的创作是一个不断远离父亲的过程,他更为强调父子关系的分离。而这两种截然相反的亲子关系描写也反映出日本近代作家在哲学观上的差异,前者创作时间跨度长,肯定生命的理性;而后者主动选择死亡,肯定生命的非理性和本能冲动。

## 第二节　夏目漱石的个人主义与有岛武郎的自由意志

建立在儒家基础之上的日本封建社会的根本规范,体现在"家"这个最严密又是最小的组织单位中,与此同时,它也存在于一切个体的行为之中。如果说日本中世的人是从家庭这样具有自然秩序(基于血缘)的团体出发来把握一切社会关系,那么与之相反,近代的人则是尽可能从个人出发来把握社会关系。因此,家庭与个人、自然秩序与自由意志必然会产生冲突,近代人必须重新审视个人与家庭的关系,重新定位个人在家庭之中的位置。夏目漱石和有岛武郎都经历了日本从明治到大正的过渡,见证了日本现代化、西化的进程,他们是明确地强调"个性"、"自我"的两位作家,不仅在文学评论中对此分别有所论述,在作品中也反复通过对亲子关系的书写表达对"个性"、"自我"的认知。通过阅读两位作家的作品、文论,可以见出前者是在反省现代文明、现代意识的基础上讨论"个性"、"自我",表现出一种理性的反思;而后者则反复强调"个性"、"自我"的主观能动性,虽然心中也充满怀疑,但对现代文明、现代意识却一直抱持着肯定态度。以下将结合夏目漱石的《心》和有岛武郎的《宣言》来阐释这种差异。

### 一、《心》:对个人主义的推崇和反思

对于亲子关系,夏目漱石极力主张亲、子双方自由意志的发挥,认为亲

子观的革新应限制在纯粹个人的责任范围内。明治时期受江户时代遗留下来的封建思想的影响,父母严格束缚子女的自由;而大正时期的亲子问题焦点是:子女如何甩掉父母的溺爱,确保人的自主性。夏目漱石认为父母与子女应各自形成独立人格,真正以个人对个人的关系相处,才能确立相互理解的亲子关系。夏目漱石于1914年11月在学习会辅仁会上发表了题为《我的个人主义》的演讲,对于"个人主义"主要有以下阐释:第一,如果想要发展自己的个性,同时必须尊重他人的个性;第二,如果想要使用自己所有的权力,就必须意识到与权力相伴而生的责任;第三,如果想要炫耀自己的金钱,就必须尊重与之相伴的义务。① 由此可见,夏目漱石推崇的个人主义建立在尊重他人的基础之上,并且强调责任和义务。究其实质,夏目漱石所说的个人主义、自我本位,其实就是欧洲文艺复兴时期起源的个人主义思想。但夏目漱石的个人主义又在此基础上赋予其新的意义:他的这种个人主义,绝非是危及国家和他人的,而是建立在道义之上的,是以尊重他人为前提的,同时他又强调人的主体立场和价值,提倡发挥人正视社会进而改造现实的勇气,主张文学应该积极地介入社会现实,反对臣服环境和隐逸主观能动性。

夏目漱石的十五部长篇小说,虽然都是围绕着家庭发生故事,但夏目漱石几乎没有描写一个完整家庭的幸福故事:或者母亲去世,或者父亲去世,或者被亲人谋夺走财产……其小说中的人物大都失去双亲,主人公因为父母去世,不得已早早踏上人生艰难的旅途。这些寂寞、孤独的人物,似乎都有夏目漱石自己的影子。

1.《心》中的亲子关系样态

《心》以第一人称叙事视角描写了社会转型时期的知识分子的精神生活,这些知识分子是社会的边缘人,他们精神上感到苦闷的原因是多重的。既有身处传统与现代冲突之中的迷惘,又有明治向大正过渡时难以忍耐的阵痛;既有难以确认自身身份、定位的困惑,又有对既定价值观的质疑……

---

① 参见夏目漱石:『私の個人主義』,『現代日本文学全集24 夏目漱石全集』(一),東京:築摩書房,1967年,第396—690页。

所有这些都通过对亲子关系的描写得以细致隐微的呈现。"我"的讲述和先生留给"我"的信帮助读者了解了先生与叔父、K与养父母、"我"与父母的亲子关系,他们的亲子关系呈现出不同的样态。

先生出生在家境优裕的家庭,父母因伤寒双双去世时尚未成年,叔叔接管了先生的家产,送先生远赴东京求学,我将叔叔视作父亲,与叔叔一家人相处甚欢。然而,在金钱面前叔叔很快撕下了温情脉脉的面纱,他骗取了先生的遗产,霸占了先生的房产,先生只能变卖所剩无几的家产远离家乡。可以这样说,叔叔给先生上了人生第一课:金钱会将好人变成坏人。从此,先生失去了安全感,他对所有人心怀戒心,人皆不可信的观念深入骨髓,厌世敏感。先生时刻提醒自己不要忘记叔叔的恶,警醒自己洁身自好,但是当他意识到,这种信念由于K的自杀而幻灭,自己也和叔叔是一样的人的时候,先生突然感到困惑了,他将对他人的厌恶转移到自己身上,真正陷入了绝望。

K是信奉真宗的和尚之子,因为是次子,所以被送到某个医生家做了养子。K与好友先生不同,他想要出人头地,热衷于精进,对养父母的意见置之不理。从家乡来到东京上大学,K欺骗养父母选择了自己喜欢的专业,若无其事地花着养父母的钱,走自己选择的道路。在养父母发现真相之后,K拒不和解,伤害了养父的感情,同时也惹恼了自己的父亲。K有两位父亲,养父用经济上的约束来规范他,父亲用人情上的约束来苛责他,最终K没有屈从于任何一位父亲,他同两位父亲都断绝了父子关系。K没有因此获得理想中的生活,他对自己选择的道路充满怀疑,始终处于孤独的状态之中。

对"我"来说同样有两位父亲,一位是患有肾病的亲生父亲,"我"关心这位父亲,只要想到父亲卧床不起的样子便感到不安,于是提前回家探望父亲,耐心陪父亲下棋,在父亲病重昏迷之后一直照顾父亲;另一位父亲则是先生,先生给"我"带来了超越世俗亲密关系的影响,在"我"看来,"即便说,先生的力量渗进了我的肉体,先生的生命流入了我的血液,对于那时的我来说,也毫不夸张。"①显然,前一位父亲是血缘上的父亲,而后一位父亲是精

---

① 对该书的引用均出自夏目漱石:《心》,竺家荣译,西安:陕西师范大学出版总社有限公司,2013年,第37页。以下只标注页码,不再一一说明。

神上的父亲,血缘上的父亲因肾病加重而病故,精神上的父亲却因精神上的孤独无助自杀。两位父亲同时离去促使"我"在短时间内成长起来。

综上所述,夏目漱石展示了不同人物的亲子关系样态,先生厌恶叔叔这个实际上的父亲,又在自己内心深处发现与叔叔同质的可怕的影子,只能带着负罪感杀死自己从而与这个影子彻底割裂;K坚持自己,同父亲断绝关系,又对自己充满怀疑,在孤独中割断颈动脉自杀;而"我",同时失去了父亲和先生,从此也只能孤身上路。从中我们能发现一个共性,即"我"、K、先生先后都失去了父亲,也就是说《心》通过不同的人物给读者表达了同一个主题:父亲隐没,或者说父亲退场。

2.父亲隐没之后的自我确立

这里的父亲实则可以分为三类来考量:第一类是传统的旧式父亲,K的父亲、"我"的父亲、先生的父亲都属于这一类。K的父亲是真宗的和尚,讲究人情,像个武士;"我"的父亲思想守旧,望子成龙,希望家人团聚,重视"家庭"的完整性;先生的父亲是个老派乡绅,无欲求地守着祖产度日。第二类是功利的新式父亲,比如K的养父、先生的叔父。他们重视金钱,将所有的关系都视为交易。K没有按照养父所愿学医,养父就将K驱逐出户籍;先生没有按照叔父所愿和堂妹结婚,同样被扫地出门。对他们而言,只有利益,没有亲情。第三类是处于新旧冲突中的父亲,以K和先生为代表,当然这种父亲更多的是象征意义上的。他们是有着很骄傲的过去的人,而且正是那无法抛弃的过去,反而使他们无法抛弃旧的自己锐意精进。在东京,他们是失去了故乡的人,与周围的人格格不入,"我们两人就像被人从山里捉来的动物似的,在兽栏里紧紧依偎,瞪着外面。我们俩害怕东京和东京人。"(115)他们也无法回归故乡,无论故乡是黑暗的还是尊贵的,他们都永远地失去了故乡,这一代人,或者说父亲,既不属于此岸,也无法抵达彼岸,他们作为边缘人而存在。

功利的新式父亲,他们对金钱的推崇是不被儿子所接受的,作为恶的代表处于儿子的对立面,背负了未来的儿子对这样的父亲并无任何认同感,因此他们是被抛弃的父亲。"我"的父亲和先生都随着明治时期结束了自己的生命,不同之处在于父亲的死是自然死亡,这意味着传统的父亲随着时代的更替必然会被自然淘汰,就像明治天皇的逝世所隐喻的那样,旧的时代、旧的传统、旧的思想必然逝去,他们的离去无法挽回。他基本是无意识地追随了封建君主的死,他并没有深思自己死的意义——自己的死会再生出新的东西。与其相比,先生生活于夹缝之中,拒绝自己身处的社会,又被自己所处的社会所拒绝,他对现实、未来感到绝望,但他却极具意义地代表了那个时代的真正思想。正如先生所说:"我们生在充满自由、独立和自我的现代社会,就必须付出品尝这种孤独的代价"(24)。所以"父亲与'我'是名副其实的亲子关系,然而由'我'传递下去的却是'全无血缘关系'的先生的精神。'我'手捧先生遗书,抛开即将辞世的父亲,坐上驰往东京的列车,这意味着'我'与大量保留着传统日本风俗的农村的诀别。"①如果说传统的父亲必然地退出历史舞台,新式的父亲留给儿子的是负面的影响,那么只有先生这样的父亲,才能帮助儿子"我"在精神上成长。

　　如先生所说,将这世间的阴影抛到儿子的生活中,使儿子被动或者主动地在阴影中思考,选择可以借鉴的东西,抛弃无益的东西,然后长大。所谓阴影,阴暗的东西,先生说当然是伦理道德层面上的,父亲们被旧的伦理道德孕育成人,这种伦理道德上的思维,与当时年轻人的理念肯定存在着分歧。在先生的遗书中,他不止一次地将过去和现在的青年进行比较,"这么粗野、荒唐的事,你们成长在当今这样文明的社会风气中的年轻人听来,一定会觉得愚蠢之极吧。其实,我也觉得很愚蠢,然而,他们身上却有如今的学生所没有的质朴。"(93)"也许我有些女人气,在你这个现代青年看来,恐怕更是如此。可我们那个时代的年轻人大都是这样的。"(107)"你们现在的年轻人觉得十分可笑的事,那时对于我来说,则是天大的困难。"(129)质朴、女人气(主要指在表达感情方面表现出的内向)、可笑,这些都属于父亲的时代,父亲将此提供给儿子进行评判,儿子在评判的过程中得以成长。新的生命只能诞生于父亲隐没的年代,只能诞生于"我"的身上,父亲应该甘愿以自己的死作为儿子向上的阶梯,夏目漱石将父亲应有的态度通过先生的信告白给读者:"那时我还活着,还不愿意死,所以,就约定了以后告诉

---

①　赤羽学:《夏目漱石的〈心〉与个人主义精神》,刘立善译,《日本研究》2005年第1期。

你，而拒绝了你的要求。现在，我要剖开自己的心脏，将鲜血洒到你的脸上，倘若在我的心脏停止跳动的时候，能在你胸中孕育新的生命，我就心满意足了。"（168）从这个意义上来看，先生的死固然有孤独悲观厌世的原因，但更重要的原因在于先生希望用自己的死给儿子上最后的一课。在一定程度上而言，明治天皇的死只是给先生提供了一个死的时机，所以先生才会在下定决心去死之前，给"我"留下这封长长的自传似的遗书，这样的心思实际在他的遗书里已经表露无遗，正如他所写的那样，他并非心血来潮随笔一写，他是想把造就了他这个人的，只有他才能讲出来的经历，作为人类经验的一部分，毫无虚饰地记录下来供后来者作为参照。他希望这封遗书对于认识人性，对于"我"，对于其他的人，都不会是徒劳。

3.反思个人主义

先生在长长的遗书中倾诉了极其隐秘的个人经历，决心把他的过去，无论是善还是恶，全都提供给人们作为参照。那么，他用自己临死前的告白提供给"我"的参照是什么呢？从表面来看，导致先生自杀的直接原因是负罪感，因为他为了自己的爱情不顾与朋友的道义，罔顾友情，最后害死了最好的朋友，然而透过这个表层的故事，隐藏于内的是生活于这个转型时代的先生从亲身经历中得出的教训，是先生对个人主义的反思和自省。先生用遗书留给"我"的训诫是与个人主义相关的三方面的内容。

一是警惕孤独的个人主义。从明治维新开始，日本告别了封建幕府的闭关锁国时代，迈入开放革新的新时代。先生对明治时期的心情是非常矛盾的，一方面如他自己所说，他是受明治精神影响最深的一代人；另一方面，明治时期又是一个盲目赶潮流的时代、失去自我的时代，自己只是被裹挟着向前走，对未来充满了不信任和不安。

夏目漱石出生于1967年，明治维新始于1968年，先生的具体年龄虽然不详，但根据"我"的观察和他自己的讲述，先生与夏目漱石一样，他们的成长伴随着西方文明一股脑全部涌入日本的过程，他们既无法避免地接受西方现代文明，又仍然珍视日本传统文明。先生常常纠结在现代文明与传统文明的冲突之间，所谓的明治精神就是这一冲突的产物。

先生在遗书中写道："在天皇大葬之夜，我像往常一样坐在书房中，聆听着丧礼的炮声。我觉得那炮声,犹如在宣布明治时期一去不复返了。后来才想到,这炮声也成了乃木大将永辞人世的讣告。"(167)先生决定殉死,但他殉死的对象不是明治时期,而是明治精神。所谓的明治精神,是与明治时期一同开始的,或者说是伴随着明治时期的文明开化而来的那种自由和独立的个人意识。然而在那个并未建立真正自由、民主的由外到内开化的明治时期,"孤独"是先生挂在嘴边的口头禅,明治精神总是与"孤独的悲哀"和"怀疑的地狱"有机地连接在一起,而个人意识也就与孤独、悲哀、怀疑、不信任如影随行,K 和先生确立了个人主义,但却没有找到个人存在的意义和价值,他们最终完全丧失了行动力,站在原地以旁观者的姿态观察社会,将自己边缘化,于是他们一意追寻的自我也就变成了封闭的、无力的。先生将孤独的个人主义剖析给"我"看,"我"手捧遗书离开农村重返东京,这意味着"我"将"从先生那毫不掩饰的心灵独白中获取活生生的教训,摒弃旧时代知识分子的自我封闭,以新生代知识分子的形象迎接新时代的曙光"。①

二是批判利己的个人主义。孤独的个人主义并非与生俱来,它与孤独的明治精神相伴相生,而利己的个人主义在先生看来是从一开始就深藏人心的,"任何人在关键时候都会变成坏人的"(47),在某个特定物、某个特定事件的刺激下它就会生根发芽,进而绽放出恶之花。在《心》这部小说中,金钱和爱情被先生视为催生利己的个人意识的触发物。在金钱的问题上,叔父欺骗、侵占先生的财产这一事件对先生造成了终生的伤害,在此之后先生对金钱持一种异常审慎的态度,在他看来,一见到钱,无论怎样的正人君子都会立刻变成坏人的。因此,先生再三提醒"我"清点父亲的财产,告诫我警惕亲人,不要等到父亲去世再后悔莫及。在世人眼中体面、有上进心的叔父重视金钱甚于亲情,毫无疑问是利己思想作祟的结果,这也给先生的犯错埋下了伏笔。

在对爱情的态度上,先生的结论是"爱情即罪恶"(21)。正是为了得到小姐的爱,先生犯下大错,欺瞒好友抢先求婚,亲手点燃了促使好友自杀的

---

① 李光贞:《夏目漱石小说研究》,北京:外语教学与研究出版社,2007 年,第 134 页。

导火线。恋爱伴有嫉妒、焦虑等情绪,这些负面情绪令人失去理性,因而采取利己的行为,先生因为三角恋而经历了负面情绪的变化。如果说此前先生只是因为金钱而怀疑人和人性,那么在 K 自杀以后先生对爱的自信也彻底崩溃了。他不再相信爱,也不再相信自己,在那一刻,先生认识到自己与叔父并无任何区别,"我总是怀有一种信念,不管世人如何,本人必定要洁身自好。但是当我意识到,这种信念已由于 K 的自杀而幻灭,自己也和叔叔是一样的人时,我突然感到困惑了。"(162)先生认识到了个人主义发展为利己主义的恐怖。

通过先生对金钱、对爱情态度的转变,读者可以看到当个人主义与利己思想交织在一起,并赋予利己思想以正当性和合理性的时候,必然会造成对人对己的伤害。如果放任利己的个人主义发展,则会导致权力、财力的滥用,而这必然会妨碍他人,当权力、财力集中在个人意识无节制扩张的个别人手中,那么最后的结果便是极权、无自由、社会腐败。可怖的是,先生意识到利己的个人主义并不是偶然出现,而是每个人都要面对的问题,就他自己而言,他深深感到,人是罪孽深重的。这种负罪感驱使先生每月都去为 K 扫墓,使他精心护理妻的母亲,并且命令他温柔地对待妻子。实际上,夏目漱石已经预想到利己的个人主义盛行将会给日本带来可怕的打击,借先生这个人物的负罪感,作家向日本人发出了警告。

三是忧虑失去自我的个人主义。先生这一代人推崇个性、自我,在国门打开的同时向西方学习,希望在西方的文化中找到推动这些的理论和实据。然而事与愿违,在确立个性、找寻自我的道路上,日本人逐渐失去了个性和自我。西方的个人主义是内化的,而日本的个人主义缺乏精神上的根基。应该看到,先生的忧虑在一定程度上代表着夏目漱石的忧虑,他们忧虑失去自我,主要针对的是当时国民、国家全盘西化,向西方文化一面倒的状况。

任何一个社会的政治体制与经济体制的转型必然带来社会的文化价值体系、人的道德观念、审美意识的嬗变。先生与 K 生于转型时期,亲身感受到西方文化思想的涌入,然而与一味西化的日本人不同的是,他们保留了传统的儒家伦理观,尤其是 K,出生于佛教家庭,对其他宗教派别亦有深入学习和研究,正因为如此,他们对现代文明的弊端感受得特别深刻。先生和 K

并不是对日本的现代化持反对态度,他们只是希望以日本固有的文明为核心,把东西方文化融合起来,在本国传统的基础上,实现日本的现代化。因为外来文化消融存在问题,西洋和东洋的土壤和根底均不相同,日本人失去了自我,就必然引起国民的某种空虚感,也会出现不满与不安。对此,夏目漱石在《我是猫》中明确表达出此种忧虑,主人公珍野苦沙弥写了一篇短文,题为《大和魂》,文章这样写道:"'大和魂'是个三角的?'大和魂'是个四楞的? 正如其名所示,'大和魂'是魂。正由于是'魂',所以总是摇摆不定的。"①对"大和魂"的质疑针对的正是明治维新后自我的丧失,"金权社会"的矛盾及维新的不彻底性。

在夏目漱石眼中,大家竞相模仿西方,然而那只不过是模仿而已,日本人是否能真正地消化、接受呢? 不分青红皂白地接受西方文明、盲从的结果是日本进入了动荡飘摇的大正,最终走上了军国主义道路。日本国民性中最缺乏的是什么,它的病根何在? 在夏目漱石看来,最缺乏的是真正的现代性的"自我",失去了主体性的民众是奴隶,向西方学习最好的结果不过是从奴隶变成了奴隶主而已,他们深深病患于浅薄的模仿和抄袭,这病根显然来自于开放后国民那浮躁的心态——两场战争胜利后的飘然心态,漱石明确指出了这一点。《心》讲述了从先生到"我"的代际更替,是身为先行者、觉醒者的父亲向儿子倾吐自己心声的故事。先行者感受到社会转型期过程中那种深深的孤独,他们以批判的眼光审视社会,又不断地反省自我,并用死亡给儿子留下最为恳切的劝诫和期待。

夏目漱石是明治精神文明的最深刻的揭发者与批判者,他使用的手法是写生、白描的嘲讽和评断。无论是《我是猫》的凄凉结局,还是《心》中 K 和先生的先后自杀都表明漱石对现实社会的失望、对前途的悲观。这种极其悲观的结尾,一方面是漱石思想局限性的反映,作为知识分子的一员,他既感到自身的软弱无力,也看不出任何可以改变现实的力量,他只能是郁闷与愤懑而已;另一方面他也力图寻找摆脱矛盾的方法,那就是推进内发的变化。漱石所说的日本的"内发",是他后来提出的"则天去私",这是一种东

① 夏目漱石:《我是猫》,刘振瀛译,上海:上海译文出版社,2011 年,第 194 页。

方的宗教观和哲学观,寻求一种精神信仰上的解脱。

## 二、《宣言》:确立自我的宣言

有岛武郎的《宣言》同样涉及了一个三角恋爱的故事,然而与《心》的故事结局不同,主人公 A、B、Y 子在各自经历了痛苦挣扎之后,A 选择了成全好友,B 和 Y 子心存感激地接受了朋友的祝福,三人决定勇敢地继续生活下去。相似的题材,不同的处理方式,如果说《心》意在训诫,重在反思自我与个性;那么《宣言》则是借由三个人对于"我"的叙述和剖白探索自我与个性,重在发出确立自我的宣言。

有岛在《宣言》中采取了书信体结构,整篇小说由 A 的 21 封信(含 1 张明信片、1 封电报)、B 的 19 封信(含 2 张明信片、1 封电报)和 Y 子的 1 封亲笔信构成。三人之间的书信承载了叙事功能,41 封信就像连环套,将时间、空间、人物串联起来,三个人物在书信中以自我告白的方式给人以真诚交流的希望。在这个故事中,对信的书写和阅读是赋予整个叙事以意义的事件。因为是信,小说合理地采用第一人称叙事,这种叙事策略的优势是显而易见的:首先,剖析自我的最好方法,就是讲述自己的故事,选择能最大限度地表现自己特性的事件,并按照自己的意愿将它们组织起来。要做到这一切,没有比第一人称更为合适的了,自己讲述自己,将叙事者自己外化,从而达到自我表现的目的;其次,书信是极为隐私的物件,这也使它在相当大的程度上将剖析自我与真实结合在一起,表现真实的"我",构筑"我"的独立世界;再次,第一人称叙事袒露的内心生活并不是外部世界的隐退,而是由这种外部世界构成的。《宣言》是 A、B、Y 子的心灵生活与社会生活之间、小说的内部世界与外部世界之间混生的延伸。那么,问题在于第一人称叙事究竟袒露了什么样的自我,他们在书信中怎样看待自己,怎样看待自己的内在生活,怎样组织这种内在生活。

我们根据 A 先生的自述,看到的是战胜肉欲,使理性焕发光辉的自我。A 先生与 Y 子偶遇之后,肉欲的冲动不断蚕食他的自制力,起初他还能理性地讲述自己对 Y 子的感情,遮蔽不能宣诸于口的欲望,不久便纯任感情流露说出使自己感到精神要崩溃似的东西。A 先生在给 B 先生的信中写的不是丑陋的事情,而是丑陋的心,因为对于 Y 子他并没有做任何逾规的事情,只是在梦中、在潜意识中显现出羞耻暴虐的一面。对此 A 先生感觉到两种不同的情绪在折磨他的心灵,"一种是类似沉浸于上帝之爱的婴儿所感受到的那种光灿灿的陶醉般的喜悦,另一种是犹如被逐出伊甸园的亚当所怀有的那种焦虑不安的苦闷"。① 事实上,肉欲一直是存在的,只是他从未意识到这一点而已,Y 子正是在这种情况下出现的,重要的不是 A 先生对 Y 子的爱情,而是因此肉体或者说性被发掘出来了。恰于此时,A 先生同时感到了上帝之爱和失乐园之痛,A 先生从无知的婴儿成长为亚当。这里写了由于无视而得以存在的性,这个新奇之处给 A 先生带来了意想不到的冲击,他发现了性,从无知走向了有知,第一次获得了精神上的自由,第一次有意识地去认识"我"。"客观世界如今正展示出除我之外任何人都不理解的独具一格的姿态。……唯独我才是生活在这一姿态内部的。我感到了世界造物主般的自由和亢奋。"(180)受现实原则支配的生命本能转换为受快乐原则支配,而爱欲、爱是创生的原动力,是最根本的生命原则,是本体性的东西。爱欲、爱是解放和扩展性本能的结果,能够鼓动生命本能充溢完满的自由实现。

　　Y 子小姐的出现唤醒了 A 先生沉睡的性意识,以此为契机,A 先生离开了无意识的伊甸园,迈出了自我确认的第一步。父亲的去世是促使 A 先生成长的第二个契机,自此他开始有意识地去找寻精神上的出路。父亲在世时,A 先生将父亲视为依靠,但这种依靠更多地是经济上的,父亲去世以后他重新审视与父亲的关系,却在精神上找到了依靠。在 A 先生眼中,父亲是福泽先生②的门徒,深得福泽的精髓,不近实利主义,对武士道这一枯燥做作的道德观念极为反感,从本质而言福泽是一个具有诗人气质的理想家。而父亲呢,以经商为生,但经商不过是他生活中最表面的东西,在父亲的桌案上经常摆的是庄子、皮斯诺萨和马克思的《资本论》,他严格自律,不近女色。难能可贵的是,父亲虽然经商失败,但从未放弃,直到临死前还在独自

---

　　①　对该书的引用均出自有岛武郎:《宣言》,载《一个女人的面影》,张正立等译,福州:海峡文艺出版社,1991 年,第 178 页。以下只标注页码,不再一一说明。
　　②　据原文推断,福泽先生指福泽谕吉。

想办法采取挽救的措施,在经济压力很大的情况下仍然给儿子寄生活费,从未流露出一丝为难,他不希望让儿子担心,因为"令青年人畏缩不前是最糟糕的事情"。(194)这位父亲是有岛理想中的父亲,无论是在物质上还是在精神上,都可以给儿子以支持。如果说通过对 Y 子的爱,A 先生看到了自我意识的无法抑制,那么通过对父亲的审视,A 先生则看到了自我意识中理性的一面,也就是在这个基础上,他对过往的生活有了更清醒的认识,并明确了自我在社会中的定位。

父亲破产之后,A 的生活轨迹发生了改变,失去了经济来源,他没有办法继续埋头科学实验,只能接管父亲留下来的面粉厂,承担一家人的生计。可以说,因为 Y 子的爱和父亲精神上的遗产,A 没有陷入不幸的泥沼,而是始终乐观、积极。作为知识分子,A 之前相信科学的理性力量,认为只有科学才能推动社会的进步,在承担家计的过程中,A 先生开始反思科学,与实实在在的劳动生活相比,研究室的封闭科学实验在某种程度上而言是务虚的。"劳动生活也挺惬意的。不停地使劲干活,累得满身大汗,沸腾的血液像水管里流动的热水,在浑身上下痛痛快快地循环着,带着这种感觉站在工厂门口任凭夹着雪花的寒风去吹,这一切都使我感到特别的痛快。有时也觉得作学问实在没趣。"(196)然而,他也没有将科学置于劳动生活的对立面,既不认为想当科学家就得把一切都抛弃,也不打算为了劳动生活就放弃科学研究。

综合而言,A 发现的"我"首先觉醒了性意识,然后在传统与现代、东方与西方、劳动与科学的结合点上寻找现实的出路,最后他非常坦荡地凝视着冉冉升起的太阳。应该说,A 代表的是自我乐观、理性的一面,任何时候他都能够坚持自己的立场,并不想撤退,他相信人的实际能力,认为必须在与对立面的斗争中获取自身的价值,确立自我。

而 B 呢?正如他写给 A 的信中所言:"尽管同是发源于阿尔卑斯山的河流,你是那条在两岸播下葡萄和玫瑰的莱茵河,我则是因紫杉和扁柏而变得混沌的多瑙河。从最后的结局来讲,人最终只有孤独。这正是人的十字架。而且也正是人的骄傲。"(183)两人是无话不谈的挚友,但两人选择的道路实际上是不一样的,两人发掘的自我也是不一样的。谈到 B,就不得不谈到他的病——肺结核。结核在文学中的意义,结核与浪漫派之联系,许多学者已有讨论。根据苏珊·桑塔格《疾病的隐喻》一书,在西欧 18 世纪中叶,结核已经具有了引起浪漫主义联想的性格,隐喻着高雅、纤细、感性、丰富。在《宣言》中,结核对 B 而言,一方面是明确的肉体上的疾病,逼迫他面临切实迫近的死亡与孤独,"你想让我讲清什么是信仰,那可是找错了对象。你现在正处于追求生活的巅峰状态。而我当前面临的只是死亡问题","为了真正体会到孤独二字的滋味,我毅然决然地切断了一切羁绊。为达到孤独的目的,首当其冲的就是必须与你断绝联系。"(188)另一方面,结核病又存在着作为隐喻而使用的意义,比如结核的传染性,A 在信中强调 B 对身边人难以言喻的感染力,结核所造就的孤独,疾病这一想象的主体于此时已经开始具有某种支配力量。当然并不是因为结核才催生了 B 的自我意识,结核与其他疾病一样,是因为生活形态的急剧变化而发生的,结核产生于复杂的诸种社会关系网失去了原有的平衡。作为一个隐喻,B 的肺结核意味着在社会性的消耗之下,他已经病入膏肓了,而那种社会性的消耗最终也将彻底葬送 B。在这个意义上,Y 子起到了拯救他的作用。

结核使 B 孤独,但恰恰也是这种孤独使他超脱,B 能够在排除一切外在因素的状况下考虑自我的问题,因此对 A 和 Y 子而言他在精神上承担了引路者的角色。在给 A 的信中,B 申明了自己脱离教会的五个理由,其中很重要的一点是"我的信仰就是应该恢复自我"(200)。与 A 相比,B 无意去抗争,但不抗争并不是逃避,而是在看透宗教的本质之后对之感到绝望。他在信中提到基督两次被出卖,一次是被犹大,另一次是被保罗,前者使基督被钉在十字架上,后者使他被踩在脚下。宗教的内部是混乱的,这个社会的内部也是混乱的,没有谁可以拯救谁,唯有自己、自我是值得信赖的,因此 B 将自我放在最高的位置上。

通过 Y 子,体现出女性觉醒的问题。在信中,她说:"我觉得您所说的那种自我意识似乎在自己身上已经逐渐清晰地显现出来。不过,这一点却不像您所讲的那么快乐,我只觉得非常可怕。以前我只认为自己是传统习惯集大成的产物,可最近却时常出现背叛我自己习惯的东西。"(210)波伏娃在《第二性》中指出社会认同的真正女性气质是轻浮、幼稚和无责任感,在遭遇与两位先生的三角恋爱之前，Y子虽然对这种气质心怀抗拒但也在不自觉地靠近这种气质。只是在这段三角恋爱情经历之后，她的自我意识觉醒了，这一觉醒主要体现在两个方面：从被动接受转向主动选择、从畏惧"性"到正视"性"。

被动接受是Y子遇到A、B两位先生之前的生活常态。Y子接受的教育想要达成的目标是充满焦虑的自我否定，她并不知道她是谁，或者她命中注定将要成为谁。Y子只能欣然地习惯、接受别人给予的或是强加的东西。如同我们已经看到的那样，起初Y子没有作出任何有意义的选择，她先是和爷爷生活，然后在A先生的追求下决定嫁给A先生，因为她没有别的人好嫁，她又是必须要嫁人的。这样的Y子顺从，惹人喜爱，然而她的生命只有接受，也因此只有在接受的时候生命才能焕发光彩，一旦得不到来自别人的关爱，她便看不到光明。A先生的一封信便给她以莫大的精神上的安慰，它支撑着Y子的生命之光，相应地，没有他人的支撑，Y子也就失去了生命的动力。因此，在过往的生活中，她只是被动地、习性地、麻木地活着，只有在与A先生与B先生的三角恋爱中，Y子第一次主动地去选择、去判断，在这个学习爱的过程中，她的自我慢慢苏醒了。耐人寻味的是，她在真实的自我苏醒之后的反应便是开始生病，每当她与B先生疏远了，她的身体便开始恶化，不是咯血便是发烧，这一点既标志了她衰弱的开始，也预示了她生命内部斗争的激化。B先生对她而言，代表了通往某种可能性的出口，通过B先生，她敏锐地意识到她已经得到了从未拥有过的那种自主性，她于是显得有点倔强固执，要求B先生放弃与他人的婚约，小说中Y子唯一的一封亲笔信代表的是她真实自我愿望的宣言，她因此而获得重生的机会。

Y子曾经畏惧男性，原因是两方面的，第一个原因是因为畏惧男性的力量或权力，这是显而易见的，即便是对于A先生，Y子想的也只是要将一切奉献给他，她将自己降低到了卑下的位置。第二个原因则更为隐晦，Y子的畏惧是对性的本能回避。因为习惯、习性生活规定了性是不能宣诸于口的，性意味着堕落，她惧怕这种堕落，惧怕性带来的可怕而又轻浮的后果。她甚至觉得在自己灵魂深处发现了一个卑鄙、丑恶、比她的养母还不如的居心。Y子受到了性别意识苏醒的折磨，她的真实自我促使她并没有逃离这种折磨,而是选择了正视面对,成长的 Y 子对女性的力量有了认识,在真诚和虚伪之间,她选择了痛苦的真诚,可以看出来,在三人之间,觉醒的 Y 子比其他二人更有勇气。读者可能会忽略这一点,A 与 B 从来没有面对面地讨论三人之间的问题,只有 Y 子主动选择了与 B 相同的信封、字体隐晦告知了 A,然后她又主动地去和 A 沟通。她有勇气去履行与 A 先生的婚姻契约,也有勇气去向 B 先生表达爱意,此时的 Y 子通过自己的选择这一主动行为找到了真实的自我。当她意识到生活的某种形式是必然要出现的,然而当它与上帝的意志不相容时,她也不惮于将死亡视为主动选择、解决残留矛盾的某种手段。

《宣言》是三个独立的个体在时代激荡中大声宣告"自我"的宣言,在 B 给 A 的最后一封信中,B 这样写道:"千百万人看着这三个人都会放声大笑。不节制,不知羞耻,欠考虑,轻佻,缺德! 三个人都发现了赤裸裸的真实、毫无掩饰的诚实。三个人是不共戴天的敌人,同时又是情同一致的殉教者,三个人不得不准确无误地、毫不犹豫地走各自的路。"(257)在他们三个人的身上,有岛通过恋爱同友情的冲突这一题材,探究了近代个人主义觉醒、自我确立的主题。"《心》带有浓厚的'憎人厌世'色彩,突出恋爱附带的利己主义和罪孽,肯定死才能导致利己意识完全消亡,是'性恶小说'。《宣言》以主人公的死为前提,认定恋爱是生命的完全燃烧和生命赞歌,全面肯定人的利己意识,是'性善小说'。"①

## 第三节　芥川龙之介的回心与有岛武郎的转向

在《父》、《手绢》、《偶人》等多篇小说中,芥川表现出对亲子关系的关注,然而他书写的重点并不是要解决现实层面的家庭问题,而是为了弥补两代人精神上的虚位,力图寻求在精神上的出路。为此,芥川经历了从批判宗教到求助宗教的过程,这与有岛武郎恰恰相反,有岛早年信教,后期则背教。

———————

① 小坂晋:《有岛武郎〈宣言〉的文学影响》,刘立善译,《日本研究》2005 年第 4 期。

借用竹内好的说法,前者是回心,而后者则是转向。"表面上看来,回心与转向相似,然而其方向是相反的。如果说转向是向外运动,回心则是向内运动。"①对于难以避免的亲子冲突,芥川将之视为时代的困局,他既看到了依靠外来拯救的无望,又怀疑回归传统的可靠,在向内运动中他走向了自我否定;而有岛辗转于基督教、西方人道主义、空想社会主义等外来的精神之中,在向外运动中他确立了以"爱"为核心的本能主义,寄望于外来的拯救以肯定自我。

## 一、从批判宗教到求助宗教

芥川龙之介的创作处于大正时期,较之明治时期,大正时期个人解放与新时代的理念得以进一步的盛行,然而大正时期面对的问题也更为复杂。"大正时期(1912—1926年)的日本面对着明治宪法带来的、结构内部发展和分化的压力的挑战。到了1920年,它面对着扩大工业化问题、群众参加政治的问题以及介入国际上日益复杂的事务的问题。用政治学家的话说,就是日本面临着迅速现代化的社会内部一体化的挑战。"②社会矛盾空前尖锐,国家被社会、经济问题所困扰,人民又被互相矛盾的思想意识所愚弄。在芥川看来,此时的日本虽然在物质方面取得了相当显著的进步,但在精神方面却几乎可以称之为堕落,日本的国民精神究竟何去何从,对此芥川感到恍惚不安。芥川由对基督教的着迷转向对佛教甚至武士道的回溯,都是为建立起一种补救现代文明的精神。这种对精神堕落的忧虑、为了补救精神的回溯轨迹,在其小说对亲子关系的书写中可以得到印证。

《父》发表于大正五年(1916)3月,芥川选取了父子生活中的一个微妙瞬间,以简洁的笔法凸显了父亲的爱和儿子的冷漠。父亲为了在上班途中看看自己的儿子跟同学一起去旅行的场面,特地赶到火车站,但是儿子为了维护自己的颜面不仅没有与父亲相认,而且当众嘲笑自己的父亲是"伦敦

---

① 竹内好:《近代的超克》,李冬木、赵京华等译,上海:上海三联书店,2005年,第212页。

② 约翰·惠特尼·霍尔:《日本——从史前到现代》,邓懿、周一良译,北京:商务印书馆,1997年,第237页。

乞丐"。"周围一切都在活动,并像雾一样笼罩着这栋巨大的建筑物,难以辨别这是人声鼎沸还是物体的轰鸣。"①父与子的矛盾在火车站这一特定的空间被定格了。火车站是一个开放的空间,既是起点又是终点,人们从这里出发,也在这里抵达,在这里相聚,也在这里告别。这个喧嚣的火车站似乎就是处于现代化进程中的日本的缩影,众声喧哗中人人都在发言,然而未来何去何从却如堕雾中,没有人可以提供正确的方向。"父亲",这个具有隐喻意义的形象,与时代格格不入,执着地或者说不知所措地站在原地,就像小说中描写的那样:"然而唯独能势的父亲却一动不动。这个身穿旧式西服、与现代风马牛不相及的老人混在川流不息的人流当中,斜戴着过时的黑礼帽,右手掌心上托着系紫色绦带的怀表,依然像《笨拙》上的剪影那样伫立在列车时刻表面前。"②以能势为代表的儿子们自称"老子",自鸣得意,肆无忌惮地议论别的同学,说老师的坏话,刻薄地讥讽进出候车室的形形色色的人。他们是在精神上弑父的一代,无视日本传统的伦理观,无论对父母、师长,还是其他人都没有敬畏之心,眼中只有自己。然而以"老子"自居并不是真正的成长,眼中只看到自己也并不意味着找到了自我。丢弃传统、全盘西化没有使他们在精神上有所发展,反而使他们失去了赖以生存的根本,然后加速失去自我,延续了以往精神上的缺乏。在缺乏"精神"这一点上,两者相同,没有丝毫变化。通过描写父子的代际矛盾,芥川表达了对精神堕落的忧虑。

在大正五年(1916)创作的小说《手绢》中,芥川进一步通过对亲子关系的描写表达了对于精神虚位的不安,这一次他批判的矛头指向了传统武士道。《手绢》的主人公长谷川谨造先生深信日本在物质方面有了相当显著的进步,然而在精神上却没有什么进步,在某种意义上倒不如说是倒退了。身为日本人、武士道信奉者的先生一度认为,作为近代思想家,当务之急是研究究竟有什么办法挽救这种堕落。先生断定,除了日本传统的武士道,别

---

① 芥川龙之介:《父》,载《罗生门》,文洁若等译,北京:人民文学出版社,2015 年,第 16 页。

② 芥川龙之介:《父》,载《罗生门》,文洁若等译,北京:人民文学出版社,2015 年,第 16 页。

无他法。然而一位学生的母亲来访,使他对自己的想法产生了怀疑。这位母亲前来告知其子的死讯,在这个过程中有两点让先生觉得诧异:一是整个谈话过程中"这位妇人的态度、举止,一点也不像谈自己儿子的死,眼睛里没有眼泪。声音也和平时一样。同时嘴角还浮着微笑。"①如果不听谈话内容,仅看外貌,根本无法想象她是在谈论儿子的死;二是先生俯身去捡掉到地上的团扇时,注意到母亲的手在激烈地颤抖着。"他还注意到两手一边在颤抖着,一边可能是由于在强抑制着感情地激动的缘故,紧紧握着手绢,只差没撕碎了。同时他还觉察到满是褶皱的丝手绢,那绣花的手绢边在颤抖着的手指中间,好像被微风吹动似的抖动着。——妇人虽然脸上浮着微笑,实际上全身早就在哭泣了!"②

这位母亲微笑下颤抖的手绢使得长谷川大为欣赏,觉得这便是女性表现武士道精神的一种形式。还准备写个专栏文褒扬一下。可当他再回头看斯特林堡的《剧本创作法》,却无意中看到了这么一段:"在我年轻的时候,人们对我讲过海贝尔克夫人的,可能是来自巴黎的手绢的事。那是脸上浮着微笑,两手却把手绢一撕两半的双重演技。我们现在把这个叫派头。"③一样的形式,两样的解释,长谷川赫然发现日本武士道精神的表现,竟只是当年巴黎女子的一种双重演技。自此,长谷川不禁愕然,他感觉到了一种试图破坏均衡和谐的莫名其妙的东西,心情再也无法平静。我们毫不怀疑这位母亲对儿子的爱,激烈颤抖的手绢便是明证,然而和先生一样,在短暂的赞叹之后读者一定会感受到某种违和之处。一位母亲面对儿子的非自然死亡,不能表现出悲痛,只能一味地压抑情绪,显示所谓的风度,这是极其不正常的,而这种不正常的源头便是武士道。武士道是日本传统伦理道德体系的核心,被奉为"国民之魂"(新渡户稻造语),武士道对日本的影响并不是局限于武士阶层,而是渗透到人民大众之中,"它虽然没有采取任何能够用

---

① 芥川龙之介:《手绢》,载《罗生门》,文洁若等译,北京:人民文学出版社,2015年,第22页。

② 芥川龙之介:《手绢》,载《罗生门》,文洁若等译,北京:人民文学出版社,2015年,第23页。

③ 芥川龙之介:《手绢》,载《罗生门》,文洁若等译,北京:人民文学出版社,2015年,第101页。

手触摸着的形态,但它却使道德的氛围发出芬芳,使我们自觉到今天仍然处于它的强有力的支配之下"。①

回到大正时期的伦理现场,武士道的准则是义、勇、仁、诚、名誉、忠义、克己等,武士道为人们树立了道德的标准,被作为美德迅速注入大众群体,逐渐渗透到整个日本民族的血液中,"武士道从它最初产生的社会阶级经由多种途径流传开来,在大众中间起到了酵母的作用,向全体人民提供了道德标准。武士道最初是作为优秀分子的光荣而起步的,随着时间的推移,成了国民全体的景仰和灵感"②。日本妇女理应遵循与武士道相关的一系列伦理规范,但是当武士道已经成为一种束缚,压抑了正常的亲子之爱,扭曲了正常的亲子关系,人们应该以什么样的态度去对待武士道,这是芥川留给大家的思考题。

对于佛教,芥川同样持怀疑态度,他在小说中一再强调佛教信仰的无用性。《鼻子》通过内供那被缩小又再长大的鼻子,刻画了佛门之地僧侣的荒唐群像。无论是想从佛教内典外籍中寻得一个长鼻子人物的内供,还是嘲笑他的中童子和僧役,佛教对他们而言都只是实现功利目的的工具。《蜘蛛的丝》中那个阴森恐怖的地狱则让人对佛教宣扬的悲悯产生了怀疑。在否定了武士道、佛教之后,芥川对基督教产生了兴趣,在《奉教人之死》等作品中他极力肯定基督教中的爱、宽恕、奉献等观念,不过,尽管有位虔诚的朋友一再劝说,他终究未入教,始终是个冷静的旁观者。芥川喜欢基督教,更多的是从艺术的角度,是创作的需要,他赞美那种出自坚执的信仰,肯定宗教对精神的提升,但并未将精神救赎的希望寄托于基督教。

通过芥川的小说创作,我们可以清楚地看见,起初芥川怀有建立某种独立精神的理想,试图在现代文明和传统文明之间找到一条折中之路,然而芥川的路途在当时的日本却是不合时宜的,最直接的表现是"优越感与劣等感并存的缺乏主体性的奴隶感情之根源"。③ 也就是说,没有真正的发展,而只不过是周而复始的重复。因此,在此后的创作中,芥川不得已对日本传统产

① 新渡户稻造:《武士道》,张俊彦译,北京:商务印书馆,2006年,第13页。
② 新渡户稻造:《武士道》,张俊彦译,北京:商务印书馆,2006年,第91页。
③ 竹内好:《近代的超克》,李冬木、赵京华等译,上海新知三联书店,2005年,第194页。

生某种回心,其小说中的主人公开始留恋传统的日本,推崇曾经怀疑的武士道,这一回心在芥川于大正十二年发表的《偶人》和《小白》中得到鲜明体现。

因为经济拮据,父亲不得不将祖传的偶人卖给横滨的一个美国人。母亲舍不得卖掉偶人,哥哥却持相反意见。"哥哥自诩为开化人士,是一个英语读本从不离手、喜欢政治的热血青年。一提到偶人,他就不无轻蔑地说道,偶人节什么的,不过是陈规陋习罢了,像偶人那种不实用的东西,就算是留下来也没什么意思,为此,不知道在他和有些守旧的母亲之间究竟发生过多少口角。"①母子之间的对立与《父》中能势父子的对立相仿,是两代人的价值观之间的对立。母亲留恋偶人象征的日本传统,而哥哥认为传统是过时的,淘汰掉并不可惜,他对新的东西,比如西洋的学问、文化更感兴趣。不过,哥哥与母亲之间的冲突并没有那么尖锐不可调和,实际上,哥哥理解父母对于过去、传统的恋恋不舍,他也会因身处新旧冲突之中而痛苦,哥哥只是比大家更快地接受了社会的进化这一点而已。所以他才会因母亲对他的训斥和不谅解而啜泣,在恶狠狠地教训了妹妹之后又劝解她:"父亲不准你看那些偶人,并不只是因为收下了人家的订金呐。越看那玩意儿,大家不是就越舍不得吗?"②

事实是,家中换灯之后的那天晚上,一家四口在仓库里围着桌子吃晚饭,大家都很高兴,因为那天夜里,崭新的油灯取代了以前那盏昏暗的无尽灯,此刻正放射出明亮的光芒。大家都心知肚明,一旦点上油灯就无法再回头使用无尽灯了,无尽灯被油灯取代是必然的,也许大家一时之间无法适应油灯的明亮,甚至会感到头晕目眩,不过习以为常之后油灯的明亮也只是寻常,很快的会有更明亮的照明工具取代油灯。从无尽灯到油灯的转变,是科技发展在现实生活中的体现,新旧交替是必然,日本的转型一旦开始便再也无法回头。时间的巨轮一定会毫不留情地向前滚动,时代的发展、社会的发展无法阻挡,站在原地回头望除了感伤之外没有任何意义。母亲在内心虽然不安但也已经承认并接受了这一点,可以说,此时此刻,哥哥与母亲已经

①　芥川龙之介:《偶人》,载《罗生门》,文洁若等译,北京:人民文学出版社,2015年,第196页。

②　芥川龙之介:《偶人》,载《罗生门》,文洁若等译,北京:人民文学出版社,2015年,第204页。

达成某种和解。自此,哥哥一直坚定地走向自己认定的方向,他心志坚毅,长年从事政治活动,即便父母过世也再未流过一滴眼泪,直到最后被送进疯人院也从未胆怯。

除了哥哥,芥川别有深意地设置了妹妹"我"这一人物形象,与哥哥相比,妹妹更多地体现出芥川对日本传统的"回心"。在偶人被卖之初妹妹不觉得有什么特别悲伤的,但是随着将偶人出售的日子迫近,妹妹却越来越舍不得,开始对与偶人的别离感到痛苦起来,她一再央求父亲再给她好好看看这一组偶人,父亲每次都拒绝了。在偶人被送走的那一天拂晓,她看到了父亲不允许她看的偶人,还看到了独自端详着偶人的年迈父亲。在芥川笔下,这组偶人精致动人:"在纸灯笼摇曳不定的灯光中,不是有那手里拿着象牙之笏的男偶人、头冠上的璎珞向下悬垂着的女偶人、右侧的橘树、左侧的山樱……以及父亲的侧影"。[1] 凝视着偶人,就像凝视着日本过去的传统文化,这种掺杂着各种情绪、似梦非梦的凝视将小女孩与素日严肃的父亲紧紧联系在一起。这究竟是真实的还是一个梦已经不重要了,重要的是两代人对于日本文化共同的感情,还有两代人在面对日本转型时共同的感情,"我在自己跟前看见了那个与我没什么两样的父亲,就是那个尽管有些懦弱但却愈显庄严的父亲"[2]。小说的最后,叙事者讲述了自己亲眼见到——在英国人的客厅,一个外国小女孩把一个偶人的脑袋当作玩具随意摆弄。被日本人珍视的偶人在西方他者眼中不过是儿戏,偶人象征的传统是可以被肆意践踏的,面对共同的西方他者,其实两代人需要解决的是同样的问题,亲与子的矛盾是可以而且应该被磨合的。

到了《小白》,芥川完全回转,将亲与子的命运都寄托于曾经质疑过的武士道。家犬小白因为怯懦没有救助好友小黑而全身发黑,回到家中小主人不认识它,只得沦落成流浪犬。为了清洗身上的"黑色",它屡次拯救有性命危险的人,冲入列车道口救出了车轮底下的小孩,与大蛇搏斗营救波斯

---

① 芥川龙之介:《偶人》,载《罗生门》,文洁若等译,北京:人民文学出版社,2015 年,第206 页。

② 芥川龙之介:《偶人》,载《罗生门》,文洁若等译,北京:人民文学出版社,2015 年,第207 页。

猫,充当向导为迷路的学生引路,冲进火场救三岁的男婴……最后,他身上的黑毛重又褪尽变为白色,回到了自己的家。黑与白,并非善恶的对立,没有营救好友的小白感受到的不是罪恶,而是耻辱。

本尼迪克特在《菊与刀》中指出西方的罪感文化与日本耻感文化的区别在于后者十分注意社会对自己行动的评价,依靠的是外部的强制力来做善行。在《小白》中,黑色便是耻辱的象征,而小白一次次不顾性命救助他人,只是因为对自己的怯懦感到可耻。而小白从被逐出家门到回家决定自杀的过程完全符合新渡户稻造在《武士道》中对武士名誉的说明:"唯有名誉,而不是财富或知识,才是青年追求的目标。许多少年在跨越他父亲房子的门槛时,内心就发誓:除非在世上成了名,否则就绝不再跨进这个门槛。而许多功名心切的母亲,除非她们的儿子衣锦还乡,否则就拒绝再去见他。"①小白也是这样,只有舍命行善才能洗去耻辱/黑色,它甚至准备用自杀清洗耻辱,因为按照武士道的要求,生命的价值远远低于世俗的赞赏。我们可以看见芥川这一时期向日本传统的进一步回转,只要能拯救人性的恶,弥补精神的空虚,哪怕借助武士道精神也没关系。这种回转与《手绢》的描写形成鲜明对照,芥川似乎已经忘记了曾经如何质疑压抑人心以致连丧子之痛都无法宣诸于口的武士道。

与同时代其他作家相比较,芥川龙之介对亲子关系关注的重点不是具体至微的亲子对抗或亲子和解,他的思考是基于对亲子双方普遍的人性恶的恐惧,以及对双方虚弱的精神的忧虑。芥川龙之介对亲子问题的关注始终围绕精神展开,起初他尖锐批评亲子之间的漠视与不尊重,揭示精神堕落对两代人的冲击;其后,他寄希望于基督教的拯救,肯定耶稣式的奉献与牺牲;最后,当他看到外来的精神无法拯救在时代巨变之前同样懦弱的两代人,尽管他还是心存疑问,他仍然选择回到传统的武士道,希望借助传统重塑精神。

然而这种所谓的"回心"并没有帮助他在日本以往的历史进程中发现"精神",反而使得他自己陷入某种东洋式的循环。竹内好曾经说过:"在欧

---

① 新渡户稻造:《武士道》,张俊彦译,北京:商务印书馆,2006年,第50页。

洲,不仅物质运动,精神也运动。"然而,在日本,"精神这个东西就不曾存在过。当然,近代以前有过与此类似的东西,如在儒教或佛教中就曾经有过,但这并非欧洲意义上的发展"。① 芥川无法克服日本急速现代化带给他的深刻矛盾,一方面他想以知识分子的身份指斥现代化进程中的精神虚位,极力通过基督教或武士道精神塑造类似于欧洲的精神;另一方面他本人也无法摆脱转向过程中的日本国民性,以一个强国(法国)子民看待弱国(日本)的眼光敏感并且原始地嫁接到他的《中国游记》之中,劣等感与优越感同居。这种尴尬的姿态最终让他走向否定自我的极端。

## 二、从信教到背教

明治三十一年(1898),有岛武郎读到内村鉴三的《求安录》大为感动;明治三十二年(1899),感慨神是赐予万物生命的存在,决意入教,但遭到父母反对;明治三十四年(1901),拜访了内村鉴三并正式入教;明治三十七年(1904),对基督教国民的内心感到失望,看到了基督教的无力;明治四十三年(1910),提交了退会申请,离开了札幌独立基督教会。从信教到弃教,有岛武郎经历了一个从宗教中寻求庇护到放弃宗教庇护的过程,不过,由始至终,有岛一直坚持阅读《圣经》、推崇耶稣基督,对于基督教的爱、罪、救赎等观念他有自己独特的理解,并以其佐证自己关于爱的理论。

在有岛对亲子关系的描写中,基督教被视为抑制个性成长的重要原因。信仰基督教,诚然可以帮助人们确立主体,但是确立这一主体有两个条件:一是必须放弃自己,二是完全服从于上帝。对这两个条件有岛感到某种不安,这种不安来自柄谷行人所说的"基督教所带来的结果,是通过放弃'主人'而欲成为'主人'(主体)这样一种逆转"。② 基督教的虔诚教徒通过放弃主人,完全服从于上帝而获得了主体,这一颠倒具有的实际利益是非常明显的,它帮助身处转型时代的日本人找寻到了精神上的出路,解决了现实生活中必须面对的种种矛盾。《克拉拉的出家》开篇用克拉拉出家前的三个

---

① 竹内好:《近代的超克》,李冬木、赵京华等译,上海:上海三联书店,2005 年,第 75 页。
② 柄谷行人:《日本现代文学的起源》,赵京华译,北京:生活·读书·新知三联书店,2003 年,第 79 页。

梦隐喻地解释了这种精神上的出路。

三个梦中的第一个梦是克拉拉面对保罗的肢体接触难以自持,她在性的欢愉中堕落,与此同时又感到极度内疚,最后通过坚持祈祷得到拯救;第二个梦描写了法兰西斯重归基督怀抱的场景,克拉拉被这个"灵的诗人"(植栗弥语)吸引;第三个梦里,克拉拉目睹父母和未婚夫陷入泥沼却未能及时拯救。最后,天使加百列将熊熊燃烧的火焰之剑刺入克拉拉的胸口,在这一瞬,克拉拉感受到了前所未有的痛苦与快感,而后梦醒。通过这三个梦,我们可以看到克拉拉在获得宗教救赎的过程中经历了三个阶段,而这三个阶段也恰恰对应了日本人在面对现实的精神虚位时寻求基督教的庇护所走过的三个阶段。第一个阶段是对欲望的克服。现代意识的觉醒势必促发人们更加坦诚地面对自己的肉体,如何克制肉体唤醒的欲望成为了亟待解决的问题。毕竟,如果不对欲望加以克制,那么必然会导致一个人内心的分裂。希望到达神的世界或者说灵的世界,首先要有坚定的志向,其次要忏悔,然后需要祈祷。在肉体与精神的对抗中克拉拉通过向圣母玛利亚祈祷得以克服欲望,逃离了欲望的世界。第二个阶段是宗教选择。日本传统的神道教、武士道、儒教并存,面对神、君、父的矛盾时应该如何抉择,十岁的克拉拉混沌不堪。当她目睹了法兰西斯重归基督怀抱的一幕,克拉拉找到了解决这一矛盾的方法,信奉基督教并确立对一个权威神的遵从。第三个阶段是超越世俗之爱。爱的世界更为复杂,它包括了男女恋爱的世界、亲子爱的世界、姐妹之爱的世界等,为了嫁给神的孩子,圣爱是克拉拉唯一的选择,为此她只能离开世俗之爱的世界。

克拉拉眼中有两个世界:一个是俗世的世界,另一个是基督及其信众的世界。"一个是阿西儿的市民,包括僧侣在内,从上到下生活着的世界。另一个是不管市民信仰或不信仰都献上敬意的基督以及诸圣徒的世界。克拉拉生长在第一个世界,拥有极为荣耀荣华的身份,但不知为什么对第二个世界感到仰慕。"①克拉拉一心向往神的世界,要告别亲人及其朋友所属的俗

① 有岛武郎:《克拉拉的出家》,载《与生俱来的烦恼》,叶婉奇译,台北:新雨出版社,2002年,第125页。

世世界,但是来自俗世的诱惑却从未停歇,她可以通过祈祷战胜性欲、转换爱情,却无法彻底斩断亲缘。所以在尘世的最后一刻,克拉拉哭了,不是因为走向神界的愿望得以达成,而是因为对父母、妹妹的留恋。"直到目前为止都像冰一般冷静沉稳的克拉拉的心,像临死的人对这个人世间做最后留恋一般地强烈想念父母、妹妹。在火把亮光照耀下,克拉拉的眼睛因留恋而再次流泪闪耀。一股难以言喻的寂寞侵袭了她年轻的心。"①

从《克拉拉的出家》到《一个女人》,我们可以看到有岛武郎对基督教态度的转变。在克拉拉的生命中被视为理所当然的祈祷、禁欲、压抑感情,在叶子眼里却是一种强制灌输的观念。少女时代的叶子与克拉拉并无二致,懵懵懂懂地爱上了上帝,她想将自己献给神。十四岁那年,在夏季向秋季转换的时候,开始用丝线给上帝编织一条四寸宽的漂亮角带,叶子费尽心思夜以继日地赶工,然而老师发现之后却认定叶子耽于早恋。从此之后叶子放弃了对上帝的爱,转而沉溺于男女情爱。从克拉拉到叶子,有岛武郎背离基督教的原因在于以下几个方面。

首先,有岛武郎发现了基督教存在内在的专制主义,这个专制主义使得神和人之间不是平等的关系,而是上下等级关系。从德川幕府时期到明治时期,日本经过明治维新加速了现代化的进程,但作为一个国家,日本并没有彻底改变封建时代的国家体制,真正的平等也没有到来。国家之中存在统治者和被统治者,二者在意识动向的根底上每每发生冲突,在有岛武郎看来,当时的基督教采用了国家的概念来适用于自身,刻意地设置了等级以及与之相配的责任与义务。神,作为信仰的对象在宗教界的权威,相当于身居国家主政者的位置。神要求人奉献一切,使得人在神面前没有任何权利,等同于无。面对神,人唯有服从,从服从那一刻开始,人便失去了自我,再也没有确立主体的可能性,自我只能烟消云散。"神是所有权能的主体,人只有在神面前必须以己为无,方可引以为荣。面对神,人要牺牲自我,这是人拥有的唯一权利(如果可以使用这个词语的话)。在神的欲求目标与人的欲

---

① 有岛武郎:《克拉拉的出家》,载《与生俱来的烦恼》,叶婉奇译,台北:新雨出版社,2002 年,第 127 页。

求目标之间,没有供于二者往来交流的桥梁和缆绳,神和人,本质迥异,呈二元式对立关系。"①在当时的宗教环境下,上帝的欲求(克拉拉似的向神的意志)与人的欲求必然地产生冲突,而且这一冲突无法调和。

　　如果时间仍然停留在幕府时期,人们安于被设置、被规划的生活,对服从毫无疑义,那么他们会无反省地、全盘肯定国家组织、等级秩序,神人关系的概念可能也就会被无反省地接受过来。可是,在已经向现代进化的此时此刻的日本,有岛认为个性的欲求、爱的动向已被人们体验、感知到,对人们而言,他们的个性(也就是柏格森称为自由意志的东西)感到神人关系的矛盾简直就是一种痛苦,神对人的制约大大干扰了现代自我的确立。无论是神,还是人,有岛认为生活根源的动向应当朝着同一方向发展。在从习性生活向本能生活进化的过程中,他已经窥见了朝着同一方向发展的本能之流,发现了人的内部生命只有通过获取,才能步步向上飞跃。然而,当时的宗教,仍然只是单一地承认神的意志、神的动向,妄图拒绝人的意志和动向,这显然是不合理的。叶子在教会学校的学习经历、与内田相处的经历都让她意识到一点:教会、内田代表的神的意志是唯一的,自己的意志并不重要。于是叶子背弃了基督教,开始生命中的第一次反抗,而她反抗的方式便是凸显女性的性别意识,借此确立自我。

　　其次,有岛武郎认为基督教一方面强调神在信众面前的权威,另一方面实则已经丧失了固有的尊严和权威,沦为了国家的机器和工具。"毋庸讳言,宗教是国家的机器,用漂亮的语言说,亦即国家政务的用具。处于这种境地,宗教要求恢复自身权威,它必须分外重视自救,不做政务的用具。现在国家赖以维持的理论依据是理智生活。如果宗教不拯救自己于理智生活中产生的二元见解的评断之中,不把自身升华到爱的世界,那么,它永远无望恢复往昔的权威。"(135—137)基督教忘却了自己的生命必须在自己身上寻找,当前的宗教完全委身于理智生活的羁绊,匍匐于社会现实生活之下。具体到家庭生活中,宗教的等级秩序被用于巩固家父长制,反映在国家

---

① 有岛武郎:《克拉拉的出家》,载《与生俱来的烦恼》,叶婉奇译,台北:新雨出版社,2002年,第95页。

生活中,宗教的等级秩序被用于巩固天皇统治,这也是一个大的家庭,是另一种形式的家父长制。

内村鉴三向有岛武郎等人展示了在"从属于上帝"的情况下如何确立主体的过程。他是以对基督上帝的忠诚来取代对封建君主的忠诚的。明治时期的基督教与16世纪的耶稣会基督教不同,并没有渗透到大众层面,只是在知识阶层中和现代西洋的时代气息一起得到了传播。如果说日本现代文学的构筑基督教起到了不可缺少的作用,那么,这应该归因于内村鉴三的影响。应该说只有在内村那里,其主体性才得到了彻底的贯彻。对他来讲,主体意味着排除对上帝以外的其他任何东西的从属,不论国家也好教会也好。有岛武郎在内村那里生活过一段时间,如柄谷行人所说,抛弃基督教意味着背叛了内村本人,在某种意义上来讲,这亦是儿子对父亲的背叛。因此,抛弃基督教这一行动不单是随着时代之流行而转向,它在思想上存在着一种真正的格斗。有岛抛弃基督教,与社会主义者金子喜一有接触,阅读了克鲁泡特金、恩格斯等人的著作,因此,他是以社会主义的思想来构筑自己对于自我的设想。他的小说中,主体因从属于"本能"而存在,这个本能的主体在与基督教的格斗中得以存在。毫无疑问,他是一个理想主义者。

再次,有岛武郎背弃的是基督教的外在形式,对于基督教宣扬的爱,他是持肯定态度的。背离宗教,只是背离当时的宗教背景,而非宗教本身,他依然推崇耶稣,依然熟读《圣经》。据日本学者北原照代统计,与《旧约》相比,有岛武郎读得更多的是《新约》,而阅读频次最高的是《马太福音》(60次)、《约翰福音》(48次)、《罗马书》(33次),另外阅读保罗书简17次。①在阅读基础上,有岛武郎在日记《观想录》中大量记述、引用《圣经》,从这些记述、引用中可以看到有岛在1903年对《圣经》的阅读达到顶点,其后他关注的重点从义的使徒保罗转向了爱的使徒约翰。保罗高唱的是背负十字架赎罪、忏悔、复活的福音,而约翰唱诵的则是爱的福音。转向的主要原因是在阅读《罗马书》、《哥林多书》的过程中,有岛武郎感受到所谓神选的绝对

---

① 参见北原照代、三田宪子:《有岛武郎与圣经》,载《有岛武郎与基督教》,有岛武郎研究会编,東京:右文書院,1995年,第10—13页。

优位、不公正和排他性,对赎罪信仰产生了深刻的怀疑。

《罗马书》第一章教谕众生:"神的义正在这福音上显明出来;这义是本于信,以致于信。如经上所记:'义人必因信得生'。"(1:17)起初,有岛热切地推崇信、义。《观想录》中记载,1899 年 4 月 9 日,有岛读到《马可福音》中的一段:"在你们中间,谁愿为首,就必作众人的仆人"(10:44),他心生感慨,热切盼望奉献全部的自己,以期成为义人,即虔诚的教徒。然而在其后的阅读中,有岛发现保罗以否定自己来服从神,在关于律法与罪的关系上基督教更是体现出自大、主观的倾向,有岛对此产生疑虑。逐渐地,有岛的关注点从信、义转向了爱。《约翰福音》中有一个耶稣审判奸淫的女性的故事。众百姓认为这个妇人有罪,对耶稣说:"耶稣,这妇人是正行淫之时被拿的。摩西在律法上吩咐我们,把这样的妇人用石头打死。"耶稣的回答却是:"你们中间谁是没有罪的,谁就可以先拿石头打她。"结果所有的人都出去了,耶稣对妇人说:"我也不定你的罪,去吧!"(8:1—11)有岛读到这个故事,认为其中隐藏着基督教根本的思想——爱,耶稣基督的行为中除了爱什么都没有。深入阅读、理解了约翰关于爱的福音之后,有岛早年从内村鉴三《求安录》中接受的赎罪信仰、赎罪哲理发生了动摇。因为内村鉴三信奉赎罪信仰、赎罪哲理,认为人自身是无力的,这一看法实则是一种自我否定,与有岛武郎对人的个性和自由意志的推崇产生了冲突。究竟是顺从神的意志,承认自己有罪、接受赎罪,还是否认这一点,悖逆神的意志,有岛陷入了二元对立的冲突之中。

从保罗转向约翰,从信转向弃,弃教之后的有岛否定了神与律法,将基督的爱与自由意志结合,提出了自己对于爱的理解,确立了本能主义。"这是对信仰时代的怀疑的清算,留存的只有信仰时代约翰基督的渴仰。在这个意味上,唯有渴仰的基督的爱的信仰,有岛越过弃教的视点差,延续了思想上对《圣经》的接受,可以说孕育了本能主义的母胎。"①

---

① 北原照代、三田宪子:《有岛武郎与圣经》,载《有岛武郎与基督教》,有岛武郎研究会编,東京:右文書院,1995 年。原文为:"これは信仰時代の懐疑の清算であり、信仰時代のヨハネ基督の「渇仰」を残そうとしたものに他なるまい。その意味で「渇仰」としての基督の愛こそ信仰と棄教の視点差を超えて有島が聖書から受容し続けた思想であり、本能主義の母胎であるといえよう。"笔者自泽。

# 结　　论

　　有岛武郎在小说中以最小的社会单位家庭为切口，描写了家庭之中亲子关系的不同样态，人们由于不同的亲子观所作出的不同抉择，以及因为亲子观的纠葛而导致的痛苦与挣扎。但是有岛武郎对于亲子关系的书写，又没有仅仅局限于家庭之内，而是由家庭发散开去，探讨了亲子观的差异与代际差异、性别差异、阶层差异、地域差异之间的关系，由此，有岛武郎的小说暴露了日本近代社会人们面对的普遍性问题：传统与现代的对立，东方与西方的对立。

　　研究有岛小说中的亲子书写是解读有岛及其作品的钥匙，从亲子书写出发，才能够理解有岛的二元苦恼，他的爱的美学以及立足于进化论的"生活三段论"。通过亲子书写，有岛重新认识"我"，重新划定"我"的领域，把"我"作为独立的个体从"公"与"私"的体系中解放出来；将"本能"视为个体"我"的生命律动的本质，将"本能生活"视为生命企求的最高生活状态；把"爱"作为纯粹"本能"体现在个体"我"身上的具体作用；最后，有岛把"宿命之死"作为爱得以实现的最终境界，即有岛所谓"无我之境"。

## 一、"私"与"我"

　　从语源意义上而言，"私"作为名词，有以下含义："〔①公けに対し、自分一身（だけ）に関する事柄。うちうちの事柄。②表ざたにしない事。ひそか。③自分だけの利益や都合を考えること。ほしいままたこと。④「私商い」「私仕事」の略。"①作为代词，"私"被用作第一人称，据学者沟口

---

① 『広辞苑』（第六版），新村出編，東京：岩波書店，2008 年。

雄三考证,大约始于室町时代,其起源可追溯到《古事记·神代》"是の天つ神の御子は　私に産むべきにあらず"或者《源氏物语·桐壶》"わたしくにも心のどかにまかで給へ"等。综上所述,"私"含有个人的、自己的、秘密的等意思,但是这个"私"是相对于"公"而言的,"私"既没有脱离日本封建时代的国家秩序,即"公"的秩序,也没有与之对立。"说得平易一些,这种'私'是位于'公'之下,以从属于'公'为前提而被容许存在的'私'。"①也就是说,没有"公",也就没有"私","私"可以用于指称个人、自己、秘密的"我",但并不能真正代表"我","私"是被包括在"公"之内的。对于"私"(わたくし)与"公"(おおやけ)的关系,沟口雄三有以下论述:

1.以おおやけ为公然的领域,わたくし为隐然的领域,以其双重领域性而划分了两者的界限;

2.おおやけ领域始终优越于わたくし领域;

3.对わたくし领域来说,おおやけ领域是给定的、先验性的,自己是要从属于这个场域的;

4.おおやけ领域以天皇为最高位,以国家为最大领域,不会超出其上或其外。②

由此可见,"公"总是先于"私"、优于"私",在日本的政治权力变迁史中,这个"公"适应了不同时期的等级制,首先是中世的幕府等级制,其次是近世的幕藩等级制,最后是明治的国家等级制。从中世到近世,这种"私"与"公"的从属关系得到进一步的加强,日本近世的社会结构不同于中世封建社会,兵农分离,武士割裂了同土地的直接联系,在领主之下形成了等级性的家臣集团。德川幕府时期,将军、诸侯位于整个社会的顶端,武士处于下位的武家身份制结构,与武家对于庶民的绝对优越,恰恰与儒家理想中的

---

① 沟口雄三:《中国的公与私·公私》,郑静译,北京:生活·读书·新知三联书店,2011年,第241页。

② 沟口雄三:《中国的公与私·公私》,郑静译,北京:生活·读书·新知三联书店,2011年,第249页。

天子、诸侯、公卿、大夫、士和庶民这种等级结构在类型上是相似的。所以，日本近世的诸种社会关系，极其贴合儒学伦理赋予意识形态性的基础，即重视国、家，轻视甚至忽视个人。"在武士家族状况下，虽然在父权、夫权之外，户主对其家族成员的特别家父长权力，在法律形式的意义上并不存在，但由于家是以封禄这种政治经济关系作为基础的，因此，户主对其家族成员实质上的统制力则极其强大。在户主行使父权、夫权的约束下，家族成员的人格独立性就十分薄弱。"①在这种情况之下，"灭私"成为一种必然，也就是说，"私"是可以随时被舍弃的，"私"只有在自己的世界内才被承认。综上所述，实际上日本近代之前只有作为集体的"公"和作为附属的"私"，只有作为人称的"我"，没有真正的"我"。

近代对"我"的发现，是从对"家"的怀疑和脱离开始的。"家"，作为日本封建社会最小的"公"的团体，代表了最基础、最严谨的自然秩序，"家"的重要性，家庭成员在身份上的、法律乃至事实上的世袭、刑罚中的连带责任等，这些是个体的自由意志无论如何都无能为力的自然命运，这也就是"公"法。如果说中世、近世的日本人，从"家"这样的自然属性的团体来理解社会组织和社会关系，那么近代日本发现"我"的真正意义则在于尽可能从人的自由意志来把握社会关系，脱离"家"，进而建构独立于"公"之外的个体"我"，而不是从属于"公"的附属体"私"。但是，所谓"人"的发现和"我"的建构，并非仅止于这种对象性的意义，必须在自觉到了主体性的意义上来理解，即"从前作为命运来接受社会秩序的人，现在已经意识到这些秩序的产生和改革依赖于他的思维和意念。根据秩序而行动的人走到了对于秩序的行动"。② 也就是说，从近世到近代，就个人与社会/"私"与"公"的关系转换而言，是丸山真男所说的从"自然"到"制作"的推移。从接受秩序到制作秩序，这个过程中存在着本质意向与选择意向的差异，前者是思维附属于现实形式之下的产物，而后者则是基于思维自身的构成物；前者依存

---

① 丸山真男：《日本政治思想史研究》，王中江译，北京：生活·读书·新知三联书店，2000 年，第 7 页。

② 丸山真男：《日本政治思想史研究》，王中江译，北京：生活·读书·新知三联书店，2000 年，第 184 页。

于过去,必须从过去的、现存的东西中获得参照,后者则只有通过连接现在与未来才能得到理解。

在选择意向的主导之下,从共同社会走向利益社会,将现在与过去割裂,在现在与未来的贯通中发现"人"、建构"我",测定、重新制作秩序,以上行为中包含了多少现代性和主体性,这便是有岛武郎在写作中竭力思考和希望解决的问题。为此,有岛采取了从"家"的自然秩序出发的策略,重新制作"家"的秩序,从内部寻找"我"的定义,由此,他笔下的人物显示出一种复杂的对抗,他们的生活焦点往往集中于自我,他们在自我表现中竭力寻找内在的深度,也就是说,他们从内部寻找自我的定义。同时,又经常以对抗在他们看来是纷扰的、异己的环境的方式来肯定个人的人格和生活。因此,"私"不再只是一个指向"我"的人称,有岛赋予了它更多新的内涵,这些内涵包括了"私"的日常性、"私"的自由和"私"的实现,由此,"私"实现了向"我"的转换。

强化"私"的日常性,意旨摆脱对"公"的附属地位,从共同体的规定中分离出来,肯定"私"与"公"的对立,肯定"私"的独立价值。有岛的努力体现在两个方面:一是还原真实的、自主的"私";二是以自白的方式表现"私"。

在"公"对"私"的压抑、统摄之下,真实的、自主的"私"并非不存在,而是长期地被悬置,是人们放置不曾理会或者说忘记理会的东西。为了使人们发现"私",需要在"公"的领域中唤醒因压抑而得以存在的"私"。因等级制的存在,日本的"公",对更大的领域来说就是"私",因此公私是具有双重性的,条件发生改变,公私也就发生转换。在这种重层结构之下,"家"作为最小的"公"的领域,亦是"私"的领域。为了复苏被悬置、被遗忘的"私",有岛的小说选择了家这个最小的双重领域展开,将对"私"的关注集中于最小的"私"领域,即作为个体的人,而他最为强化的也就表现为日常性的"私"。日常性的"私",意味着无论恋爱结婚还是私奔同居,无论为了家庭勤勉工作还是为了自己努力争取,选择什么放弃什么,都能自己进行自主决定,"私"是私生活的"私"。由此,古代、中世纪、近世被关闭在"公"——共同体或家中——的人,到了近代作为自由的个体被分离出来。

这个"私",过去被视为内心的隐秘,不能也无法对外吐露,只有在私小说中才被强化,其最典型的形态就是性生活的无规范、无底线的开放。在私小说盛行的时代,这种开放得到肯定,因为它被视为向"公"的示威,是人性的解放与自由,而其表现形式则是自白。

有岛武郎虽然批评私小说,但并没有否定自白本身,只是批评那种把自白的"私"和被自白的"私"混为一谈的做法。为了强调"私"的真实与独立,有岛继承了自白的方式,在他的小说中,我们能够读到大段的自白,这些自白或许是内心独白、或许是书信。有岛对"私"的自白优于私小说的自白在于他并没有将"私"的日常性局限于肉体生活的领域,而是同时强调精神生活的袒露,即"我"在爱情、事业、理想等方方面面的苦恼。小说中,主人公坦白地倾诉不为外人所知的内心、内在的自我、个人心理,诚实地面对自己,在"公"的压抑之下,他们追求肉体和精神的双重解放。他们中的一些人以身体的失控、生活的脱轨和无序来对抗"公",例如叶子、仁右卫门;另外一些在看似无望的坚持中超脱出"公"的局限,比如木本;还有一些则将死亡视之为对"公"的最终反抗,比如阿末、Y子。他们没有隐瞒任何东西,惟余真实,通过自白,他们获得了主体的力量,获得了一种自我的权力,而这种权力意志引导他们走向"私"的自由。

对于"私"的自由,可以有各种理解和阐释,但在有岛武郎的小说中,"私"的自由指向理解自我的过程,只有当人们真正理解了自我,才有可能获得自我并最终实现自我。柏格森说有两种不同的自我,第一种是基本的自我,第二种是基本自我在空间和在社会的表现,只有通过深刻的内省才能达到第一种自我。有岛认同、肯定的是柏格森所说的第一种自我,即基本的自我。基本的自我是活生生的,它的状态既是没有被辨别清楚的又是不稳定的,也就是说,是自由的。在有岛看来,"公"对人们的最大诱惑在于,"公"能够通过秩序规范使我们得到这样的自我:纯一、简单、明晰,它的各瞬间被串联,而不是彼此渗透的,这样的自我恒定,缺乏独特性,易于把握和掌控,这也就是柏格森所说的第二种自我。因为对"公"的服从,日本传统社会中的"私"只能是第二种自我,是被辨别清楚的、被圈定的、可以用言语表达出来的自我。而有岛理想中的"私",或者说他通过创作寻找的"私"是独特无二的,是无法用死板文字来定义、表达的,因而"私"不是凝固的,它的各瞬间是绵延流动的。理解了这一点,我们便会发现有岛笔下的"私"已经摆脱或者说正在摆脱第二种自我,从被束缚走向自由。

叶子、仁右卫门、星野、木本等有岛笔下的人物,他们的歇斯底里、疯狂、执拗、一意孤行,恰恰是自我尚未被机械性的动作浸没的标识,无论他们对自由的理解存在多大的偏差和误解,既然不能摆脱对自由的尊敬和向往,那么他们就只能把被驱逐的自由送归内心,寻回基本自我。从这个意义上而言,他们虽然在与"公"的对立中头破血流,然而他们终究没有给生活一个早已框定的标准答案,他们的生活不能通过简单的并置排列而被人为地重造出来,其生活状态摆脱了单一具有丰富性,所以他们处于真正的绵延阶段,这种绵延是柏格森所说的多样性的、活生生的东西,他们的生活状态是独特无二的,因此他们可以被宣称为自由的。认识了这种自由,我们就不难理解:正是由于动作对状态的关系无法用一条定律表示出来,有岛小说中的基本自我才得以呈现出自由的面貌。

最后,"我"的实现标准是全有或全无①。易卜生在戏剧中塑造了布朗德这一人物,在布朗德为理想奉献的过程中,没有折中,没有妥协,要么完完全全地献给至上者,包括财产与性命;要么就是彻底弃绝它,没有中间路线。在有岛武郎笔下,我们同样感受到了这种孤绝之气,同时,又由于《圣经》中那位被流放者该隐的涉入,有岛武郎所推举的"全有或全无"不完全等同于易卜生式的,虽然两者都强调奉献、自我的实现,但奉献的对象以及自我实现的路径却是相异的。

《该隐的后裔》是有岛武郎的小说中写得最彻底与决绝的一部。面对大自然,仁右卫门从无敬畏之心,一味地蛮干,他的努力没有换回一丝回报,自然抛弃了他;面对人类社会,仁右卫门的偏执、难以理喻的行为让自己落了个孤立无援的境地,他主动把自己置于人民公敌的位置,人类社会也抛弃了他。在他刚刚抵达农场时至少还有他的妻子、孩子和老马陪伴在他身边,

---

① 易卜生提出了 all or nothing 的理念,有岛武郎曾多次在日记中记录他阅读《布兰德》的读后感,对此大为推崇。

随着他一次次地无视秩序,仁右卫门先是失去了孩子,后又失去了老马,最后失去了在农场生存下去的土地,只能带着妻子离开。仁右卫门是日本近代的布朗德,与布朗德一样,他从未找寻过折中路线,从未妥协,然而与后者相比,他缺乏理性,全凭一种自然属性的支配,这使他显得更加的孤独。整篇小说几乎没有一丁点柔情的成分,也没有一丝可供回旋的余地,仁右卫门把自己的意志力和主体性逼到了本能的地步。仁右卫门想要做的,正在做的,分明就是祖先该隐曾经做过的。在该隐献祭上帝、弑亲被放逐的过程中,没有妥协,要么完完全全地献给至上者,包括财产与生命;要么就是彻底弃绝他,哪怕终身漂泊。

有岛武郎继承了易卜生的思想,认为真理往往掌握在个体手里,而那大多数却可能是平庸的、充满杂质的,甚至罪恶的,但是仁右卫门与布朗德的区别在于他们认同的真理是不一样的:如果说布朗德认同的真理是绝对纯粹的宗教信仰,那么仁右卫门认同的真理则更偏向于个体的实现,即生命进化过程的完成。因此布朗德虽然在尘世陷入孤独,但他最大的困惑来自于世俗之爱与天上终极生命的冲突,最终借由宗教教义的实践在形而上的世界里与至上者建立了精神上的联系,实现了自我的救赎,所以布朗德是幸福的,在精神上他并不孤独。而仁右卫门的奉献则完全是为自己,他不仅在尘世陷入孤独,而且完全不考虑从宗教和大自然中获得救赎的可能性,他和祖先该隐一样是个弃儿,永远居无定所,永远流浪,因此仁右卫门是彻底孤独的,从某种程度而言,他无法获得幸福。

仁右卫门最后在风雪中离开农场,他在农场的一切被风雪埋葬,了无痕迹,从小说结局来看,仁右卫门失败了。但是,有岛武郎想表达的是一种誓不与大多数同流合污的态度,所以仁右卫门即便被大自然抛弃,被人类社会驱逐,即便在抗租的过程中对上位者心生恐惧,却也还是无论如何要坚持自己的选择,主动地与大自然、与人类社会割裂。因此,与其说仁右卫门被抛弃、被驱逐,不如说他主动地抛弃自然与人类社会,在风雪中我们分明看到的是仁右卫门夫妇蹒跚前行的可贵,以及孤独之下的酣畅之气。

《该隐的后裔》讲的是纯粹的"我",然而我们很容易把它映射到任何对某种理想的态度上。中国古语云,"水至清则无鱼,人至察则无徒",固然是一种东方的圆融智慧,不过它似乎已经沉淀为一种圆滑的实用主义。仁右卫门的行为正是一种与大多数的圆滑针锋相对的东西:偏执、天真得近乎残忍。仁右卫门一直在流浪,因为他生而有罪却拒绝惩罚和救赎。然而,纯粹的"我"的实现和精神突破,总要有仁右卫门这样执拗而天真的人,这大概是有岛武郎对"我"的最高定义。

## 二、本能生活的实现

"本能"一说源自西方,从罗曼尼斯、弗洛伊德到尼采、叔本华,他们从进化论和心理学的角度界说本能,有岛武郎对本能的解释主要继承了柏格森,强调的是本能的自然性和无意识的主观性。柏格森认为,整个宇宙自然的创造都是由于生命冲动促成的,植物和动物代表了生命的两大分叉形式,在植物的路线上生命之流发散为众多的支线,于是产生了不同的植物种属,它们具有不同于动物的固定性和无感官性;在另一条路线上则产生了动物,其中又分化出产生不同动物种属的支线,动物世界的进化,除了退向植物生活者外,都沿着两条不同路线发展:一是走向本能,二是迈向知性。因此,植物性麻痹状态、本能和知性是动植物共有的生命冲动中同时产生的三大要素。柏格森进而指出植物生活、本能生活和理性生活的差异并非如亚里士多德以来所认为的那样,是同一倾向相继发展的三个阶段,它们只是同一种活动逐渐扩大而分裂的三个方向,所以三种生活的差异并不是强度的差异,也不是程度的差异,而是性质有所不同。①

一般人认为本能是理智的初级形式,理智是本能的发展,但是柏格森将知性与本能并列而论,认为两者曾经互相渗透、互相涵蕴,只是因成长而必须分离,终至分歧,知性和本能不过是精神把握实在的不同方式罢了。"知性的特征是一种能循任何法则分解、再重组为任何体系的能力。……如果人类知性以制作为目的是真,则人类知性必须为制作或其他目的与别的人

---

① 参见柏格森:《创造进化论》,载《诺贝尔文学奖文集》,李斯等译,长春:时代文艺出版社,2006年,第53—216页。

类知性结合。"①由此可推知,知性的符号虽然是移动的符号,然则它的移动和变化是基于已知的符号和既有物,追求概念和逻辑,不允许有不能预测的东西存在。知性排斥一切未知的创造,在一定的前提下计算出一定的结果,这样,知性便宣告满足。知性虽然也能促成探求、发现,但探求、发现是根据旧的模式或已知要素构成的模式工作,因此,知性面对生物/生命时,总是显得严肃、笨拙而且粗暴,忽略了生物/生命的绵延,将之视为完全停止不动的固体,这是因为知性只有在非连续性、不流动的无生物中才会觉得舒适安谧,众所周知,本性无法在创造层面上掌握生命的本性。"反之,本能是根据生命形式而成。知性以机械观念处理一切事物,本能则以有机方式看待一切事物。"②

如果要认识内在的生命、绵延,或真正的自我,则必须摆脱理性思维的习惯力量,走一条相反的路,即直觉之路,也就是本能之路。他说:"知性走向无生命的物质,本能则走向生命。……知性环绕于对象四周,尽可能从外为对象立下许多观点,既不能深入对象中,只能将对象引向己方。可是,直观却导引我们进入生命的奥秘处。我所谓的直观是指脱离利害关系、意识自我的本能;亦指能就对象反省,又能无限扩大对象范围的本能。"③直观(或者说直觉)是艰苦的劳动,它需要意志的努力,只有使人的心灵从理性思维的习惯方向扭转过来,超出感性经验、理性认识和实践的范围之外,抛弃一切概念、判断、推理等逻辑思维形式,甚至不用任何语言符号,只有这样,才能消除一切固定、僵滞的认识的可能性。由于形而上学必须使用直觉的方法才能达到绝对实在,所以柏格森又把它称之为不用符号的科学。柏格森把直觉/本能与生命直接联系起来,认为直觉/本能并不是神秘的自在之物,它是在任何生物中都能想象得到的一种认知力量。也就是说,它与生

---

①　柏格森:《创造进化论》,载《诺贝尔文学奖文集》,李斯等译,长春:时代文艺出版社,2006年,第122页。

②　柏格森:《创造进化论》,载《诺贝尔文学奖文集》,李斯等译,长春:时代文艺出版社,2006年,第125页。

③　柏格森:《创造进化论》,载《诺贝尔文学奖文集》,李斯等译,长春:时代文艺出版社,2006年,第130页。

命是同一的,但是在知性的遮蔽下,只有在极少数时刻十分集中注意力的时候才能体验到与生命存在的这种同一。

按照柏格森的观点,直觉/本能同生命冲动向上升的方向一致,而知性同下降的惰性的物质同路,直觉/本能之所以能把握生命本质,原因就在于此。直觉/本能与绵延的时间相关而不是与空间有关,它是当下的内心体验,是置身于具体的绵延历程中的那种努力,总是有机地把握生命而不是割裂生命。因此,无法给本能下一个具体单一的几何学式的定义,但它有一个基本的意思:知性通常从不动之物开始思维,并尽可能地并列地以不动性来重新构造运动;而直觉/本能从绵延中开始思维,努力按照其本来的面貌来安排和想象它。所以知性和本能追求的差异在于:前者是利用已有的概念、观念、模式重新排列组合,因此虽似全新实则陈旧;后者是完全抛弃已有的概念、观念、模式,由于它不可能从分析中得到,是不能用先前存在的因素来构成的,它只存在于当下直接的洞察或体验中,绵延、生命皆源于此。

直觉主义、知性与本能,是柏格森哲学的中心问题,柏格森力图为实证科学和知性划定一个界限,指出它在研究生命、心理活动、人的历史和人创造的艺术方面存在的局限性。柏格森认为从柏拉图开始,哲学和科学就采用知性的方法,它使人们对世界的看法停留在表面,没有真正把握实在,而只有从他开始提出直觉的方法,才一反传统和习惯思维,使人认识生命的本质意义。

有岛武郎接受了柏格森关于知性、直觉、本能的观点,将它们与生命的进化和生命的本质结合起来进行思考,并参照柏格森所说的植物生活、本能生活和理性生活,在论证我和自我、灵与肉、个性与社会之关系的基础上提出了生活三段论:习性生活、理智生活和本能生活。与柏格森一致的是,有岛认为三种生活是绵延地持续存在于个人生活中,不分彼此,人为地划分只会将生活分解成七零八落的残片,在理智与情感、情感与意志、意志与理智之间,根本不可能二选其一,明确地单纯服从于某一方面。在《爱是恣意夺取》一文中有岛明确指出:"如果采用这样的分解法来阐释人的个性作用,那是我的大忌,因为在人的生命中,其实并不存在理智生活、情感生活、意志生活这样明晰可辨的区别。生命朝向某个对象一味地连续发生作用时,此所谓意志;生命在改变着对象,或者变幻着自身的力量来作用于对象时,此所谓情感;生命围绕两个以上的对象进行取舍选择时,此所谓理智。"①也就是说,理智、情感、意志始终交织在一起,而习性生活、理智生活和本能生活也始终交织在一起,无法把生活的三段割裂开来加以考量。

如前所述,柏格森指出三种生活只是同一种活动逐渐扩大而分裂的三个方向,其差异在于性质,并无优劣之分,就这点而言,有岛与柏格森存在着分歧。首先,有岛武郎认为,三种生活不仅在性质上存在差异,而且在与个性意识的关联程度上存在差异,又因这种差异产生了优劣。习性生活是麻木怠惰的生活,处于过去定势的支配之下,自我的个性意识对其不曾发生些微作用;理智生活优于习性生活,是一种对外界影响产生反射的生活,在这种生活中,个性明确地独立存在,向外界发起挑战;本能生活优于理智生活,是任凭个性自己的必然冲动推动的生活,从情人之间爱的游戏和孩童痴迷快乐的游戏中,可以觅出本能生活的有形外观。因此,按照有岛的观点,虽然三种生活可能出现在同一个人生活的不同时期,并且彼此交织、互相转化,但是从习性到理智再到本能,毫无疑问生命的形态呈现出递进、优化的上升趋势,因为社会的欲求和终极目的,必须放置在个人生活内部世界的完整上,所以个人生活追求的目标必须是本能生活。为了实现这一目标,不是用个人生活停止或倒退到理智甚至习性阶段去调和社会生活,必须改变的是社会生活,它必须与个人的生活样式同步。

其次,虽然有岛武郎和柏格森同样致力于探讨生命的本质意义,但后者从进化论出发,目的在于批驳既有的体系史(诸如芝诺、柏拉图、亚里士多德等人的论证),进而从哲学体系上厘清生命在时间、空间中的状态,他对本能的阐释围绕着他对于真实具体的绵延(时间)、意识、自由意志的看法,其重点并没有放在个体生活上。而有岛武郎关注的不是作为整体的人类生命,也无意建构任何哲学体系,他完全是从个体的发展出发,重点放在个体与外界的关系上。在有岛看来,习性生活的不安定状态与外界有关,每当外

---

① 有岛武郎:《爱是恣意夺取》,刘立善译注,沈阳:辽宁大学出版社,1998 年,第 77—78 页。

界的事件、状态变换时,习性生活的生活框架便随之轰然崩塌,个体经常屈从于外界影响的征服力;理智生活中个体与外界处于二元对立的状态,个体在与外界的对立中反省并获取经验和知识,在某种意义上,面对外界的刺激不断完善自己,这种反省、获取和完善便可称之为道德;至于本能生活,有岛借用柏格森时间的绵延和自由意志,指出本能生活是一元的,个体无视外界影响,无目的亦无须努力,在这样的生活中,个体完全超越了时间和外界的毁誉褒贬。

了解了有岛武郎对于柏格森的接受和变异,再来看看他如何界定本能。"所谓本能,可以认为是指大自然持有的意志。"①本能既不是野兽的本能,也不是天使的本能,而是两者兼具,人的本能必须是整体发挥后所起的作用。不能剔除人的本能中与野兽相互共通的那一部分,一味地提倡所谓的纯灵世界,也不能只是将本能视为野兽那种无知无觉的举动,一味地肯定肉欲世界。继而,有岛纠正了禁欲主义和感伤主义对本能的误读,前者将灵与肉割裂,将纯灵世界作为理想生活的栖居地;后者则回归野兽的过去,肯定堕落颓唐的肉欲世界。有岛认为两者的错误在本质上是一样的:分裂了本能。一旦踏足分裂本能的道路,无论选择前者还是后者,最终都会导致个体的生活丧失生命的律动,不知不觉疏远了未来或过去。被分裂的本能不能被视为真正的本能,任何一种割裂都会使个体丧失本能转而被理智和习性控制。

为了进一步阐明本能,有岛引用中国儒道的言论、佛教与基督教的教义来说明本能的本质和旨趣。首先,有岛用老子所说的"道,可道,非常道"中的"道"来说明本能的一元和不可言明、本能的不变和可变;又用孔子所说的"忠信而已"中的"忠"来说明本能须忠于自己,即柏格森所谓"基本的自我"。接着,有岛用佛教的"菩提心"说明本能搏动的目的在于寻求生命真谛的愿望;又用基督教的"道"指出本能需企及的生命之道。综上所述,有岛将儒、道、佛、基督的基本精神全部赋予本能,并将"爱"作为实现本能生活的基础。

---

① 有岛武郎:《爱是恣意夺取》,刘立善译注,沈阳:辽宁大学出版社,1998年,第95页。

### 三、"爱是夺取"

有岛武郎通过文学创作,实践他的关于三种生活阶段的论断:习性生活、理智生活、本能生活并存,本能生活是个体生活的最高形态,也是最为理想的生活阶段,实现本能生活的基础是本能的爱,而本能的爱的核心是"爱是夺取"。大正九年(1920)有岛武郎发表了《爱是恣意夺取》,在这篇文章中,他将"爱"视为纯粹的本能体现在人身上的具体功用,并指出:社会生活是个人生活的综合,社会欲求的终极是对个人欲求的全体满足。人们历来将牺牲、奉献等词与爱捆绑在一起,在此基础上,人们极力推崇牺牲和奉献,将它们视为支撑道德框架的柱石,以此构成了爱他主义的伦理观。有岛认为这种爱是囿于理智生活的爱,作为独立的个人,如果要去爱别人,前提是爱自己,尽可能使自己变得充实圆满,如果不能实现这一前提,而是出于责任和义务的要求去爱别人,这样的爱在理智的规范之下固然显得和谐,但却不是真正纯粹的爱。

在有岛看来,世上没有无缘无故的爱,不能平白无故地去爱他者,只能在他者同我具有相互关涉的前提下,我才能去爱与己相关的他者。作为表明动机和原因的词,爱从一开始就是有指向性的,爱的本质不是施与而是夺取,不是外向放射性的,而是内向汇聚性的,是将他者夺取到自我,将对他者的施与行为作为自我完善的手段和方式,由此自我可以达到一种高品位的精神境界。在看似施与的过程中,作为受者的他者固然得到了帮助,获得了一定程度的满足,但是,作为施者的自我在施与的过程中同化他者和外部世界,他者的个性、外部世界的个性全部为自我所吸收,自我的个性不断地向崇高境界飞驰、生长最终得以完满。所以,基督的爱之表象,看似完全的自我牺牲和无私奉献,其实是为了自己的内心世界/个性的充实而不断夺取外部世界。这种爱的本质,若从内在的精神层面上讲,并非什么"奉献"、"牺牲",而是"夺取",承认爱的本质是夺取,非但不是贬低了爱的原本意义,相反,能够更加凸显出爱的真诚。正如刘立善所指出的那样,"有岛鼓吹,爱自己是爱他人和爱他物的基础,人若连自己都不爱,他必对一切都表示冷漠"。①

---

① 刘立善:《译者序:有岛武郎的文艺思想轨迹》,载《爱是恣意夺取》,刘立善译注,沈阳:辽宁大学出版社,1998年,第22页。

所以,爱是利己,而非利他。那些言必称功利主义,忌惮厌恶回报的人在有岛看来是虚伪的,因为在他们的行为和心底实则仍然有所求,非物质性的也好,纯精神性的也罢,究其实质还是在期待某种回报。这些所谓的利他主义者无非是隐藏在巧妙狡狯面具之下的功利主义者。一旦有了爱的体验,爱就必定会是某种意义上的获取,有此体验就必定不会将自己的心理动机称作利他主义。因此,为了爱,自己是第一位的,这里的自己并不是肉体上的,而是精神上的自己,指向个体的独立和个性的完善,唯其如此,才能最终实现社会的独立和完善。对比理智生活的爱和本能生活的爱,有岛忧虑的是如果只强调奉献、牺牲,尤其这种奉献、牺牲还是被规范、观念框定的,那么在追求爱的过程中就会舍本逐末,失去爱的初衷。因为,人们追求的不是爱本身,更不是因为爱而完善的个体,而是规范、观念,那么人们越是想爱,就越是会走向爱的对立面。

所以,放弃了自己的理想,为了家人而牺牲,表面上看来是奉献自己为家人谋福利,但在实际上,这种牺牲是无反省地向他人付出无法回收的牺牲,只能是暂时地解决了问题,不能更深层次地从根源上解决问题。所以这种牺牲是非必需的,从这个意义出发,我们更容易理解有岛小说中体现出的爱己思想。"爱己主义不以'小我'的幸福为目的,而是扩张'自己',充实'自己'的内容,追求更高、更深、更好的生活内容。由内部流溢出来的强烈要求驱动下的东西,就是'本能生活'。"①

基于这样的对于爱的认知,有岛武郎小说中的叶子、阿末、仁右卫门、木本、星野都是向往本能生活的自然人,他们不理会传统的、理智的亲子观所赋予他们的责任和义务,抛弃了作为社会人的身份,坚持追求本能生活,也就是坚持实现理想中的自己。对他们来说,母亲、妻子、女儿、丈夫、儿子这些身份所附加的责任和义务是人为规定的,具有强制性的意味,这种强制性的意味使得与这些身份相伴的爱失去了纯粹的意味,是阻碍他们发现并最终实现自己的绊脚石,所以他们选择了从自己出发,首先是实现自己的理

①　有岛武郎:《内部生活的现象》,载《日本白桦派与中国作家》,刘立善译,沈阳:辽宁大学出版社,1995 年,第 566 页。

想,找到自己,然后才是履行自己作为社会人的身份,虽然他们实现自己的方式并不一样,但是他们都在为此而努力挣扎着。叶子希望通过与仓地的爱情实现灵肉合一,找到自己,她强烈地排斥一切妨碍这一目标的人和事。她以献祭的心情牺牲了女儿定子和妹妹贞世,憎恨假想敌妹妹爱子,反悔了母亲为自己安排的婚姻;阿末面对家庭的贫困和自己内心的愧疚,不得已压抑着自己的天性,然而当她意识到自己的存在,便再也无法忍受当下的生活状态;仁右卫门全然无视农场的一切规定和世俗的一切规范,执意按照自己的方式笨拙地生活、劳作;木本在当渔夫的十年中心心念念的是画画,在心理上他和家人是最熟悉的陌生人;星野自幼年便认识到自己作为人的价值,把做学问作为自己的终身追求,家境的窘迫、亲人的不堪境遇都无法改变他的抱负。有岛武郎小说中的这些人物在读者眼中或许都是自私利己的,但在有岛的眼里,他们顺应内部生命的律动,为自己而活,他们对待社会规则、对待家人的态度是为了坚持自己,这种坚持是将爱夺取于自己内部的爱己,也是为了最终的爱他。

选择理智的爱还是本能的爱,两条道路的烦恼,是有岛武郎小说中的主人公们无法逃避的困境。所以,我们也必须看到,虽然他们向往本能生活,为了达到这一理想的生活状态,他们为之付诸了一切的努力,试图漠视一切外在的束缚,但是他们毕竟无法摆脱因血缘而生的义务和责任,亲子关系带给他们与生俱来的烦恼。家庭的构成是建立在血亲关系基础之上的,作为血肉相连的家庭的一分子,他们无法摆脱来自家庭的束缚,所以对他们来说,亲子关系是他们在追求本能生活的道路上终究无法跨越的最后一重障碍,他们必然地要面对因亲子观的矛盾而产生的冲突,具体地说,就是对爱的不同理解导致了亲子观的矛盾,这也成为理解有岛武郎的二元对立思想的关键,有岛所期待的是全有或者全无的生活样态,他也通过小说创作对这种生活样态进行了尝试和探索,但他最终也没有能够找出一种可行的方法。所以小说中叶子最终患上了重病,在痛苦中走向死亡;阿末决绝地选择自杀结束了年仅 14 岁的生命;仁右卫门一把火烧掉了栖居的窝棚和妻子走向了未知的前途;木本也仍然在现实和理想中迷惘;星野则患上了结核,并且也为自己的爱己而自嘲和黯然神伤……从有岛对人物的结局安排看来,这是二元对立所导致的结果,也是亲子观的对立所产生的结果,亲子关系终究是他们不能逾越的屏障。

## 四、"宿命之死"

人生而向死。如何看待死亡? 如何面对死亡? 这是人生的基本命题,也是文学创作中必须面对和解决的问题,怎样回答这一问题决定了作家的创作态度,也在很大程度上决定了作家作品的内在张力。涩川敬应在《日本的生死观》一书中说日本人的生死观主要有以下三种:"一、禅宗和武士道的从容性,就是高洁从容地赴死。二、逆用性,随时以赴死心情充实人生的态度。三、不死性,假想死后的世界进而努力求生。"①阅读有岛的小说可以看到,对于死亡本身有岛并不抵触,他把死亡视为永眠之地,是生者经过长途跋涉之后终将抵达的安息之所。在《西天箴传》这篇小说中,有岛借佛陀之手在河流两岸设置了"生命之地"和"死亡之地",在慈悲菩萨管辖的"生命之地",自谋其生的人们不能常居于永久的乐境之中,安适、欢乐与忧伤哀愁在瞬息间转捩,人们为了生命的繁衍不得不经受耕种劳作之苦。慈悲菩萨赐人们以睡眠,通过睡眠可以缓解苦累,"然而,人们却渐渐又感到不能满足,酣睡中的极乐之境不能永远,醒来之后便又要倍尝新的哀伤、新的沦落、无休止的劳役。"②不满足的人们发现"死亡之地"才是休养生息的极乐之地,于是他们纷纷涉水而去,佛陀为了改变这一状况,"陈列起一方漆黑深厚的帷幕屏于两领地之疆界,并派遣狠毒的魑魅'烦闷'和'畏惧'守卫。"③从此,"死亡之地"虽未改变,人们却对漆黑的帷幕恐惧战栗不已。通过这篇小说,有岛传递出这样的观点:死亡并不可惧,恐惧源于人为设置的生死界限以及对死亡的未知。死亡能赐予人安宁,然而并不能因渴望安宁而放弃生命,因为对死的恐惧人们才会更加投入生,生命是每个人必须经

---

① 渋川敬応:『日本の死生観』,東京:興教書院,1942 年,第 9 页。

② 有岛武郎:《西天箴传》,载《诞生的苦恼》,谭晶华译,上海:上海译文出版社,2012年,第 184 页。

③ 有岛武郎:《西天箴传》,载《诞生的苦恼》,谭晶华译,上海:上海译文出版社,2012年,第 186 页。

历的过程。

在《观看排练自己的剧本》中有岛论及自己的剧本《死及其前后》,他说自己作为作者,希望表现的是渴望永恒生存的本能,要描写的是本能如何与死神激战并战胜死神,要肯定的是人为了超越死亡而付出的本能性努力。① 死亡是提前宣判的死刑,它必然到来,这种必然使得所有的本能性努力都变成了一种徒劳,在必然的死亡和徒劳的本能性努力之间,人的生存具有了悲剧性,当然,也恰恰因为悲剧性的产生,人的生存重新获得了意义。

在对有岛的死亡观有了如上基本认识之后,再来考察有岛是怎样从"我"出发,结合"本能"和"爱",最终抵达了对"死亡"这一基本命题的回答。同样是在《爱是恣意夺取》一文中,有岛这样写道:

> 自我毁灭绝非个性的亡失,它是指日趋生长的自由个性不断扩而张之,直至肉体的破灭。有的人,由于无爱,个性尚未得到彻底的充实便不得不伴结宿命而亡;有的人,因为有爱,个性尚未完全达到充实便不期而故。所谓"宿命而亡"与"不期而故"有谁能对其做出精当的决断。在爱得到无憾的完成之后毅然死去,即个性超额完成了扩张性之后毁灭肉体,这不能称作宿命而亡,当称其是某种意义上的宿命之死吧。没有什么死能比自己尽畅其美地爱过之后的死,绝不是为他者而自灭,虽然自灭,但个性却因了那死的一刹那间达到了生长的巅峰。一句话,即:作为人,可以夺取的一切全部夺取了。对个性饱经充实进入别无他望的那种境地,人姑且称其为无我之境。②

有岛推崇的"宿命之死"源于爱的夺取,有爱的死是为了纯粹的、利己的爱而心无旁骛别无他求。有岛以耶稣基督为例,认为他并非大众所认为

---

① 参见有岛武郎:《观看排练自己的剧本》,载《爱是恣意夺取》,刘立善译注,沈阳:辽宁大学出版社,1998 年,第 20 页。

② 有岛武郎:《爱是恣意夺取》,刘立善译注,沈阳:辽宁大学出版社,1998 年,第 110 页。

的那样,是"一个以施与为痛苦的、爱的贫困者"。① 与之相反,他把众生同化于自己的事业之内,即使肉体灭亡,也因为完成了由爱肩负的夺取而无憾。耶稣深知自己的力量有限,难以达成自己的目标,但他仍然坚持自己的信仰,从未犹疑。耶稣为了自己的事业日夜奔波,漠视一切的诱惑、误解、劳苦和艰险,不在诱惑面前误入歧途,也不在无效和徒劳面前低头,为了地上的平安,他从不敢放胆从心所欲。有岛指出,耶稣的一切行为都是基于爱己这一出发点,他秉承着一个信念,那就是自己凭借施爱能够摄取众生,在这一信念的支撑下他的布道影响到周围的人,最终使众生都相信自己行进在和他一样的道路上,众生都在走近耶稣,走向十字架,这正是耶稣的爱己最大化的效果。其后,耶稣基督的宿命之死到来了,他以痛苦的姿势被永久地钉在十字架上,他的痛苦不是因为肉体的毁灭,而是爱己这一过程的终结。当耶稣意识到死亡完全不是一切的终结,虽然它无法唤起更多的希望,却能从对立的立场促人深思,耶稣安宁了。有岛否定历来的耶稣献身论,强调耶稣的爱己,是因为他认为耶稣的所有付出、施与等等都不是在义务、责任、道德的规约下被迫执行的。用俗世的观念来看,耶稣的爱是无功利的,但在有岛看来,耶稣的爱仍然是有目的、不纯粹的,因为他的爱最终使他在十字架上战胜了死亡,获得某种意义上的永生,而永生恰恰是爱己的最理想结果,是个性充实的最大扩张。

"宿命之死"终于个性的充实。有岛指出,社会无疑是由个人的集合构成的,个人当然应该为社会服务,但这并不意味着个体只是为了社会而存在,更不意味着人仅仅为了社会的利益或要求就应该牺牲。如若个体只是为了社会而亡,这样的死亡是没有价值、留有遗憾的。每一个个体固然要对社会抱有义务感,社会也应该对每一个个体抱有义务感,个体的存在不是为了社会,而是要为一个人,为一个人的本性、要求、幸福与自由。因此,有岛觉得人的存在与个性的充实、生长联系在一起,而理想的死亡则是在个性的充实达到成熟顶点时如期而至。在死亡到来的那一刹那,因个性是否如预料般充实而产生的疑惑、忧虑、恐惧等各种情绪烟消云散,个体获得最大限

①　有岛武郎:《爱是恣意夺取》,刘立善译注,沈阳:辽宁大学出版社,1998 年,第 112 页。

度地满足。在这个意义上而言,死亡对个体来说并非终点,而是历尽长途跋涉后终于抵达的最终归宿,在这一时刻,没有社会与个体的明确界线,个体是社会的一部分,个体可能成为这个社会,这个社会是个体用其全部个性和个体对无拘无束自由生活的要求与之对抗的社会。还是在这一时刻,个性的充实肉身化了,并且在人的内心找到了既狭小又安全的藏身之处。与此同时,死亡是那样清晰,它回到一个人的生活中并找到了自己的位置,它是个体得以完整的必备一环。有岛告诉读者,从生存到死亡,关键在于要以自己的个性去生活,去追求尚未存在着的东西而绝不接受已经确定的东西,这是有岛所说的本能性努力,也就是一种个体反抗。这种反抗赋予生命以价值,它决定了个体存在的价值程度。有岛小说中最动人的场景莫过于个性与要超越它的现实之间的冲突,个体维护个性的场面是惊人的,任何的诋毁、打击对之都无济于事。这种个性为己自定的原则,这种不断得到充实的个性,具有某种强力和特殊性,它使个体在面对死亡时获得了主动,由此有岛肯定了自灭。

　　"宿命之死"的理想形式在于自灭。个性得到了超额扩张之后便可以毁灭肉体了,也就是自灭,有岛认为这样的自灭超过了其他任何形式的死,无论是意料之外的死,还是顺应命运的死。在与死亡相遇之前,人总是为某些目的而生活,他们关心的是未来,把希望寄托于自己未来的生活,比如美满的家庭、顺利的工作等,他们也相信只要心怀希望,那么生活总会按照期待的状态到来。于是,他们就如同个性充实般地按照预期行动着,即使在行动的过程中其实逐渐丧失了个性。在突然清醒意识到死亡必将到来之后,"我的个性的确得到最大限度的充实和扩张",这个原本肯定无疑的信念被质疑和动摇了。死亡使人意识到一点:未来并不存在,唯一存在的只有死亡。从此,这就成为人义无反顾地充实和扩张个性的深刻原因。因为死亡决定了这个世界的有限,并非一切都是可能的,某个既定的结论业已生成,所以在抵达终点之前重要的不是个性得以充实扩张的数量或程度,而是能够在这个过程中进行自我判断,或者说能够将扩张充实个性改变为生活的规则——我决定我自己的一切,包括死亡。如此一来,自灭,在有岛这里不是逃避生活重压与人生无意义的方式,不是消极和投降,恰恰相反,它是坚持个性、努力反抗的人生态度。正像有岛所说的："作为人,可以夺取的一切全部夺取了。对个性饱经充实进入别无他望的那种境地,人姑且称其为无我之境。"正因如此,自我毁灭失去的只是肉体,个性不会亡失,自灭是从有我向无我的飞跃,在这一境界上,个体在人的漫长的时间和空间宏图中重新获得了自己的地位。

有岛所说的"宿命之死",是作为个体的人对死亡的主观领悟和主观选择。宿命之死既不是对所谓命运俯首称臣逆来顺受,也不是消极避世放弃生命,它是即使知道必死也要再活着试试看,只不过怎么活着完全取决于自己。抱着这样的心态,个体要将外部世界作为完善自己的客观对象,要将主体世界的建构视为努力的目标,要将死亡的判决书牢牢攥在自己手上,所谓宿命的"命"其实是个体对生活、生命、生存的回答。

对亲子关系的重视直接影响并促成了有岛文艺理论体系的形成和完善,有岛武郎没有把对于亲子观的表达作为道德诉求的一种方式,他只是通过小说创作透视人的内心世界,挖掘人生的可能性,创作对他而言是确立自我的方式,探讨人生理想的方法。正如前文中已经分析过的,有岛小说中的人物大都有原型存在,《一个女人》中早月叶子的原型是国木田独步的前妻佐佐诚信子,木部的原型是国木田独步,内田的原型是内村鉴三,木村的原型是有岛的好友森广;《阿末的死》中阿末的原型是北海道的贫穷少女濑川末;《与生俱来的烦恼》中木本的原型是画家木田今次郎。而有岛自己也以不同的形象和方式出现在小说中,《一个女人》中的古藤,《与生俱来的烦恼》中的作家,《星座》中的阿园。有岛的创作是极其自我的,时代的变迁、社会的变革、经济的动荡虽然也出现在他的小说中,但这些都只是作为人物活动的背景,有岛关注的是作为独立个体的人在或大或小、或华丽或简陋的舞台上如何思考、发现自己,如何找寻、实现理想的过程。小说中的主人公通过不同的方式,都在探寻实现理想中的本能生活,然而他们却始终无法摆脱现实生活的束缚,因此小说中的主人公都遭遇了挫折,他们要么继续彷徨,要么凄惨地死去。烦恼是与生俱来的,在烦恼之中坚持自己才是最重要的,而这种坚持也是最能感动人心的,所以叶子的毁灭、阿末的死亡、仁右卫门的逃离,以及木本、星野、阿园、阿缝的苦闷,都一样地打动读者。

当然,有岛武郎也有他的局限性,其局限性主要体现在主体性的缺失。有岛关注社会问题,也试图在现实中介入,然而他是一个本能主义者,也是一个理想主义者,无论是从他个人的人生经历还是小说中人物的生活经历,我们都可以看出,有岛对严酷的生活现实缺乏某种绝望的体验,换句话说,从来没有抵达无路可以走的道路尽头。他始终抱着一种拯救/被拯救的希望,一种人道主义的温情。有岛的人道主义思考分为两个层次:首先,对生活在社会底层的弱者(妇女、儿童、劳动者)表现出异常关注,对其苦难产生感同身受的独特生命体验。其次,作为这种独特生命体验的必然结果,有岛试图提出方案解决贫穷、专制与社会不公等社会难题。基于这两个层面的思考,有岛寄希望于拯救者的出现,也就是寻找主体性。

在大量地阅读西方文学、西方哲学的基础上有岛开始了他的文学创作,显而易见他学习的主要对象是欧洲文学。在他的小说中,能够看到吸取欧洲文学的一面,缺少抵抗欧洲文学的另一面,这也造成了有岛的悲剧。一方面,有岛强调抵抗,其笔下的人物置身于东方和西方、传统和现代的冲突之中;另一方面,他在实际上放弃了对西方的抵抗,他将本能的爱作为解决现实问题的基础,认为唯有本能的爱可以充盈个性、确立自我。然而,"本能的爱"实则是个舶来品,是有岛在综合了柏格森的"本能"、易卜生的"全有或全无"、托尔斯泰的"人道主义"之后提出来的,也就是说,有岛寄予厚望的精神拯救源自西方。从有岛的文学创作、文学批评皆可看出他对欧洲文学的推崇,无论是题材选择、人物塑造还是叙事构造都师从欧洲,应该说从他提出"生活三段论",并按其设想进行文学创作开始,有岛就放弃了自我成为自我的可能,他寻求精神,但失落了精神。"这种主体性的缺失,是主体并不具备自我所造成的。"①因此,有岛一方面对自我充满信心,另一方面在《一个女人》、《阿末的死》等作品中又感到了无路可走的悲哀,在后来的创作中他试图用"爱"消解着这种悲哀,却陷入了一元的本能生活无法实现的悖谬之中。有岛小说中的人物徘徊在两条道路之间苦恼不已,现实生活

---

① 竹内好:《近代的超克》,李冬木、赵京华等译,上海:上海三联书店,2005 年,第208 页。

中的有岛则发现再无径直向前走的可能性,做出了忠于本能自我的选择。大正十二年(1923)6月9日,有岛武郎抛开了一切外在的束缚,在轻井泽的别墅自杀,他在给亲人的遗书中写道:"我喜悦地告诉你们,死是不必再丝毫遵从外界压迫的事情。我们最为自由地欢喜迎接死亡。"①

---

① 有島武郎:「私のあなた方に告げ得るよろこびは死が外界の圧迫によって寸毫もうながされていへるないといふ事です。私達は最も自由に歡喜して死を迎へるのでず」。『有島武郎全集』(第十四卷),東京:筑摩書房,昭和五十六年,第667頁。

# 附录一  有岛武郎童话中的恐惧与成长

　　有岛武郎,日本白桦派的重要代表作家,他的童话从数量上来看很少,仅有八篇,分别是《一串葡萄》(1920)、《差点溺死的兄妹》(1921)、《吞下围棋子的小八》(1921)、《我的帽子的故事》(1922)、《残障者》(1922)、《火灾与狗儿》(1922),以及他在成为职业作家之前所作的《燕子和王子》和《盛夏之际》,前者改写自英国作家王尔德的童话《快乐王子》,后者则是翻译瑞典斯特林堡的作品。

　　目前国内学界对于有岛童话不够重视,相关的研究成果屈指可数①,因为仅从创作数量判断,童话的分量似乎轻了些,但事实上,童话在有岛武郎的文学生涯中占据了足够重要的位置,也是了解有岛武郎和他的文学创作必不可缺的一环。首先,从创作时间上来看,除了改写和翻译的两篇童话以外,其余六篇童话全部创作于有岛自杀前三年(《残障者》改写自大正六年的旧作《奇迹的嘴》)。在临近生命的终点,有岛武郎为什么选择童话这种文体作为最后的表述方式?借由童话,有岛表达了怎样的创作理念和文学主张?这本身就是很值得探究的问题。其次,有岛武郎的童话并不是着眼于歌颂生活中美好光明的一面,而是无一例外地描写了各种问题和困境。有岛为什么在童话中描写这些困境,同样是引人深思的问题。本书以其自杀前三年创作的六篇童话为研究对象,力图揭示有岛童话创作的意义和美学价值。

---

　　① 中国知网以"有岛武郎童话"为关键词查询只有两篇论文。

### 一、利己、分离、死亡：有岛童话里的恐惧

有岛武郎在童话中并没有着力描写孩子的天真无邪和远离现实纷扰的梦想世界，而是写了孩子的人性之弱以及成人世界的真实。在《一串葡萄》里，有岛写了孩子的盗窃行为，《我的帽子的故事》通过梦反映了孩子的孤独，《残障者》暴露了世间的欺骗和虚伪，《差点溺死的兄妹》、《吞下围棋子的小八》、《火灾与狗儿》则选择了死亡的话题，而死亡是人生最难以面对却也是最无法逃避的真实。无论是盗窃、欺骗还是死亡，透过孩子的眼睛我们看到了恐惧，而恐惧正是有岛武郎用童话书写的核心内容。

首先，是对利己思想的恐惧。对于现实世界的残酷有岛武郎没有回避，《残障者》不无讽刺地讲述了瞎子和瘸子借残障敛财的故事，瞎子伪装成无所不知的预言者，瘸子则伪装成虔诚的神之忠仆，用欺骗的方式他们大肆敛财过上了豪奢的生活。有岛童话中的成人世界不仅不美好，而且丑陋、混乱。利己主义者的行动只从私利出发，任凭本能主宰自己的选择，根本不管道德上的责任，他们实际上是超道德的，他们代表了自然主义或本能主义。当然如果仅止于此，有岛的童话也就失去了独特之处，对有岛而言，更重要的不是批判而是自省，在此过程中他看到了即便是天真的孩子同样具有人性之弱。孩子虽然没有主动向恶的取向，但是不可避免地具有弱点，有岛武郎如实地描写这些弱点并指出这些弱点的根源在于利己思想。《一串葡萄》中"我"由于羡慕同学的彩笔而偷笔，结果被同学排挤；《差点溺死的兄妹》中兄妹俩不听奶奶劝告任性地跑去海边游泳，因泳技不佳几乎溺毙，在灾难面前哥哥放弃了援救遇溺的妹妹，自利地选择了独善其身，任由妹妹被波浪淹没；《吞下围棋子的小八》中弟弟因为哥哥的嫉妒和不友善误吞围棋，差点噎死；《火灾与狗儿》中主人公在火灾扑灭之后忘记了救人的狗，与弟妹耽于玩乐，多日之后才发现狗儿重伤奄奄一息。虽说利己没有任何价值，不是件好事，但是利己才是真实的人性，对于这一痛苦的真相必须有清醒的认识，所以有岛写孩子的人性之弱，其目的是为了发现真实的人性，因利己引发的灾难性后果是促使人类正视自我的一种方式，经由这样的正视，孩子才能在对利己的恐惧中看清自己、选择正确的道路。由此看来，对利己

的恐惧究其根本是认识自我的必经之路。

其次,是对分离的恐惧,尤其是对与父母分离的恐惧。"突然,看到爸爸妈妈穿着睡衣、眼睛哭得红肿出现在我面前,喊着我的名字寻找着我。看到这种情景,我又悲又喜,很想飞奔过去,但一想到万一爸爸妈妈都是狐狸变成的,正思索着也没飞奔过去,只是很仔细地看着他们两人"(66)。①《我的帽子的故事》的开头告诉我们"我"的安全感被突然撕裂,本来是维系良好亲子关系的帽子突然消失了,这让"我"感到恐惧,既恐惧父母的责怪,又恐惧与父母的疏远。"我"突然看到了安定生活中的不安定,看到不和谐,但又强烈渴望和谐与亲近,因为爱父母所以怀疑父母是狐狸变的,因为喜欢帽子所以怀疑帽子是来自外部环境的诱惑。对于分离的恐惧,眼中的安全感被心中的不和谐撕裂,对孩子是很残忍的,怎样重塑安全感,有岛的处理方式是让孩子带着怀疑和疑惧上路去寻找失落的东西。在寻找帽子的过程中,"那顶二圆八十分钱帽檐闪闪发光的帽子"是关键,它既狡猾又好看,它代表着人在生命中向往美好的一面,人在生命中勇于进取、勇于行动的一面;也代表着生活中充满了陷阱和困境的一面,在追逐帽子的过程中,其实积聚着很多力量,是经验的宝藏。在阅读这篇童话时,可以看到帽子维系着父母与孩子之间的亲子关系,这带给孩子安全感,可他又意识到与父母划定界限保持距离往往是必要的,这让他焦虑,这个安全感的问题暗示了孩子与父母之间的最终问题,那就是人终究是孤独的,在向死的旅途中会被所有人抛弃,包括自己的父母。成长是一次远行,在旅途中孩子不断地经历着离别,当他从排斥到理解了分离的恐惧他就会发现他长大了。也正是在这个层面上,有岛展开了对于死亡的讲述,这也是其童话中孩子的终极恐惧,即对生命本身的恐惧。

《差点溺死的兄妹》、《吞下围棋子的小八》、《火灾与狗儿》直接描写了面对死亡的恐惧。《差点溺死的兄妹》中哥哥脱离危险之后,看着妹妹在大海中载沉载浮,生死未卜,"我不断颤抖哭泣着,两手手指齐放进嘴里,用牙

---

① 本附录所引有岛武郎童话全部出自有岛武郎:《一串葡萄》,何黎莉译,台北:小知堂文化事业有限公司,2001年。以下只注明页码,不再一一说明。

齿咬着……我完全不知道自己的脚站在何处,也不知是冷是热,甚至我也不知道自己到底有没有手和脚"(35)。面对死亡的暗影,除了惊慌失措主人公完全无能为力。《吞下围棋子的小八》则描写兄弟俩为了争夺围棋子产生争执之后,弟弟小八误吞了一颗围棋子,卡在咽喉里吞不下去也吐不出来,哥哥目睹了小八误吞围棋子之后的痛楚,同样嗅到了死亡的气息。"我觉得小八真的是很可怜,我想,他那么痛苦一定会死,虽然不能死,但一定会死。"(52)《火灾与狗儿》中孩子们忠诚的朋友小狗不幸死于火灾。在这三篇童话中,死亡不再只是一种逼近的可能,而成为切切实实的存在。

有岛童话中的死亡带来的恐惧是持续绵延多层次的。一是因有限而生的恐惧。这三篇童话有一个共通点,即指出了人的有限性。比如虽然主人公得救,并活了下来,但是救助者往往不知所踪,或者已经死亡。《差点溺死的兄妹》中救人的男青年音讯全无,奶奶去世,而朋友 M 则被人谋杀;《火灾与狗儿》中忠心耿耿的狗儿最先发现了火灾,大声叫醒全家人之后,却被人们忽视,饱受伤痛折磨之后失去了生命。对人而言,生命有限,选择有限,所知所做有限,一切都是有限的,这是与生俱来的困境。二是因无常而生的恐惧。三篇童话中的死亡都是突如其来,没有任何预兆,溺水,误吞,火灾,都是偶然的,然而就是这种偶然的突然状况,却会导致必然的死亡,这不能不说是一种荒谬。生的偶然和死的必然是令人不安的根源,而恐惧是人在感知到死亡时最为原初的反应。三是因孤独而生的恐惧,这是一种更为持久的恐惧。时间对人而言是有限的,人的最大的有限性却是死亡,生存是被抛入死亡的生存,在对死的畏惧中,有岛通过童话向人们展示了人只能独自承担他的死亡,他看到在这个令他成为人的死亡中,他是绝对孤独的,只有依靠自己。

"童话通常是从一个困难的情境开始,然后展示人物如何与困境周旋,描述克服问题所必要的过程。童话主人翁是个象征,他或她代表的是一个人在这种困难情况下适当的态度或立场,如果童话中说到人类的普遍问题也正是我们自己的问题,那么童话人物面临并解决了的困难也正是我们自己有待解决的问题。"(卡斯特 2)童话中的故事,或其中的部分情节提供了一面镜子,让读者从中看到生活中的现实状况,思考自我,加深自我认识。

从童话的镜子中,我们照见了内心的恐惧,可以把自己的问题投射到童话情节中,然后加以处理,以这样的方式有岛引导我们正面谈论自己的生活。有岛在童话中讲述的人性之弱、分离之痛、死亡之惧是超越了个体经验的集体经验,由此有岛的童话讲述具有了普适性的意义,为了表述这种个体经验中的集体经验,有岛运用了象征的叙述语言。

## 二、意象:象征的叙述语言

童话可以说是有岛的经验与超验之间的联结方式,也是将个体放大到人类整体范围的环节,但这个整体不是借助写实的讲述或展示,而只能是通过象征的方式得以表现,这些象征有其意义,使人联想起某些东西,同时又超越了现实状况。有岛用童话表现人类遭遇的现实问题,其童话都隐藏着一些难以明言的东西,而且表达了有岛的自我理解,所以他在童话中选择的叙述语言是意象,它们被具象地呈现在读者面前之时,又勾起了想象的意绪。有岛在童话中细细描摹这些意象,如围棋、水、火、梦等,它们从童话中逃逸而出,使我们迅速置身现实,在有岛对这些意象的描述中我们能够感受到童话与现实之间的隙缝,进而产生置身于夹缝之间的无所适从。这种无所适从的原因在于:这些象征对应了我们面对的实际问题,同时也是人类普遍存在的问题,不仅如此,它们还昭示了更深一层的行为动因和心理成长的轨迹。意象与象征处于现实与人所不知的背景之间的中间地带,这个地带是童话的空间,也是艺术的空间。生活经验和心理活动,尤其是无法用别的方式表达的情感,常常会被浓缩在象征中。以下将对有岛童话中的意象——水、火、梦进行阐释。

首先是水,水为万物之源。水的特质存在两面性,既稳定又变化不止,既平静又暗涌丛生,既澄澈又浑浊不堪,而且人类最早的栖居地——母亲的子宫也充满了水,所以水成为了文学中的传统载体,水也就自然地具有了多重含义:生命与希望、灾难与死亡、净罪与再生。它象征人类的母体,意味着生命、时间、历史的绵延,隐喻了人类的欲望和情感。《差点溺死的兄妹》中的兄妹和朋友 M 虽然对大海的可怕有所认知,也已经感觉到了退潮时海水令人畏惧的力量,仍然把大海当做玩耍的场所,"过一阵子波浪砰的一声溃散开来,海岸变成白茫茫一片,突然砂山和妹妹的帽子变得唾手可得。这又让我们觉得有趣得不得了,我们三人完全忘记了立秋前的海浪是很危险的,持续玩着追波逐浪的游戏"(30)。这里描写的是海的力量,但海无论如何汹涌,其力量如何强大,仍然是水的一种形态。在这篇童话中,水隐喻了某种潜在的危险,这种危险在平日里并不为人所重视,甚至显得温情脉脉,实际上却时刻有可能爆发,一旦爆发,人便无法承受,人也就会不可避免地面对死亡的威胁。然而,正如上文所述,水的特质是两面的,水的这种固有的两面性使《差点溺死的兄妹》也具有了两重含义。一方面,水毫无疑问是灾难,这灾难足以毁灭一切,包括人的肉体和精神。事实上,溺水不仅使兄妹二人与死亡擦肩而过,而且使兄妹二人之间产生了隔膜。另一方面,正因为感受到了死亡的恐惧,兄妹认识到相聚的弥足珍贵。所以水实则指向了死和生的互相融合互相转化,是一个事物的两个方面,若没有死的存在,又怎能体会生的可贵和亲人的重要,而人就在这生死流转不断循环中更加珍惜彼此。

其次是火,火给人类以光明,是文明理性的象征。与水一样,火同样具有两面性,一方面,火具有无法阻挡的破坏力量,张扬、肆无忌惮地摧毁,让现存的一切不复存在,化为废墟。另一方面,从精神层面看,正如凤凰涅槃一般,火又是理想实现的契机,火起着提纯、净化之作用。人生与其腐烂、冻灭,不如在温暖、灿烂的火光中化为乌有,然后重新开始。因此,火的双重内涵与有岛的童话恰当地融合在一起,具有了动人的意蕴。《火灾与狗儿》中小偷的一把火,夺走了主人公一家人的平静生活,使尚且年幼的"我"亲眼目睹火的威力:"因为没有风,火直接往上烧,火舌高高窜向天空,除了哔啵声外,也可以听到砰砰如枪的声音。我停下脚步,全身颤抖,甚至觉得我的膝盖和下颚都发出卡拉卡拉的声音。……一面跑着,眼睛离不开那熊熊烈火,一片漆黑里,只有我家像火炉般明亮。"(89)不同于水的暗涌潜流,火是彻底的张扬的力量,它的力量让人无法忽视。在有岛的童话里,作为人物命运重要描写之一的"火"意象在形而上与形而下的共鸣中画出了生命存在的轨迹。当主人公的家在烈火中化为灰烬之时,当狗儿在火焰中受到重创、失去生命之时,这火的世界就是生命苦难的摹写,也是主人公灵魂的提纯与净化。于是,当那熊熊的烈焰舔舐着生命的火舌之时,它也就在希望的企盼中保有了复合的意义内涵。一方面,它是毁灭之火,这时,它更多地意味着在这种喧嚣与骚动中我们倾听到了生命的苦难。另一方面,它又是再生之火,在这巨大的破坏力之下,有命运存在,但是不存在堕落,燃烧的烈火象征了生命的超越与复活,在主人公的不断自责与心痛中我们感受到了生命存在的意义。活着是多么不可思议,恐惧在火中荡涤净尽,从而使人重获新生,因为真正的人生必须历经火的燃烧,才能升华,才能经久不衰,永远有生命力。

最后是梦。童话的性质接近梦,接近一般潜意识的过程,然后也包含人类对整个生活的理解。《我的帽子的故事》以"我"找寻帽子的梦为主体,根据这个梦,把这个梦放在恐惧这个框架之下去理解,并且在情感被触动的方式下,我们可以了解有岛试图展示的个人的历史和个人的问题。"我"失去了帽子,失去了维系亲子关系的纽带,失去了父母的帮助,不得不面对生活中的恐惧,他深陷于沮丧当中,但是他身上固有的生命力帮助他继续走下去,即使他经历了无底的失望。而最后唤醒他的是母亲,这意味着他的坚韧以及多方面的求生能力也被唤醒,他重新回到孩子的身份,高高兴兴地准备上学去。这种态度既是对母爱的肯定,也是对人类关系的肯定,是人类传承的温情让他没有堕入无底深渊而活了下来。但是梦中的历程警醒孩子还有读者:他应该相信并依靠自己,对他而言,梦中的路也就是现实中无法正视试图回避的路,这表示他应该尝试独自走自己的路,毕竟他还是个孩子,还从未单独生活过,也从未自己照顾过自己。当切断了与父母的纽带之后,首先他必须做的是,接受自己糟糕犹疑的情况以及自己的恐惧,而不是通过逃避的方式来解决问题。所以当梦醒的时候,他放弃了梦中对母亲的怀疑而是相信母亲,也放弃了对帽子的怀疑,帽子重新闪闪发光,这意味着他重新找回了安全感,这个安全感不是固有不变的,而是通过寻找帽子这个过程构筑起来的。童话将梦带进一个孩子的发展历程中,显示了发展的可能性。

"布洛赫说过,每个有生命的象征——所谓有生命的象征就是那些能触动我们内心的象征——都含有'封装在原型中的希望',体会以及释放这种希望无疑是治疗的关键所在。"①在有岛童话的叙事中,这种象征语言的

---

① 维雷娜·卡斯特:《童话的心理分析》,林敏雅译,陈瑛修订,北京:生活·读书·新知三联书店,2010年,第5页。

运用与意象的深度化效果使得童话的语义增值,其结果是使有岛的童话文本具有了两个层面的含义:文字表义的层面和意象象征的层面。双重层面的存在成功地弥补了平面化语言可能造成的文本主旨浅表化和阅读感受的无味,同时意象贯穿始终又使其童话在客观呈现上达到了深度模式的效果。穿过童话的表层,抵达文本象征语言的意象深处,我们挖掘到的是有岛童话讲述的唯一故事:"成长。"

### 三、成长:童话的历程

看到人性之弱,目睹世界的隐秘,嗅到死亡的气息之后,在梦中,《我的帽子的故事》的那个孩子怀揣着恐惧跌跌撞撞地上路了。这是一种隐喻,成长是一次迷人但又危机四代的行走,起点是心灵,终点是世界。于是,行走成为有岛童话中最常见的姿态,孩子或惊慌失措、或屡屡犯错,在旅途中,曾经单纯的孩子成长为社会化的成人,接受这个并不完美的世界,在适应并接受恐惧的过程中用爱战胜恐惧,在向爱的努力中找到自己的位置。有岛童话的基本主题和梦中"我"的基本人生问题在某种程度上一致,在梦中"我"懵懂而又清醒地体验了来自外界的阻抗,透过童话的期待面向,唤起了在现实中被隐藏的个人的希望向度,这个向度就是有岛讲述的成长的历程,而这种成长有其独特的价值和意义。

首先,童话表现了有岛武郎以进化论为基础的亲子观。1916 年 8 月 2日,有岛武郎的妻子安子因肺结核去世,12 月 4 日有岛武郎的父亲有岛武因胃癌去世。半年之内接连遭遇了两个至亲之人的离别,内心的伤痛是难以言喻的。然而使有岛武郎最为震痛的不仅是死亡,还有妻子在患病之后的决绝态度。肺结核是传染病,因此安子在得知自己的病情之后坚持不与自己三个年幼儿子(长男 6 岁,次男 5 岁,三男 4 岁)见面,这种坚持持续了一年又七个月的时间,一直到她去世,也没有见孩子们最后一面。母亲与孩子的别离是绝难忍受的,然而安子却因为对孩子的爱,而把自己的欲求降低到了最低点,想必她时时刻刻都在忍受着内心的煎熬,却因为这份爱而从未放弃过自己的坚持,这一点令有岛武郎尤为动容。于是在妻子去世后的两年内,有岛相继发表了《爱是恣意夺取》(1917 年版)和《与幼小者》(1918

年版)两篇文章。《爱是恣意夺取》可以说是有岛武郎创作理念的核心,而《与幼小者》则旗帜鲜明地表明了他的进化论的亲子观。他说:"你们清新的力,万不可为垂暮的我辈之流所拖累,最好是像那吃尽了毙掉的亲,贮起力量来的狮儿一般刚强勇猛的舍了我,走向人生去吧!"(485)正是基于这样的认识,有岛把关注的焦点集中于孩子的内心世界。在童话中,有岛没有以大人的立场摆出一副居高临下的姿态,把孩子的世界当做成人世界的一小部分来看待,理所当然地批评孩子的弱点或是嗤笑他们的恐惧,而是把孩子的世界看作独一无二的世界。以有岛所见,成年人在对待孩子的问题时,必须怀着理解的心情去侧耳倾听孩子的私语声。所以,有岛希望在尊重孩子的前提下,以自己的经验和教训为阶梯促进孩子的成长,基于此,有岛的童话多以自己的亲身经历为蓝本,警醒孩子真诚地面对人性的弱点,向孩子展现世界真实的一面。

其次,童话写作是独属有岛个人的某种成长仪式,也可以说是对成长经历的总结,同时也是对幼小者的教诲与分享。"童话所具备和施展的解救魔力并不是使自然以童话的方式演变,而是指向自然与获得自由的人类的同谋。成熟练达的人只能偶尔感到这种共谋,即在他幸福之时,但儿童则在童话中遇见这个同谋,这使他欣喜。"①童话意味着个人寻根,借语言的河流回溯童年,认识并超越自己,意味着以倾诉恐惧来弥合心理创痛:那些被尘封的创痛记忆只有在童话中才能被客体化,被超越和遗忘。当然遗忘也是不可能的,被语言固定的记忆把那个恐惧的孩子置于舞台上,而不任由他的恐惧刺破成年后的心脏。如果说成长意味着生物、认知、情感、社会四个领域里成年能力及责任心的产生,意味着个人最终告别父母的怀抱与社会相拥,那么,那个与社会相拥的终点提前到来,成长就变成了恐惧。从这个层面上而言,童话是有岛展示个人的成长道路,由无知无畏,压根儿不害怕,到面对各种困境作出种种反应,伴随恐惧他知道了他是会死的,因此恐惧、害怕也总是属于一直受到威胁的人类的生活,而"知道"恰恰是通往成长的一

---

① 汉娜·阿伦特:《讲故事的人》,转引自《启迪:本雅明文选》,张旭东、王斑译,北京:生活·读书·新知三联书店,2012年,第112—113页。

个前提条件。有岛用童话告诉我们人类如何认识并最终设法挣脱生活压在人们胸襟的恐惧,在有岛力求探明何为恐惧的人物形象中它显示了我们所惧之事可以为我们所洞悉。有岛童话中的主人公,在最终知道了什么是恐惧之后,步入了新的生活,这恰好证明了恐惧之于人类的重要性。在这个过程中,阅读有岛童话的读者(孩子)得以认识并坦然接受这些恐惧,从而勇敢长大。

再次,有岛武郎通过童话展示了死亡暗影之下的美,这种美是只有"临终的眼"才能映现的美。日本人对待死亡有种奇特的心理态度,看起来不惧怕死亡,敢于追求死亡,甚至有些向往死亡。芥川龙之介极为推崇"临终的眼",认为所谓自然的美是在人们"临终的眼"里映现出来的,川端康成也十分欣赏自杀身死的画家古贺春江的一句口头禅:"再没有比死更高的艺术了,死就是生",而有岛武郎最终用死亡的方式完成对生命、对创作的最后救赎,他在给弟妹的遗书中说:"我喜悦地告诉你们,死是不必再丝毫遵从外界压迫的事情。我们最为自由地欢喜迎接死亡。"[1]在有岛的童话中,我们可以看到这种死亡之美的印记。"在死亡的困境中,有岛看到生与死二者并非对立,由此证明了什么是'生'的喜悦,在'生'的汪洋大海中,一簇泡沫都不能从中遁逃而离去,甚而至之,连死也是汩汩流向'生'的一径溪流,一切的灵魂,都是'生'这片浩荡大海中的重重波浪,在晴朗的光照下,死也是一个美丽的女神。"[2]把死看做是一种"灭亡的美",有岛武郎作出如此选择,一方面是因为他认为帮助孩子成长是成年人的责任。成年人应该了解孩子的世界,也应该让孩子了解成人的世界和人生。作为成年人应有的态度,就是不要回避,让孩子看到世界真实的一面,让孩子汲取自己的经验之后向前走。死亡无疑令人恐惧,但有岛更希望借此让孩子们了解生的喜悦。另一方面,有岛武郎的童话中虽然讲述了恐惧,但在黑暗中却呈现出

---

① 笔者自译。原文为:「私のあなた方に告げ得るよろこびは死が外界の圧迫によつて寸毫もうながされていへるないといふ事です。私達は最も自由に歓喜して死を迎へるのでず」。有岛武郎:『有岛武郎全集』(第十四卷),東京:筑摩書房,昭和五十六年,第667页。

② 刘立善:《日本白桦派与中国作家》,沈阳:辽宁大学出版社,1995年,第402页。

一线通向未来的前瞻。尽管世界存在着诸多不美好，尽管人的一生一定会遭遇重重困境，他仍然相信孩子们有一个值得期待的未来，虽然这个未来可能什么都没有，虽然这个未来通向死亡。所以童话中主人公的结局虽然有泪，却是含着泪水的微笑。兄妹俩虽遭遇危机却得到救助，相互依偎着活了下来；吞下围棋子的小八有惊无险，兄弟俩也达成了和解；狗儿虽然受到重创，离开了这个世界，但毕竟和主人重逢，并且在生命的最后一程得到了主人的倾心照料。在对水、火、梦的描述中虽然展示了其可怖，但也展示了恐惧和死亡的美。

将爱的期许寄寓于童话，将成长这个主题寄寓于童话，孩子必须与一切成长旅途中必然遭遇的恐惧抗争，与将一切化为恐惧的生活抗争，顽强奋战，即使会看到旅途中的黑暗，即使会面对自己的人性之弱，即使会一步步走向没有希望的明天，但是坚持走下去才能赢得生活本身，必须以爱赢得生活。正如有岛在《与幼小者》中留下的最后那句话："去吧，奋然的，幼小者呵。"①

---

① 有岛武郎：《与幼小者》，载止庵主编：《现代日本小说集》，鲁迅译，北京：新星出版社，2006年，第109页。

# 附录二　有岛武郎年谱（以创作为中心）

**明治十一年（1878）3 月 4 日**

有岛武（萨摩国平佐乡出身、大藏省勤务）和幸（南部藩江户留守居役山内七五郎英邦的三女儿）的长子有岛武郎，于东京小石川水道町 52 号（现文京区水道町 1 丁目 12 番 7 号）出生。

**明治十三年（1880）2 岁**

1 月 12 日，妹妹爱（长女）出生。其后，武郎的弟妹共五人陆续出生。壬生马（次子、生马）于明治十五年 11 月 26 日出生。小妹妹于明治十七年 2 月 27 出生。隆三（三子，被祖母老家的佐藤家收养）于明治十八年 7 月 15 日出生。英夫（四子，被母亲老家的山内家收养，笔名里见弴）于明治二十一年 7 月 14 日出生。行郎（五子）于明治二十七年 9 月 29 日出生。

**明治十五年（1882）4 岁**

6 月 15 日，父亲武就任关税局长助理兼横滨关税长，入住横滨月岗町（现西区老松町）的关税长府邸。

**明治十六年（1883）5 岁**

3 月，为了学习英语会话，开始和妹妹爱一起出入美国传教士路易撒·哈尔西·古力克（Luisa Halsey Gulick）夫妻的家。

## 明治十七年（1884）6 岁

8 月,编入学习院预备科 3 级（相当于现在的小学 4 年级）。

## 明治二十三年（1890）12 岁

9 月,进学习院中等科。

## 明治二十六年（1893）15 岁

5 月 4 日,受到外祖母山内静的照顾,接受"一心克己"的教导。

## 明治二十七年（1894）16 岁

8 月 1 日,日本对中国清政府宣战（日清战争,即中日甲午战争开始）。

12 月 31 日,习作一篇《庆长武士》脱稿（笔名由井浜兵六）。

## 明治二十八年（1895）17 岁

4 月 17 日,日清签订《马关条约》。

5 月,写作《这孤坟》;9 月,写作《斩魔剑》（笔名劲隼生）。

## 明治二十九年（1896）18 岁

1 月,全家迁居至麴町区下 6 番町 10 号的旧旗本宅邸。

7 月,学习院中等科毕业。

9 月,入札幌农业学校预科最高年级 5 年级就学。寄宿在教授新渡户稻造的官舍,加入稻造每周日开设的圣经课堂。彼时,与同级生森本厚吉、星野勇三、半泽洵、井街显、木村德藏等交好。

## 明治三十年（1897）19 岁

4 月 27 日,开始写《观想录》。

5 月 3 日,听从外祖母山内静的吩咐,开始在中央寺参禅。

7 月,进农学校农业经济科。

### 明治三十一年（1898）20 岁

2 月 2 日，受森本厚吉委托为远友夜校的校歌作词。

2 月 7 日，至中央寺停讲。之后，将参禅的记录从日记中删除。

12 月 27 日，与森本厚吉赴定山溪，开始了自己烧菜做饭的生活。

### 明治三十二年（1899）21 岁

2 月 19 日，决意与森本厚吉一起自杀，携枪赴定山溪，得到［神赋予万物生命］的启示，改变主意，决定入信基督教。

3 月 3 日，收到双亲关于入信基督教的回信，得知父母激烈反对，祖母静悲叹。

6 月 12 日，祖母静患腹膜癌去世，享年 70 岁。

12 月 26 日，与森本厚吉赴登别温泉，迎来新年。

### 明治三十三年（1900）22 岁

8 月，与森本厚吉共作《利文斯通传》脱稿。

11 月 24 日，与森本、木村德藏三人一起就卡莱尔的《旧衣新裁》召开研究会。因在周六以研讨会的形式进行，故称为"周六会"，足助素一、末光绩、河内完治也参加。

12 月 29 日，在《学艺会杂志》发表《人生的趋向——独立与服从》。

12 月 30 日，与周六会的成员赴定山溪，度过 19 世纪的最后一天。

### 明治三十四年（1901）23 岁

3 月 24 日，成为札幌独立基督教会的会员。

3 月 29 日，《利文斯通传》刊行（警醒社，与森本厚吉共著）

7 月 9 日，作为札幌农业学校第 19 期学生，本科农业经济科毕业。毕业论文为《镰仓幕府初代的农政》。

9 月 6 日，美国总统麦金利被暗杀；14 日，去世。

12 月 1 日，作为一年志愿兵入营第一师团步兵第三联队。

## 明治三十五年（1902）24 岁

11 月 3 日，退役，成为预备见习士官（曹长）。

11 月 13 日，此日之后，开始书写在营回忆录的日记，写下诸如"我的国家比喻成什么呢？恰如粪桶的盖子吧"之类痛骂军队和国家的句子。

这一年，东北·北海道地方，因低温霜害歉收。

## 明治三十六年（1903）25 岁

1 月 4 日，阅读了保罗·萨巴蒂埃的《阿西尼城的圣弗朗西斯的生活》。

1 月 7 日，新渡户稻造劝他去哈佛大学求学，决定进修。

5 月 3 日，在日记里记下对新渡户的姐姐河野象子的女儿信子的思念。

5 月 27 日，写作《独旅短信》。

7 月 26 日，《除草》脱稿。

7 月下旬，与岛田三郎会面，承担了《每日新闻》的海外通信员的工作。

8 月 25 日，与森本厚吉在伊予丸乘船，从横滨出发踏上了留学的旅途。

## 明治三十七年（1904）26 岁

2 月 10 日，对俄罗斯宣战，日露战争开始。

5 月 16 日，硕士论文《日本文明的发展——从神话时代到将军的灭亡》脱稿。

6 月 10 日，毕业式，获硕士学位。

7 月 19 日，从事为期两个月的精神病院看护工作。

9 月 29 日，办理了哈佛大学的听讲手续。

10 月 8 日以前，为图书馆读到的高尔基的作品所感动，立志翻译。

同年，日露开战后，对"基督教国民的里面"感到失望，"目击见闻基督教的无力"。

此时，沉迷于阅读爱默森、勃兰兑斯、屠格涅夫。结识了金子喜一，为考茨基、恩格斯的著作所触动。

### 明治三十八年（1905）27 岁

1 月 1 日,与金子喜一一起参加了在波士顿召开的社会主义者的集会。

1 月 13 日,听到律师朗读惠特曼的诗,非常感动。

4 月 5 日,《俄国革命党的老妇》在岛田三郎的《每日新闻》上发表(至 4 月 10 日,共 5 回)。

6 月 12 日,与阿部三四在新罕布什尔州格陵兰岛的农家工作。

9 月 5 日,日露议和条约签订。

11 月 2 日,与森本厚吉一起搬到华盛顿。此后,除了阅读易卜生、托尔斯泰、克鲁泡特金、屠格涅夫、高尔基的作品,重新开始读《圣经》。

11 月 17 日,日韩保护条约签订,其后韩国各地爆发反日暴动。

### 明治三十九年（1906）28 岁

1 月 3 日,《合棒》(《除锈工》的前身)脱稿。

1 月 8 日,读了屠格涅夫的《父与子》,受到冲击。

5 月 23 日,收到了易卜生的讣告,执笔《易卜生杂感》。

9 月 1 日,从纽约启程,乘船前往意大利。

9 月 13 日,抵达那不勒斯,再会壬生马。

9 月 22 日,抵达罗马,与壬生马在此停留了大约 1 个月。

10 月 21 日,与壬生马一起前往阿西西,访问了克拉拉修道院、圣弗朗西斯科教堂等地。

11 月 17 日,抵达沙夫豪森。

### 明治四十年（1907）29 岁

1 月 18 日,抵达伦敦,来往于图书馆。

2 月 3 日左右,拜访了居住在伦敦郊外的克鲁泡特金,受托寄给幸德秋水的书信。

2 月 23 日,搭乘日本邮船因燔丸归国。

4 月 1 日,抵达神户,父亲有岛武前往迎接。

6月22日，东北帝国大学在仙台设立，札幌农学校成为札幌农科大学。

本月，誊写根据《合棒》修改而成的《除锈工》（草稿）以及改编自《西方古传》的作品草稿。接着，着手屠格涅夫《父与子》的翻译（翌年6月译完）。

8月6日，和父亲一起访问了狩太的农场。此次之后时隔5年他才再次踏上札幌的土地。

8月24日，一年志愿兵剩余期（3个月）服役延期到期，决定入营。

9月1日，作为预备见习士官入营麻布的步兵第三连队，执行勤务至11月30日。

12月5日，任东北帝国大学农科大学英语讲师。

### 明治四十一年（1908）30岁

1月8日，新学期到校。教授预科·土木科·森林科第一年级的英语，其后作为校长主管发表伦理讲话。

1月19日，承诺就任札幌独立基督教会的周日学校校长。

1月23日，夜，出席社会主义研究会，讲解罗斯金。

2月16日，社会主义同志会，片山潜·西川光二郎派分裂。

3月，给佃户散发了《讲谈备忘录》。

6月1日，任命陆军步兵少尉（预备役）。

7月28日，为了会同成功检查，赴狩太的农场（至8月2日）。

9月1日，在日比谷的松本楼见陆军中将神尾光臣的二女儿安子（生于明治22年6月17日）。

9月11日，互赠定亲礼；12日，在神尾家交换酒杯和戒指。

10月1日，收到克鲁泡特金的来信。

10月10日，被解除学生辅导部的职位，搬出惠迪宿舍，迁至北二条东三丁目九番地。

12月21日，在开识社发表《布兰德》的演讲。

### 明治四十二年（1909）31岁

3月下旬，与神尾安子结婚。

6月,在《文武会会报》发表《布兰德》(至明治45年4月,8回)

### 明治四十三年(1910)32岁

4月1日,《白桦》创刊,在同号发表《西方古传》。

5月1日,在《白桦》发表《两条道路》。

5月,递交《退会申请》,离开札幌独立基督教会。

5月25日,将宫下太吉作为制造爆炸物的嫌犯逮捕(大逆事件的检举开始)。

7月1日,在《白桦》发表《老船长的幻觉》(独幕剧)。

8月1日,《续〈两条道路〉》在《白桦》发表。

8月22日,日韩条约签订。29日,韩国改国号为朝鲜,公布送达朝鲜总督府的旨令。

10月1日,《除锈工》在《白桦》发表。

11月1日,《叛逆者》(关于罗丹的考察)在《白桦》发表。

11月13日,在札幌女子高等普通小学举行第三回黑白合展。木田金次郎对有岛武郎的画《黄昏的海》一见倾心,这也成为他们交友的机缘。

11月20日,托尔斯泰去世。

该年,迎来婚姻生活的危机,夫妻甚至考虑离婚。

### 明治四十四年(1911)33岁

1月1日,《一个女人的一瞥》开始在《白桦》连载(至大正二年3月,16回)。

1月13日,长男行光出生。

1月18日,大审院将幸德秋水等大逆事件的被告共24人判决死刑。翌日,其中12人减刑为无期。24日、25日,对幸德秋水等12人执行死刑。

2月1日,德富芦花在第一高等学校发表题为《谋叛论》的演讲,批判秋水等人的死刑。

6月12日,"为了学术调查"上京。

8月25日,皇太子入札幌。26日,在宿舍丰平馆接待,作为"东北帝国大学农科大学预科教授、陆军步兵少尉从六位"谒见。

### 明治四十五年·大正元年（1912）34 岁

3 月 1 日，《小小的梦》（高尔斯华绥作，模译）在《白桦》发表。

7 月 19 日，次男敏行出生。

7 月 30 日，明治天皇驾崩，皇太子嘉仁践祚，改元大正。

### 大正二年（1913）35 岁

6 月 20 日，《沃尔特·惠特曼的一个断面》在《文武会会报》发表。

7 月 1 日，《草之叶》在《白桦》发表。

12 月 23 日，三男行三出生。

### 大正三年（1914）36 岁

1 月 1 日，《阿末的死》发表于《白桦》。

4 月 1 日，An incident 发表于《白桦》。

7 月 8 日，《内部生活的现象》在《小樽新闻》连载（至 8 月 4 日，14 回）。

8 月 1 日，《幻想》发表于《白桦》。

8 月 2 日，与父亲一起到鹿儿岛。5 日，赴有岛的家乡鹿儿岛县平佐村（现川内市）。

9 月下旬，安子发烧卧病，经诊断患支气管炎。

11 月 24 日，医生劝说安子转换居住地，一家人归京。

### 大正四年（1915）37 岁

2 月上旬，安子入住平塚的幸云堂医院。

3 月 24 日，向农科大学提出辞呈（停职）。

7 月 1 日，在《白桦》发表《宣言》（10—12 月，4 回）。

9 月 1 日，在《白桦》发表《参孙与大利拉》。

### 大正五年（1916）38 岁

1 月 1 日，在《白桦》发表《洪水之前》（以后补笔为《大洪水之前》）。

1 月 11 日,着手执笔《一个女人的一瞥》的续稿。

3 月 1 日,在《白桦》发表《启程》(后来的《迷路》的序编),在《新家庭》发表《弗朗西斯的脸》。

7 月 1 日,在《新潮》发表《克鲁泡特金》。

8 月 1 日,在《时事新报》发表《潮雾》(至 3 日,3 回)。

8 月 2 日,妻子安子去世(享年 27 岁)。

9 月 23 日,安子的遗稿集《松虫》刊行。

10 月 1 日,在《新潮》发表《〈圣经〉的权威》。

11 月 8 日,被医生告知父亲有岛武患胃癌,惊愕。

12 月 4 日,父亲去世(享年 74 岁)。

## 大正六年(1917)39 岁

3 月 1 日,在《新小说》发表《米勒礼赞》。

3 月 12 日,在彼得格勒成立苏维埃政权(二月革命)。

3 月 25 日,结束农科大学的停职生涯,退职。

3 月 30 日,在神户女子大学发表题旨《爱是不惜夺取》的演讲。

5 月 1 日,在《新公论》发表《死及其前后》。

6 月 1 日,在《新潮》发表《爱是不惜夺取》的定稿。

7 月 1 日,在《新潮》发表《平凡人的信》,在《新小说》发表《该隐的后裔》。这两部作品提升了他的文名。

9 月 1 日,在《中央公论》发表了《实验室》,在《太阳》发表了《克拉拉的出家》。

10 月 1 日,在《文章世界》发表了《凯旋》,在《新潮》发表了《生艺术的胎》。

10 月 18 日,有岛武郎著作集(以下略称《著作集》)第一辑《死》在新潮社刊行,收录了《阿末的死》、《死及其前后》、《平凡人的信》。

11 月 1 日,在《中央公论》发表《迷路》。

11 月 3 日,就木田金次郎送来的绘画作品写下想法并寄出。

11 月 5 日,在北海道那边(10 日,在文武会)发表演讲《自我的考察》;

11 日,入狩太农场。

11 月 7 日,俄罗斯十月革命爆发。

11 月 12 日,在狩太农场的事务所,接待了来访的木田金次郎(7 年之后的再会)。16 日,归京。

12 月 14 日,《黎明前的黑暗》(《迷路》的续编)脱稿。

12 月 18 日,著作集第二辑《宣言》由新潮社刊行。

12 月 26 日,《致岩野泡鸣氏》在《国民新闻》发表。

### 大正七年(1918)40 岁

1 月 1 日,《不走的钟表》在《中央公论》、《黎明前的黑暗》(《迷路》的续编)在《新小说》、《与幼小者》在《新潮》发表。

1 月 17 日,收到木田金次郎《实在有趣的信》,激发创作欲望。

2 月 1 日,《创造艺术家就并非所谓实际生活》在《新潮》发表。

2 月 20 日,著作集第三辑《该隐的后裔》由新潮社刊行。

2 月 28 日,第一次末日会,结识大山郁夫、阿部次郎、田中王堂等人。

3 月 16 日,《与生俱来的烦恼》开始在《大阪每日新闻》上连载(4 月 30 日,第 32 回中断。《东京日日新闻》自 3 月 18 日至 5 月 1 日连载)。本月下旬左右身体不适,疑患肺病,4 月 22 日,入住东京医院,5 月 8 日出院。

4 月 1 日,《被石头压住的杂草》在《太阳》发表。

4 月 18 日,著作集第四辑《叛逆者》由新潮社刊行。

6 月 28 日,著作集第五辑《迷路》由新潮社刊行。

7 月 1 日,《致武者小路兄》在《中央公论》发表。

8 月 2 日,足助素一在东京市牛込区神乐坂二丁目十一番地创立丛文阁。

9 月 12 日,著作集第六辑《与生俱来的烦恼》由丛文阁刊行。

10 月 1 日,《命运与人》在《中外》发表。

11 月 9 日,著作集第七集《与幼小者》由丛文阁刊行。

### 大正八年(1919)41 岁

1 月 1 日,《除了写出自己别无所求的〈该隐的后裔〉》在《新潮》发表。

2 月 1 日,《〈利文斯通传〉之后》在《东方时论》发表(至 4 月共 3 回)。其后,谈话笔记《松井须磨子的死》在《新潮》,《成为御岳山的中教正的祖母》在《中央文学》发表。

2 月 11 日,《杂信一束》(第一信—第五信)在《我等》发表。

3 月 1 日,朝鲜独立运动爆发(万岁事件、三一运动)。

3 月 23 日,著作集第八辑《一个女人》(前编)由丛文阁刊行。

6 月 15 日,《第四版序言》在《利文斯通传》(警醒社书店刊)收录发表。

6 月 16 日,著作集第九辑《一个女人》(后编)由丛文阁刊行。

12 月 12 日,著作集第十辑《三部曲》由丛文阁刊行。

## 大正九年(1920)42 岁

1 月 1 日,《内部生活的现象》在《妇人之友》发表。

3 月 31 日,《爱是不惜夺取》脱稿。

6 月 5 日,著作集第十一辑《爱是不惜夺取》由丛文阁刊行。

8 月 1 日,《一串葡萄》在《红鸟》发表。

8 月 28 日,《爱——(致米川正夫氏)——》在《晚刊时事新报》发表(至29 日,共 2 回)

9 月 21 日,写下"落潮已至",给原久米太郎、八木泽善次等人送去。

10 月 17 日,夜,到达狩太的农场,推进解放农场的准备工作。

11 月 18 日,著作集第十二辑《旅行的心》由丛文阁刊行。

11 月 23 日,《卑怯者》在《现代小说选集》(新潮社)发表。

## 大正十年(1921)43 岁

1 月 4 日,就读卖新闻记者题为《今年写了什么呢》的访谈作出回应,《较之写什么首先是生活的改造》于 7 日登载。

3 月 15 日,《关于惠特曼》收录在新人会第二回演讲集《致新社会的诸思想》、刊行。

4 月 18 日,著作集第十三辑《小小的灯》由丛文阁刊行。

5 月 9 日,召开日本社会主义同盟第二回大会。之后,无政府主义派与左翼激进派的对立激化。

7月1日,《白官舍》在《新潮》(藤村武郎二家创作号)、《差点被溺死的兄妹》在《妇人公论》发表。

11月11日,有岛武郎译《惠特曼诗集》第一辑由丛文阁刊行。

此时,痛感坚决实施"生活改造"的必要,在谈话和书柬等文字中重复表明这一态度。

## 大正十一年（1922）44 岁

1月1日,《宣言一则》在《改造》上发表。

本月,因《宣言一则》受到广津和郎、片上伸、堺利彦等人的批判。

3月24日,表达了与弟妹一同处理财产的意向。

5月1日,《断想》在《新潮》发表。

5月10日,著作集第十四集《星座》由丛文阁刊行。

6月17日,童话集《一串葡萄》由丛文阁刊行。

7月11日,夜,为了农场解放出发前往北海道。

7月18日,在农场内的弥照神社召集了佃农,宣布解放农场(无偿让渡)。

7月21日,《独行者》在《小樽新闻》发表(至22日,共2回)。

8月1日,《火灾与狗儿》在《妇人公论》发表。

10月1日,个人杂志《泉》创刊,发表《土茂又之死》、《与佃农的告别》。

12月30日,苏维埃社会主义共和国成立。

## 大正十二年（1923）45 岁

1月1日,《酒狂》、《文化的末路》在《泉》发表。

2月1日,《一个免费患者》在《泉》发表。

2月13日,《惠特曼诗集》第二辑由丛文阁刊发。

3月1日,《断桥》在《泉》发表。

3月17日,出席了大桥房子出洋送别会,与小山内薰、山田耕筰、三宅安子、波多野秋子同席。

4月1日,《骨》、《没有瞳孔的眼睛》(其一、其二)分别在《泉》的四、五月号发表。

4月25日,夜,应水脉社的邀约出席山阴演讲,与秋田雨雀、桥浦泰雄一起出发前往东京,在米子、松江、鸟取等地发表演讲。

5月1日,《亲子》在《泉》发表。

6月1日,《独断者的会话》在《泉》发表。

6月7日,探访住院中的足助素一,告知与波多野秋子的关系始末的一部分。

6月8日,深更、与波多野秋子一起抵达雨中的轻井泽;9日,未明,缢死。

7月9日,上午10点在下六番町的本邸举行告别式,遗骨被埋葬在青山墓地(以后,改葬在多摩陵园十区一种三侧)。

9月1日,关东大地震。

11月20日,著作集第十六辑《土茂又之死》由丛文阁刊行。

# 参考文献

## 一、作品

1.有岛武郎:『有岛武郎全集』(1—10卷),東京:新潮社,昭和五年。

2.有岛武郎:『有岛武郎全集』(1—16卷),東京:筑摩書房,昭和五十五年。

3.有岛武郎:《与幼小者》,载《鲁迅译文集》,鲁迅译,北京:人民文学出版社,1958年。

4.有岛武郎:《潮雾》,载《日本短篇小说》,金福译,北京:人民文学出版社,1981年。

5.有岛武郎:《该隐的后裔》,载《世界短篇小说精品》,陈应年译,高慧勤编,北京:中国青年出版社,1983年。

6.有岛武郎:《叶子》,谢宜鹏、卜国钧译,长沙:湖南人民出版社,1984年。

7.有岛武郎:《一个女人的面影》,张正立等译,福州:海峡文艺出版社,1991年。

8.有岛武郎:《爱是恣意夺取》,刘立善译,沈阳:辽宁大学出版社,1998年。

9.有岛武郎:《与生俱来的烦恼》,叶婉奇译,台湾:新雨出版社,2002年。

10.有岛武郎:《一个女人》,商雨红等译,北京:北京燕山出版社,2003年。

11.有岛武郎:《阿末的死》、《与幼小者》,周作人、鲁迅译,载《现代日本小说集》,北京:新星出版社,2006 年。

12.有岛武郎:《宣言》,载《一个女人的面影》,张正立等译,福州:海峡文艺出版社,1991 年。

13.志贺直哉:《暗夜行路》,孙日明等译,南宁:漓江出版社,1985 年。

14.志贺直哉:《和解》,张梦麟译,载《志贺直哉小说集》,楼适宜等译,北京:作家出版社,1956 年。

15.夏目漱石:『私の個人主義』,『現代日本文学全集 24 夏目漱石全集』(一),東京:筑摩書房,1967 年。

16.夏目漱石:《我是猫》,刘振瀛译,上海:上海译文出版社,2011 年。

17.夏目漱石:《心》,竺家荣译,西安:陕西师范大学出版总社有限公司,2013 年。

18.芥川龙之介:《罗生门》,文洁若等译,北京:人民文学出版社,2015 年。

## 二、中文参考文献

1.张伟:《悲凉的困惑——二元对立中的有岛武郎》,《外国问题研究》1989 年第 4 期。

2.刘立善:《惠特曼影响下的有岛武郎》,《日本研究》1992 年第 1 期。

3.靳明全:《论有岛武郎与鲁迅创作态度和要求》,《鲁迅研究月刊》1993 年第 6 期。

4.小川利康:《关于汉译有岛武郎的〈四件事〉》,王慧敏译,《鲁迅研究月刊》1993 年第 8 期。

5.刘立善:《论西方美术对有岛武郎的影响》,《日本研究》1994 年第 2 期。

6.刘岩:《有岛武郎在〈爱不惜夺〉中所表现的"夺爱"思想》,《外国问题研究》1994 年第 4 期。

7.刘立善:《有岛武郎与〈绿色的谷〉》,《东北师大学报》1995 年第 1 期。

8.李先瑞:《〈一个女人〉与〈安娜·卡列尼娜〉的异同点浅析》,《解放军外国语学院报》1994 年第 2 期。

9.陈晓兰:《女性主义批评的经验论》,《外国文学评论》1995 年第 2 期。

10.秦弓:《复归伊甸园的困境——论有岛武郎〈一个女人〉里的叶子》,《外国文学评论》1996 年第 2 期。

11.李先瑞:《两个知识女性的悲剧——试比较〈一个女人〉与〈伤逝〉》,《四川外国语学院学报》1998 年第 2 期。

12.刘毅:《禅宗与日本文化》,《日本学刊》1999 年第 2 期。

13.牛水莲:《有岛武郎创作中的基督教思想》,《郑州大学学报》(哲学社会科学版)2003 年第 2 期。

14.王吉鹏、于九涛:《鲁迅与有岛武郎的思想比较研究》,《辽宁师范大学学报》(社会科学版)2003 年第 3 期。

15.赵婉:《镜中观三人 双影鉴一身》,《解放军外国语学院学报》2004 年第 1 期。

16.秦弓:《鲁迅与有岛武郎——以爱为中心》,《鲁迅研究月刊》2004 年第 11 期。

17.付兴华:《有岛武郎与许地山文学创作中的生命意识的比较研究》,吉林大学博士论文,2004 年。

18.小坂晋:《有岛武郎〈宣言〉的文学影响》,刘立善译,《日本研究》2005 年第 4 期。

19.刘立善:《有岛武郎〈一个女人〉与鲁迅〈伤逝〉之比较》,《日本研究》2005 年第 4 期。

20.赤羽学:《夏目漱石的〈心〉与个人主义精神》,刘立善译,《日本研究》2005 年第 1 期。

21.李先瑞:《本能主义者的破灭——论有岛武郎的后期思想与创作》,上海外国语大学博士论文,2005 年。

22.赤羽学:《论近代日本文学中的亲子伦理观》,《文学研究》2006 年第 3 期。

23.小坂晋:《论白桦派与志贺直哉作品的文学特色》,《日本研究》2006 年第 4 期。

24.符夏鹭:《论有岛武郎的〈一个女人〉》,《学术交流》2007 年第 3 期。

25.魏舒林:《从一个女人及其他作品看有岛武郎的生死观》,《长春师范学院学报》(人文社会科学版)2007 年第 6 期。

26.符夏鹭:《有岛武郎与惠特曼》,《世纪桥》2007 年第 7 期。

27.魏舒林:《从〈一个女人〉及其他作品看有岛武郎的生死观》,《长春师范学院学报》(人文社会科学院)2007 年第 6 期。

28.明磊:《二十世纪初中国对日本白桦派的译介及背景研究》,对外经济贸易大学硕士论文,2007 年。

29.李先瑞:《论有岛武郎的『惜しみなく愛は奪ふ』》,《日语学习与研究》2008 年增刊。

30.聂珍钊:《文学伦理学批评:基本理论与术语》,《外国文学研究》2010 年第 1 期。

31.刘清平:《儒家"君臣父子"的血亲等级观念》,《江苏行政学院学报》2013 年第 2 期。

32.钱理群:《周作人传》,北京:北京十月文艺出版社,1990 年。

33.鲁迅:《鲁迅全集》(第 1、2 卷),北京:人民文学出版社,1991 年。

34.惠特曼:《草叶集》(上、下卷),楚图南、李野光译,北京:人民文学出版社,1992 年。

35.刘立善:《日本白桦派与中国作家》,沈阳:辽宁大学出版社,1995 年。

36.有岛武郎:《爱是恣意夺取》,刘立善译,沈阳:辽宁大学出版社,1995 年。

37.约翰·惠特尼·霍尔:《日本——从史前到现代》,邓懿、周一良译,北京:商务印书馆,1997 年。

38.周作人:《有岛武郎》,载《自己的园地》,北京:人民文学出版社,1998 年。

39.丸山真男:《日本政治思想史研究》,王中江译,北京:生活·读书·新知三联书店,2000 年。

40.詹姆斯·费伦:《作为修辞的叙事》,陈永国译,北京:北京大学出版社,2002 年。

41.柄谷行人:《日本现代文学的起源》,赵京华译,北京:生活·读书·新知三联书店,2003 年。

42.竹内好:《近代的超克》,李冬木、赵京华等译,上海:生活·读书·新知三联书店,2005 年。

43.新渡户稻造:《武士道》,张俊彦译,北京:商务印书馆,2006 年。

44.柏格森:《创造进化论》,载《诺贝尔文学奖文集》,李斯等译,长春:时代文艺出版社,2006 年。

45.柏格森:《时间与自由意志》,吴士栋译,北京:商务印书馆,2007 年。

46.李光贞:《夏目漱石小说研究》,北京:外语教学与研究出版社,2007 年。

47.南博:《日本人论》,邱琡雯译,桂林:广西师范大学出版社,2007 年。

48.李先瑞:《本能主义者的精神幻灭:白桦派作家有岛武郎作品研究》,天津:南开大学出版社,2008 年。

49.沟口雄三:《中国的公与私·公私》,郑静译,北京:生活·读书·新知三联书店,2011 年。

50.桑德拉·吉尔伯特、苏珊·古芭:《阁楼上的疯女》(上),杨莉馨译,上海:上海人民出版社,2014 年。

## 三、日文参考文献

1.渋川敬応:『日本の死生観』,東京:興教書院,1942 年。

2.福田清人、高原二郎:『有島武郎:人と作品』,東京:清水書院,1968 年。

3.本多秋五:『「白樺」派の文学』,東京:講談社,1955 年。

4.本多秋五:『「白樺」派作家と作品』,東京:講談社,1975 年。

5.安川定男:『有島武郎論』増補版,東京:治書院,1978 年。

6.『有島武郎·志賀直哉·長与善郎』,東京:教文館,昭和五十一年。

7.西垣勤:『白樺派作品論』,東京:有精堂,1981 年。

8.安川定男:『悲劇の知識人——有島武郎』,東京:新典社,1983 年。

9.西垣勤：『有島武郎論』，東京：有精堂，1986 年。

10.江種満子：『有島武郎論』，東京：桜楓社，1984 年。

11.遠藤祐：『新潮日本文学アルバム』，東京：新潮社，1984 年。

12.有地亨：『日本の親子二百年』，東京：新潮社，昭和六十年。

13.大里恭三郎：『「或る女」の世界』，東京：審美社，1988 年。

14.内田満：『有島武郎の世界』，『国文学解釈と鑑賞』，東京：有精堂，1989 年。

15.有島武郎研究会編：『有島武郎研究叢書』（1—10 巻），東京：右文書院，1995 年。

16 内田満：『有島武郎——虚構と実像』，東京：有精堂，1996 年。

17.石丸晶子：『有島武郎——作家作品研究』，東京：明治書院，平成十五年。

18.有島武郎研究会編：『有島武郎研究』（1—9 号），1998—2006 年。

19.申蓮花：「日本の家父長的家制度について——農村における「家」の諸関係を中心に」，『地域政策研究』，2006 年第 8 巻第 3 号。

20.『国文学解釈と鑑賞：有島武郎特集』，東京：至文堂，2007 年第 6 号。

21.江種満子：「有島武郎の女性論」，『文教大学国文』，2008 年第 37 巻。

22.尾西康充：「有島武郎とE・S・ダニエルの農場：ニューハンプシャー州グリーンランドでの労働体験」，『国文学攷』，2009 年第 204 巻。

23.『広辞苑』（第六版），東京：岩波書店，2008 年。

责任编辑:洪　琼

**图书在版编目(CIP)数据**

有岛武郎小说中的亲子书写研究/谭杉杉 著. —北京:人民出版社,2018.8
ISBN 978－7－01－018722－8

Ⅰ.①有…　Ⅱ.①谭…　Ⅲ.①有岛武郎(1878—1923)-小说研究
　Ⅳ.①I313.074

中国版本图书馆 CIP 数据核字(2017)第 322327 号

有岛武郎小说中的亲子书写研究

YOUDAOWULANG XIAOSHUO ZHONG DE QINZI SHUXIE YANJIU

谭杉杉　著

人民出版社 出版发行

(100706　北京市东城区隆福寺街 99 号)

北京中科印刷有限公司印刷　新华书店经销

2018 年 8 月第 1 版　2018 年 8 月北京第 1 次印刷
开本:710 毫米×1000 毫米 1/16　印张:15.75
字数:250 千字

ISBN 978－7－01－018722－8　定价:54.00 元

邮购地址 100706　北京市东城区隆福寺街 99 号
人民东方图书销售中心　电话 (010)65250042　65289539